散文典藏

生命的品质

周国平　著

浙江人民出版社
ZHEJIANG PEOPLE'S PUBLISHING HOUSE

图书在版编目(CIP)数据

生命的品质 / 周国平著 .— 杭州 : 浙江人民出版社,2015.8(2015.10 重印)

ISBN 978-7-213-06479-1

Ⅰ. ①生… Ⅱ. ①周… Ⅲ. ①散文集－中国－当代 Ⅳ. ① I267

中国版本图书馆 CIP 数据核字(2014)第 300219 号

书　　名	**生命的品质**
作　　者	周国平
出版发行	浙江人民出版社
	杭州市体育场路 347 号
责任编辑	张世琼　李　宁
责任校对	戴文英
印　　刷	北京鹏润伟业印刷有限公司
开　　本	880mm × 1230mm　1/32
印　　张	11.75
字　　数	282 千字
版　　次	2015 年 8 月第 1 版
	2015 年 10 月第 2 次印刷
书　　号	**ISBN 978-7-213-06479-1**
定　　价	39.80 元

目 录

作者的话…………………………………………………… 001
序……………………………………………………………… 003
修订版说明…………………………………………………… 005

第一辑　生命的内在意义

内在生命的伟大……………………………………………… 002
让生命充满内在意义………………………………………… 007
人生边上的智慧……………………………………………… 011
最合宜的位置………………………………………………… 017
少儿时代是我的良师………………………………………… 019
我更愿意是我自己…………………………………………… 022
经济危机下的生命反思……………………………………… 028
诗意地栖居…………………………………………………… 031

戏说欲望…………………………………………………… 035
蓝色……………………………………………………………… 038
哭铁生…………………………………………………………… 040

第二辑　爱智之旅

做自己的朋友……………………………………………… 043
与自己谈话的能力…………………………………………… 045
认识你自己…………………………………………………… 047
性格就是命运………………………………………………… 049
多听少说……………………………………………………… 051
宇宙公民……………………………………………………… 053
谁是真正的爱国者…………………………………………… 055
做一个能够承受不幸的人…………………………………… 057
一无所需最像神……………………………………………… 059
哲学家与钱财………………………………………………… 061
自己身上的快乐源泉………………………………………… 063
从容面对生死………………………………………………… 065
泰勒斯: 一则关于哲学家的寓言 …………………………… 067

第三辑　为教育把脉

教育的七条箴言……………………………………………… 075
为中国今天的教育把脉……………………………………… 082
守护人性……………………………………………………… 086

神圣的好奇心…………………………………………………… 089
把赌注下在素质教育这一边…………………………………… 093
爱,这一个理由已经足够 ……………………………………… 098
用爱和智慧保护孩子…………………………………………… 105
恢复常识和记忆………………………………………………… 107
创造力的来源…………………………………………………… 110
书中的育儿世界………………………………………………… 112
如果我是语文教师……………………………………………… 117

第四辑　幸福的醒客

让经典成为通识………………………………………………… 120
幸福的醒客……………………………………………………… 124
我的好书观……………………………………………………… 128
真文学是非职业的……………………………………………… 130
文学新人:"这一个",而不是"下一个" ……………………… 132
写作上的从小见大……………………………………………… 134
做学问与做人…………………………………………………… 136
痛苦与文化……………………………………………………… 138
文津图书奖感言………………………………………………… 142
讲坛文化的兴起………………………………………………… 144

第五辑　我们心灵中的"第一推动"

孩子和大师之间的桥梁………………………………………… 149

儿童与哲学…………………………………………… 151
让百科全书走近我们的孩子………………………… 154
恒星的孩子…………………………………………… 157
以西方科学传统为镜………………………………… 160
我们心灵中的“第一推动” ………………………… 163
你爱动物有几分……………………………………… 166

第六辑　时代的反思

无趣的时代…………………………………………… 171
再谈无趣的时代……………………………………… 173
心平气和看于丹现象………………………………… 175
纠错媒体……………………………………………… 179
我就说葡萄是酸的…………………………………… 181
中国农民的家在哪里………………………………… 184
人类远比禽兽残酷…………………………………… 186
网络时代的反思……………………………………… 188
纪实类刊物切忌侵权和造假………………………… 191
中国今天最需要的是信仰和法治…………………… 193

第七辑　我们都是幸存者

我们都是幸存者……………………………………… 200
震灾中的札记………………………………………… 203
爱生命比爱国更根本………………………………… 209

保存大地震的真实历史………………………………… 213
爱国的平常心………………………………………… 216
中国人的“比赛精神” ……………………………… 219
不谈奥运……………………………………………… 222

第八辑　小杂感一束

第九辑　把心静下来

圆满的平安夜………………………………………… 252
春节，把心静下来 …………………………………… 257
一曲有保留的赞歌…………………………………… 263
资源八年半：寂寞而珍贵的岁月 …………………… 268

第十辑　心灵的桥梁

真实，为人心架一座桥梁 …………………………… 274
当生命遭遇政治……………………………………… 277
本色做人，本色作文 ………………………………… 281
都市里的清泉………………………………………… 284
永不消逝的童年……………………………………… 287
小资也大器…………………………………………… 290
友谊照耀心路………………………………………… 293
心的境界……………………………………………… 296
一个老朋友的祝贺…………………………………… 299

书店是他的教堂…………………………………………… 302
保存原生态的历史………………………………………… 304
闲情的分量………………………………………………… 307
诚实和超脱………………………………………………… 310
爱的五重奏………………………………………………… 314
哲学与艺术的对话………………………………………… 315
不安和感激………………………………………………… 318

第十一辑　宋人弦歌

序: 唯美的欢娱 ……………………………………………… 321
闹灯………………………………………………………… 324
问春………………………………………………………… 327
叹花………………………………………………………… 332
邀月………………………………………………………… 334
悲秋………………………………………………………… 337
伤别………………………………………………………… 341
相思………………………………………………………… 345
记梦………………………………………………………… 349
醉酒………………………………………………………… 353
咏史………………………………………………………… 356
抒怀………………………………………………………… 359

作者的话

我的写作分两种情况。一种可称为专项写作,即围绕某个主题,写一个比较大的作品。这样的作品并不多,主要是学术著作和纪实文学两类。另一种可称为日常写作,亦包括两类。

一类是散文。或有感而发,或应约而作,写一些篇幅长短不一的文章,随时发表在报刊上,现在也发表在网络上。每隔若干年,文章积累到了一定数量,我就把它们结集出版。迄今为止共有5个散文集,即《守望的距离》(1996)、《各自的朝圣路》(1999)、《安静》(2002)、《善良丰富高贵》(2007)、《生命的品质》(2010;增补本,2012)。

另一类是随感。突发的感触,飘忽的思绪,随手记在纸片上,后来则是记在电脑的一个专门文档上。这样的东西以前是不发表的,现在会在微博上选登一些,也是积累到一定数量,我就加工整理,把它们结集出版。迄今为止共有4个随感集,即《人与永恒》(1988)、《风中的纸屑》（2006）、《碎句与短章》（2006；后更名《内在的从容》，2009）、《把心安顿好》（2011）。

其实，我最早出版的散文集是《只有一个人生》（1992），迄今已23年，其内容后来收在了《守望的距离》里。《人与永恒》的确是我出版的第一个随感集，迄今已27年。出最早的集子时，我何尝想到，它们会有后续，各带出了一个小小的系列。是的，小小的系列，20多年的日常写作，成绩不过如此，实在是应该惭愧的。

然而，更想不到的是，我的这些很平常的作品会受到读者如此热情的欢迎，20多年里不断地再版。其中，《守望的距离》和《各自的朝圣路》出了8版，《人与永恒》出了10版，当年的读者已经和我一同步入壮年乃至老年，而今天的年轻一代依然喜欢它们。对于一个作家来说，没有比这更令人欣慰的事了。当然，我清楚并不是我的作品有多么好，我能找到的唯一原因是，我所思考的人生问题和精神生活问题其实是每个人都面临的问题，时代变了，这些问题仍然存在，在某种意义上甚至显得更为迫切了。

在图书市场上，我的作品有多种不同的选编本。但是，按照时间顺序结集的完整版本只有这个5册一套的散文系列和4册一套的随感系列，有了这两套书，我的日常写作的作品就一网打尽了。这或许是它们第n次再版的一个理由吧。

周国平

2014年12月9日

序

人来到世上,首先是一个生命。生命原本是单纯的,可是人却活得越来越复杂了。许多时候,我们不是作为生命在活,而是作为欲望、野心、身份、称谓在活;不是为了生命在活,而是为了财富、权力、地位、名声在活。这些社会堆积物遮蔽了生命,我们把它们看得比生命更重要,为之耗费一生的精力,不去听也听不见生命本身的声音了。

人是自然之子,生命遵循自然之道。人类必须在自然的怀抱中生息,无论时代怎样变迁,春华秋实、生儿育女永远是生命的基本内核。你从喧闹的职场里出来,走在街上,看天际的云和树影,回到家里,坐下来和妻子儿女一起吃晚饭,这时候你重新成为一个生命。

在今天的时代,让生命回归单纯,这不但是一种生活艺术,而且是一种精神修炼。耶稣说:“除非你们改变,像小孩一样,你们绝不能成为天国的子民。”那些在名利场上折腾的人，他们既然听不见自己生命的声音，就更听不见灵魂的声音了。

人不只有一个肉身生命，更有一个超越于肉身的内在生命，它被恰当地称作灵魂。外在生命来自自然，内在生命应该有更高的来源，不妨称之为神。二者的辩证关系是，只有外在生命状态单纯之时，内在生命才会向你开启，你活得越简单，你离神就越近。在一定意义上，人生觉悟就在于透过社会堆积物去发现你的自然的生命，又透过肉身生命去发现你的内在的生命，灵魂一旦敞亮，你的全部人生就有了明灯和方向。

说到底，人活的就是一个价值观，不同的价值观造就不同的人生。我自己觉得，我的价值观已经相当明晰而简单，围绕着两个词，即人最宝贵的两样东西，一是生命，二是灵魂。老天给了每个人一条命、一颗心，把命照看好，把心安顿好，人生即是圆满。把命照看好，就是要保持生命的单纯，珍惜平凡生活。把心安顿好，就是要积累灵魂的财富，注重内在生活。平凡生活体现了生命的自然品质，内在生活体现了生命的精神品质，把这两种生活过好，生命的整体品质就是好的。

本书是我2007年至2009年所写文字的结集。重读这些文字，我对贯穿其中的思想做了以上解读。生命只有一次，让我们都好好地活吧，活出生命的品质。

周国平

2010年8月26日

修订版说明

在修订版中，删除了初版中的最后两辑，即访谈和讲演辑录，那些内容将收进我的讲演录中另行出版。同时，增补了2010年发表的散文。以此作为我的按时间顺序结集的第五个散文集的定本。

周国平

2011年10月25日

第一辑　生命的内在意义

在现象世界,我们的肉体受千百种外部因素的支配,我们自己做不了主人。可是,在本体世界,我们是自己内在生命的主人,不管外在遭遇如何,都能够以尊严的方式活着。

内在生命的伟大

一

小时候，也许我也曾经像那些顽童一样，尾随一个盲人、一个瘸子、一个驼背、一个聋哑人，在他们的背后指指戳戳，嘲笑，起哄，甚至朝他们身上扔石子。如果我那样做过，现在我忏悔，请求他们的原谅。

即使我不曾那样做过，现在我仍要忏悔。因为在很长的时间里，我多么无知，竟然以为残疾人和我是完全不同的种类，在他们面前，我常常怀有一种愚蠢的优越感，一种居高临下的怜悯。

现在，我当然知道，无论是先天的残疾，还是后天的残疾，这厄运没有落到我的头上，只是侥幸罢了。遗传，胚胎期的小小意外，人生任何年龄都可能突发的病变、车祸、地震，不可预测的飞来横祸，种种造成了残疾的似乎偶然的灾难原是必然会发生的，无人能保证自己一定不被选中。

被选中诚然是不幸，但是，暂时——或者，直到生命终结，那其实也是暂时——未被选中，又有什么可优越的？那个病灶长在他的眼睛里，不是长在我的眼睛里，他失明了，我仍能看见。那场地震发生在他的城市，不是发生在我的城市，他失去了双腿，我仍四肢齐全……我要为此感到骄傲吗？我多么浅薄啊！

上帝掷骰子，我们都是芸芸众生，都同样地无助。阅历和思考使我懂得了谦卑，懂得了天下一切残疾人都是我的兄弟姐妹。在造化的恶作剧中，他们是我的替身，他们就是我，他们在替我受苦，他们受苦就是我受苦。

二

我继续问自己：现在我不瞎不聋，肢体完整，就证明我不是残疾人了吗？我双眼深度近视，摘了眼镜寸步难行，不敢独自上街。在运动场上，我跑不快，跳不高，看着那些矫健的身姿，心中只能羡慕。置身于一帮能歌善舞的朋友中，我为我的身体的笨拙和歌喉的喑哑而自卑。在所有这些时候，我岂不都觉得自己是一个残疾人吗？

事实上，残疾与健全的界限是十分相对的。从出生那一天起，我们每一个人的身体就已经注定要走向衰老，会不断地受到损坏。由于环境的限制和生活方式的片面，我们的许多身体机能没有得到开发，其中有一些很可能已经萎缩。严格地说，世上没有绝对健全的人。有形的残缺仅是残疾的一种，在一定的意义上，人人皆患着无形的残疾，只是许多人对此已经适应和麻木了而已。

人的肉体是一架机器，如同别的机器一样，它会发生故障，会磨损、折旧，并且终于报废。人的肉体是一团物质，如同别的物质一样，它由元素聚合而成，最后必定会因元素的分离而解体。人的肉体实在太脆弱了，它经受不住钢铁、石块、风暴、海啸的打击，火焰会把它烤焦，严寒会把它冻伤，看不见的小小的病菌和病毒也会置它于死地。

不错，我们有千奇百怪的养生秘方，有越来越先进的医疗技术，有超级补品、冬虫夏草、健身房、整容术，这一切都是用来维护肉体的。可是，纵然有这一切，我们仍无法防备种种会损毁肉体的突发灾难，仍不能逃避肉体的必然衰老和死亡。

我不得不承认，如果人的生命仅是肉体，则生命本身就有着根本的缺陷，它注定会在岁月的风雨中逐渐地或突然地缺损，使它的主人成为明显或不明显的残疾人。那么，生命抵御和战胜残疾的希望究竟何在？

三

此刻我的眼前出现了一系列高贵的残疾人形象。在西方，从盲诗人荷马，到双耳失聪的大音乐家贝多芬，双目失明的大作家博尔赫斯，全身瘫痪的大科学家霍金，当然，还有又瞎又聋的永恒的少女海伦·凯勒。在中国，从受了腐刑的司马迁，受了膑刑的孙膑，到瞎子阿炳，以及坐着轮椅在文字之境中自由驰骋的史铁生。他们的肉体诚然缺损了，但他们的生命因此也缺损了吗？当然不，与许多肉体没有缺损的人相比，他们拥有的是多么完整而健康的生命。

由此可见，生命与肉体显然不是一回事，生命的质量肯定不能用肉体的状况来评判。肉体只是一个躯壳，是生命的载体，它的确是脆弱的，很容易破损。但是，寄寓在这个躯壳之中，又超越于这个躯壳，我们更有一个不易破损的内在生命，这个内在生命的通俗名称叫作精神或者灵魂。就其本性来说，灵魂是一个单纯的整体，而不像肉体那样由许多局部的器官组成。外部的机械力量能够让人的肢体断裂，但不能切割下哪怕一小块人的灵魂。自然界的病菌能够损坏人的器官，但没有任何路径可以侵蚀人的灵魂。总之，一切能够致残肉体的因素，都不能致残我们的内在生命。正因为此，一个人无论躯体怎样残缺，仍可使自己的内在生命保持完好无损。

原来，上帝只在一个不太重要的领域里掷骰子，在现象世界拨弄芸芸众生的命运。在本体世界，上帝是公平的，人人都被赋予了一个不可分割的灵魂，一个永远不会残缺的内在生命。同样，在现象世界，我们的肉体受千百种外部因素的支配，我们自己做不了主人。可是，在本体世界，我们是自己内在生命的主人，不管外在遭遇如何，都能够以有尊严的方式活着。

四

诗人里尔克常常歌咏盲人。在他的笔下，盲人能穿越纯粹的空间，能听见从头发上流过的时间和在脆玻璃上丁零作响的寂静。在热闹的世界上，盲人是安静的，而他的感觉是敏锐的，能以小小的波动把世界捉住。最后，面对死亡，盲人有权宣告："那把眼睛如花朵般摘下的死亡，将无法企及我的双眸……"

是的，我也相信，盲人失去的只是肉体的眼睛，心灵的眼睛一定更加明亮，能看见我们看不见的事物，生活在一个更本质的世界里。

感官是通往这个世界的门户，同时也是一种遮蔽，会使人看不见那个更高的世界。貌似健全的躯体往往充满虚假的自信，踌躇满志地要在外部世界里闯荡，寻求欲望和野心的最大满足。相反，身体的残疾虽然是限制，同时也是一种敞开。看不见有形的事物了，却可能因此看见了无形的事物。不能在人的国度里行走了，却可能因此行走在神的国度里。残疾提供了一个机会，使人比较容易觉悟到外在生命的不可靠，从而更加关注内在生命，致力于灵魂的锻炼和精神的创造。

在这个意义上，不妨说，残疾人更受神的眷顾，离神更近。

五

上述思考为我确立了认识残奥会的一个角度、一种立场。

残疾人为何要举办体育运动会？为何要撑着拐杖赛跑，坐着轮椅打球？是为了证明他们残缺的躯体仍有力量和技能吗？是为了争到名次和荣誉吗？从现象看，是；从本质看，不是。

其实，与健康人的奥运会比，残奥会更加鲜明地表达了体育的精神意义。人们观看残奥会，不会像观看奥运会那样重视比赛的输赢。人们看重的是什么？残奥会究竟证明了什么？

我的回答是：证明了残疾人仍然拥有完整的内在生命，在生命本质的意义上，残疾人并不残疾。

残奥会证明了人的内在生命的伟大。

2008.7

让生命充满内在意义

——王川《破晓,醒来!》序

2003年春季,SARS肆虐,北京成了一座半空的围城,我和家人在郊外住宅过着安静的日子。那些天里,我略感意外的是,未尝谋面的画家王川忽然常打电话来。当时他卜居在深圳郊外海边的一个小渔村里,每日埋头作画。在电话里,他跟我谈不久前他在尼泊尔的朝圣,谈艺术界的人和事,谈他的各种感想。他那四川口音的普通话忽近忽远,忽清晰忽模糊,仿佛从他身边的南中国海传来的遥远潮声。他说话语速很快,话题跳跃,我即使聚精会神也总有听不明白的时候。但是,我听明白了一件事,就是自从做胃癌手术以后,他写了几百万字的日记和笔记。我把这件事一直放在心上。现在,我读到的这部书稿就是他从日记和笔记中整理出来的。

人生无常,死亡随时可能来临,这个道理似乎尽人皆知。但是,对于多数人来说，这只是抽象的道理，而在一个突然被死神选中的人身上，它却呈现出了残酷的具体性。同是与死神不期而遇又侥幸地逃脱，情况也很不相同，这种非常经历能否成为觉悟的契机，取决于心性的品质。在中国美术界，王川被同行称为离上帝最近的人，他有浓烈的玄思倾向和宗教情怀，耽于终极问题的追问，并通过绘画予以表达，其抽象艺术的成就得到了广泛的承认。这样的一个人，从死神身边回来了，我相信他一定会有重要的感悟告诉我们。

王川于 1998 年被诊断出胃癌第三期并做了胃切除百分之八十的手术，此后曾出现复发的迹象，这使他的生命时间始终处在极大的不确定之中，他的感觉是佛家说的“分分秒秒正在死去”。对于潜伏在身边的死亡，王川终于找到了一种合宜的态度，不但不回避、不拒绝，与之和睦相处，而且把它当作一位导师，在它时时刻刻的提醒下思索人生。这正合海德格尔所说的“面向死亡而存在”的思路，使死亡由致人毁灭的负面力量变成促人净化的正面力量了。他的感悟若用两个词来概括，就是当下和内在。生命大于肉身，死亡揭示了肉身的有限，却启示了生命的无限。生命的内在疆域无比宽阔，只要你能进入其中，每一个当下即是永恒。

一般人活在世上，对于未来会有种种期望和计划，并且为之忙碌。可是，倘若一个人意识到死亡近在咫尺，他就会明白，期待中的未来也许并不存在，唯一可把握的是当下。王川就是这样，他说他活得像只剩下几分钟，每一天破晓睁开眼睛起来，喝上一口热水，深深地吸一口气，这时他会想，不知明天还能不能再睁开眼睛起来，于是就感到自己非常幸运了。因此，他不会给自己安排许多事，好像把所有这些事做完了就可以看得更清楚。他知道，结果正相反，这只会让头脑里装满垃圾，欺骗自己前面还有无限的时光和明确的目标，过多的期望逐渐变成过多的恐惧，掉进了致命的陷阱。他已经习惯于放下一切，首先是放下对未来的执着。于是，他做事的心态是：“见了便做，做了便放下，了了有何不了。”这种心态看似消极，其实包含着大智慧。事实上，每一个人都可能突然遭遇没有明天的一天，可是世人往往为不可靠的明天复明天付出全部心力，却把一个个今天都当作手段牺牲掉了。

把心放在当下，如何做，做什么？王川的回答是：“利用生命每一刻来转化内在。”人们为未来奔忙，多半有具体的名和利作为目标。精神的追求自然也可以设立某种目标，但是，精神性的目标只是一个方向，它的实现方式不是在未来某一天变成可见的现实，而是作为方向体现在每一个当下的行为中。也就是说，它永远不会完全实现，又时刻可以正在实现。因此，把心从未来收回到当下，也就意味着把心从外在的名利世界收回到内在的精神世界。王川的淡泊名利，在美术界有口皆碑，而死亡这位导师的教导使他更加看清了名利的无价值，更加坚定了生命的精神性目标。他曾是一个基督徒，后来又潜心佛教和禅定，不过，在我看来，这些都只是形式，他始终在做着同一件事，就是他常说的“转化内在”，从而让生命充满内在意义。他深切感到，对生命的正确思考和深度体验是实实在在的、最高级的、不可估量的东西，拥有了这个东西，就“身在黄金岛，何须寻凡石”，不必在乎世俗生活中的得失了。

对于作为艺术家的王川来说，绘画也是“转化内在”的一种形式。从他一些个展的主题，例如“生命的指标”、“精神生活的手稿”、“涂画的觉醒”，我们亦可看出这一点来。他画抽象水墨画，只是出于内心的需要，与中西文化优劣之类的伪命题毫无干系，最反感那种“自我东方化”的民族主义情绪。他批评中国画家头脑里装了太多与艺术无关的事情，使得艺术本身变得很弱。面对空前热闹的大陆艺术界，他宁愿“彻底将自己变成局外人，变成什么都不是的人”，背着行囊四处漂泊，在漂泊中脱光身上虚假的文化盔甲。当他孑身一人漫游在喜马拉雅山麓生机勃勃的丛林之中时，他如此告慰自己：“我最满意的不是我画出一点抽象艺术之美的作品，而是我获得的一种生活。”

从这部书稿中我第一次知道，就在2003年他常给我打电话的那段时间后不久，他卜居的小渔村遭受十二级飓风袭击，而他在那里辛苦画出的一百五十多幅水墨画被雨水浸泡成了纸浆。遭此劫难，他在日记中平淡地写道：“消融于生命自身之中的生命，乃是无限丰盈的自足。当下，水墨画被水弄湿的讲法已经无聊至极。只好随它去。”

仍让我用王川自己的话来结束这篇序言吧：“开始的时候，什么都不会来，中间的时候，什么都留不住，最后的时候，全部都在。”那最后的时候全部都在的是什么？他如是说：“精神与世界不曾分离，天空与大地、生命是一个整体。”

在确诊患了中晚期胃癌的那个时刻，王川向自己预言：“此时，我的人生又是一次开始。”信哉。

2007.9

人生边上的智慧

——读杨绛《走到人生边上》

杨绛九十六岁开始讨论哲学，她只和自己讨论，她的讨论与学术无关，甚至与她暂时栖身的这个热闹世界也无关。她讨论的是人生最根本的问题，同时是她自己面临的最紧迫的问题。她是在为一件最重大的事情做准备。走到人生边上，她要想明白留在身后的是什么，前面等着她的又是什么。她的心态和文字依然平和，平和中却有一种令人钦佩的勇敢和敏锐。她如此诚实，以至于经常得不出确定的结论，却得到了可靠的真理。这位可敬可爱的老人，我分明看见她在细心地为她的灵魂清点行囊，为了让这颗灵魂带着全部最宝贵的收获平静地上路。

在前言中，杨先生如此写道："我正站在人生的边缘上，向后看看，也向前看看。向后看，我已经活了一辈子，人生一世，为的是什么呢？

我要探索人生的价值。向前看呢，我再往前去，就什么都没有了吗？当然，我的躯体火化了，没有了。我的灵魂呢？灵魂也没有了吗？”这一段话点出了她要讨论的两大主题：一是人生的价值，二是灵魂的去向，前者指向生，后者指向死。我们读下去便知道，其实这两个问题是密不可分的。

在讨论人生的价值时，杨先生强调人生贯穿灵与肉的斗争，而人生的价值大致取决于灵对肉的支配。不过，这里的“灵”，并不是灵魂。杨先生说：“我最初认为灵魂当然在灵的一面。可是仔细思考之后，很惊讶地发现，灵魂原来在肉的一面。”读到这句话，我也很惊讶，因为我们常说的灵与肉的斗争，不就是灵魂与肉体的斗争吗？但是，接着我发现，她把“灵魂”和“灵”这两个概念区分开来，是很有道理的。她说的灵魂，指不同于动物生命的人的生命，一个看不见的灵魂附在一个看得见的肉体上，就形成了一条人命，且各自称为“我”。据我理解，这个意义上的灵魂，相当于每一个人的内在的“自我意识”，它是人的个体生命的核心。在灵与肉的斗争中，表面上是肉在与灵斗，实质上是附于肉体的灵魂在与灵斗。所以，杨先生说：“灵魂虽然带上一个‘灵’字，并不灵，只是一条人命罢了。”我们不妨把“灵”字去掉，名之为“魂”，也许更确切。

肉与魂结合为“我”，是斗争的一方。那么，作为斗争另一方的“灵”是什么呢？杨先生造了一个复合概念，叫“灵性良心”。其中，“灵性”是识别是非、善恶、美丑等道德标准的本能，“良心”是遵守上述道德标准为人行事的道德心。她认为，“灵性良心”是人的本性中固有的。据我理解，这个“灵性良心”就相当于孟子说的人性固有的善“端”，佛教说的人皆有之的“佛性”。这里有一个疑问：作为肉与魂的对立面，这个“灵性良心”当然既不在肉体中，也不在灵魂中，它究竟居于何处，又从何方而来？对此杨先生没有明说。综观全书，我的推测是，它与杨先生说的“大自然的神明”有着内在的联系。这个“大自然的神明”，基督教称作神，孔子称作天。那么，“灵性良心”也就是人身上的神性，是“大自然的神明”在人身上的体现。天生万物，人为万物之灵，灵就灵在天对人有这个特殊的赋予。

接下来，杨先生对天地生人的目的有一番有趣的讨论。她的结论是：这个目的绝不是人所创造的文明，而是堪称万物之灵的人本身。天地生人，着重的是人身上的“灵”，目的当然就是要让这个“灵”获胜了。天地生人的目的又决定了人生的目的。唯有人能够遵循“灵性良心”的要求修炼自己，使自己趋于完善。不妨说，人生的使命就是用“灵”引导“魂”，使之成为名副其实的“灵魂”。用这个标准衡量，杨先生对人类的进步提出了质疑：几千年过去了，世道人心进步了吗？现代书籍浩如烟海，文化普及，各专业的研究务求精密，皆远胜于古人，但是对真理的认识突破了多少呢？如此等等。一句话，文明是大大发展了，但人之为万物之灵的“灵”的方面却无甚进步。

尤使杨先生痛心的是：“当今之世，人性中的灵性良心，迷蒙在烟雨云雾间。”这位九十六岁的老人依然心明眼亮，对这个时代偏离神明指引的种种现象看得一清二楚：上帝已不在其位，财神爷当道，人世间只成了争权夺利、争名夺位的战场，穷人、富人有各自操不完的心，都陷在苦恼之中……在这个物欲横流的人世间，好人更苦：“你存心做一个与世无争的老实人吧，人家就利用你、欺侮你。你稍有才德品貌，人家就嫉妒你、排挤你。你大度退让，人家就侵犯你、损害你。你要保护自己，就不得不时刻防御。你要不与人争，就得与世无求，同时还要维持实力，准备斗争。你要和别人和平共处，就先得和他们周旋，还得准备随处吃亏……”不难看出，杨先生说的是她的切身感受。她不禁发出悲叹:“曾为灵性良心奋斗的人,看到自己的无能为力而灰心绝望,觉得人生只是一场无可奈何的空虚。”

况且我们还看到,命运惯爱捉弄人,笨蛋、浑蛋安享富贵尊荣,不学无术可以欺世盗名,有品德的人一生困顿不遇,这类事例数不胜数。“造化小儿的胡作非为,造成了一个不合理的人世。”这就使人对上天的神明产生了怀疑。然而,杨先生不赞成怀疑和绝望,她说:“我们可以迷惑不解,但是可以设想其中或有缘故。因为上天的神明,岂是人人都能理解的呢?”进而设问:“让我们生存的这么一个小小的地球,能是世人的归宿处吗?又安知这个不合理的人间,正是神明的大自然故意安排的呢?”如果我没有理解错的话,杨先生的潜台词是:这个人世间可能只是一个过渡,神明给人安排的真正归宿处可能在别处。在哪里呢?她没有说,但我们可设想的只能是类似佛教的净土、基督教的天国那样的所在了。

这一点推测,可由杨先生关于灵魂不灭的论述证明。她指出:人需要锻炼,而受锻炼的是灵魂,肉体不过是中介,锻炼的成绩只留在灵魂上;灵魂接受或不接受锻炼,就有不同程度的成绩或罪孽;人死之后,肉体没有了,但灵魂仍在,锻炼或不锻炼的结果也就仍在。她的结论是:“所以,只有相信灵魂不灭,才能对人生有合理的价值观,相信灵魂不灭,得是有信仰的人。有了信仰,人生才有价值。”

那么,杨先生到底相信不相信灵魂不灭呢?在正文的末尾,她写道:“有关这些灵魂的问题,我能知道什么?我只能胡思乱想罢了。我无从问起,也无从回答。孔子曰:‘未知生,焉知死’,‘不知为不知’,我的自问自答,只可以到此为止了。”看来不能说她完全相信,她好像是将信将疑,但信多于疑。虽然如此,我仍要说,她是一个有信仰的人,因为在我看来,信仰的实质在于不管是否确信灵魂不灭,都按照灵魂不灭的信念做人处世，好好锻炼灵魂。孔子说“祭神如神在”，一个人若能事事都怀着“如神在”的敬畏之心，就可以说是有信仰的了。

杨先生向许多“聪明的年轻人”请教灵魂的问题，得到的回答很一致，都说人死了就是什么都没有了，而且对自己的见解都坚信不疑。我不禁想起了两千五百多年前苏格拉底的同样遭遇，当年这位哲人也曾向雅典城里许多“聪明的年轻人”请教灵魂的问题，得到的也都是自信的回答，于是发出了“我知道我一无所知”的感叹。杨先生也感叹：“真没想到我这一辈子，脑袋里全是想不通的问题。”“我提的问题，他们看来压根儿不成问题。”“老人糊涂了！”但是，也和当年苏格拉底的情况相似，正是这种普遍的自以为知更激起了杨先生深入探究的愿望。我们看到，她不依据任何已有的理论或教义，完全依靠自己的生活经验和独立思考，一步一步自问自答，能证实的予以肯定，不能证实的存疑。例如肉体死后灵魂是否继续存在，她在举了亲近者经验中的若干实例后指出：“谁也不能证实人世间没有鬼。因为‘没有’无从证实；证实‘有’，倒好说。”由于尚无直接经验，所以她自己的态度基本上是存疑，但绝不断然否定。

杨先生的诚实和认真，着实令人感动。但不止于此，她还是敏锐和勇敢的，她的敏锐和勇敢令人敬佩。由于中国两千多年传统文化的实用品格，加上几十年的唯物论宣传和教育，人们对于看不见、摸不着的东西往往不肯相信，甚至毫不关心。杨先生问得好：“‘真、善、美’看得见吗？摸得着吗？看不见、摸不着的，不是只能心里明白吗？信念是看不见的，只能领悟。”我们的问题正在于太“唯物”了，只承认物质现实，不相信精神价值，于是把信仰视为迷信。她所求教的那些“聪明的年轻人”都是“先进知识分子”，大抵比她小一辈，其实也都是老年人了，但浸染于中国的实用文化传统和主流意识形态，对精神事物都抱着不思、不信乃至不屑的态度。杨先生尖锐地指出:“什么都不信,就保证不迷吗?”“他们的‘不信不迷’使我很困惑。他们不是几个人。他们来自社会各界:科学界、史学界、文学界等,而他们的见解却这么一致、这么坚定,显然是代表这一时代的社会风尚,都重物质而怀疑看不见、摸不着的‘形而上’境界。他们下一代的年轻人,是更加偏离‘形而上’境界,也更偏重金钱和物质享受的。”凡是对我们时代的状况有深刻忧虑和思考的人都知道,杨先生的这番话多么切中时弊,不啻醒世良言。这个时代有种种问题,最大的问题正是信仰的缺失。

我无法不惊异于杨先生的敏锐,这位九十六岁的老人实在比绝大多数比她年轻的人更年轻,心智更活泼,精神更健康。作为证据的还有附在正文后面的“注释”,我劝读者千万不要错过,尤其是《温德先生爬树》、《劳神父》、《记比邻双鹊》、《〈论语〉趣》诸篇,都是大手笔写出的好散文啊。尼采有言:“句子的步态表明作者是否疲倦了。”我们可以看出,杨先生在写这些文章时是怎样地毫不疲倦、精神饱满、兴趣盎然,遣词造句、布局谋篇是怎样地胸有成竹、收放自如,一切都在掌控之中。这些文章是一位九十六岁的老人写的吗?不可能。杨先生真是年轻!

2007.9

最合宜的位置

——《最合宜的位置》自序

我相信，每一个人降生到这个世界上来，一定有一个对于他最合宜的位置，这个位置仿佛是在他降生时就给他准备了的，只等他有一天来认领。我还相信，这个位置既然仅仅对于他是最合宜的，别人就无法与他竞争，如果他不认领，这个位置就只是浪费掉了，而并不是被别人占据了。我之所以有这样的信念，则是因为我相信，上帝造人不会把两个人造得完全一样，每一个人的禀赋都是独特的，由此决定了能使其禀赋和价值得到最佳实现的那个位置也必然是独特的。

然而，一个人要找到这个对于他最合宜的位置，却又殊不容易。环境的限制，命运的捉弄，都可能阻碍他走向这个位置。即使客观上不存在重大困难，由于心智的糊涂和欲望的蒙蔽，他仍可能在远离这个位置的地方徘徊乃至折腾。尤其在今天这个充满诱惑的时代，不少人奋力争夺名利场上的位置，甚至压根儿没想到世界上其实有一个仅仅属于他的位置，而那个位置始终空着。

我的这个认识，是在许多年里逐渐清晰起来的，现在可以说到了牢不可破的地步。我丝毫不怀疑，我现在所在的这个位置是最适合于我的，因此，外界的诱惑对我发生不了什么作用了。可是，若有人问我这究竟是一个什么位置，我好像又说不清楚。可以肯定的是，完全不能用学者、作家之类的职业来定义它。如果勉强说，就说它是一种很安静的生活状态吧。现在我的生活基本上由两件事情组成：一是读书和写作，我从中获得灵魂的享受；另一是亲情和友情，我从中获得生命的享受。顺便说一说，友情的极致也是亲情，我深感最好的朋友都是我的亲人。亲情和友情使我远离社交场的热闹，读书和写作使我远离名利场的热闹。人最宝贵的两样东西，生命和灵魂，在这两件事情中得到了妥善的安放和真实的满足，夫复何求，所以我过着很安静的生活。

我当然知道，这种很安静的生活适合于我，未必适合于别人。一定有人更适合于过一种轰轰烈烈的生活，他们不妨去叱咤风云，指点江山，一展宏图。人的禀赋各不相同，共同的是，一个位置对于自己是否最合宜，标准不是看社会上有多少人争夺它、眼红它，而应该去问自己的生命和灵魂，看它们是否真正感到快乐。

本书是我 1999 年至 2008 年的文字的一个选本。乘出版的机会，我把我这十年来最深切的一个感受写了出来，与我的读者共勉。

2008.12

少儿时代是我的良师

——《周国平寄小读者》序

二十一世纪出版社向我约稿，要我从迄今为止的作品中选出十来万字，编成一本给少儿读的书。这真是和我想到一块儿了，在约稿之前，我已经想要做这件事，并且列入了今年的工作计划。那么，我就说一说为什么我想要做这件事。

我自己也有过少儿时代，曾经也是一个小读者。那当然是老早的事了，但是，儿时的求知渴望，少年的惆怅心情，仿佛仍在我心灵深处的某个角落里潜藏着，我是一点儿不陌生的。我一路走来，走了人生大半路程，离那个从前的男孩越来越远。然而，我有一个感觉，我觉得自己好像一路都在和那个男孩做伴，与他交谈，不断地把我的所见所闻和所感所思告诉他，听取他的回应。我诚然比他成熟，也许有以教他，但他不只是我的学生，他那么纯真、敏感，本能地厌恶一切空话和假话。深藏在我心中的少儿时代同时也是一个良师，一直在检查我的作业，督促我做一个诚实的思想者和写作者。

你们一定想到了，那个良师不只在我的心中，也在我的眼前，那就是你们，我的小读者。在你们面前，一个作家必须诚实，你们不屑于理睬任何的故弄玄虚、牵强附会和言不由衷。我多么希望我的作业能够经得住你们的检查。当然，如果作业是合格的，应该也能使你们受益。

那个从前的男孩一路走来，走到了今天的时代，垂垂老矣。如果那个男孩晚生几十年，今天仍是一个孩子，处在这个物欲膨胀、竞争激烈的时代，他肯定会比当年更感到迷惘，有更多的困惑。我多么爱他，凭我的人生阅历和思考，我能给他一些什么指点呢？在选编这本书时，我作如是想，斟酌再三，由此形成了一个思路。全书分五辑，实际上是我认为一个涉世不深的人在今天时代最容易迷失，因此最应该珍视的价值，这就是——

一、成为你自己——我愿他不受外界时尚和潮流的支配，有真实的自我；

二、爱使人富有——我愿他的心不在社会的竞争中变得冷漠，有丰盈的爱心；

三、向教育争自由——我愿他能抵御现行教育的弊端，做学习的主人，有活泼的心智；

四、生命中不能错过什么——我愿他的真性情不被物欲污染，保持本色的生命；

五、人的高贵在于灵魂——我愿他做人有道德，处世有理想，有高贵的灵魂。

你们一定想到了，这也是我对你们的希望，因为你们就是生活在今天的那个少儿时代的我，你们还是今天的我的孩子。我爱你们，我的小读者。

2010.5

我更愿意是我自己

——答《青年心理》杂志

1. 你怎样形容自己的性格?

恰好二十年前,《中国青年》杂志做过类似的采访,对于同样的问题,我是这样回答的:“敏感,忧郁,怕羞。拙于言谈,疏于功名。不通世故,不善社交。”如此等等。现在再看,觉得仍基本准确。但也有变化,现在不像当年那样敏感和忧郁了,似乎已趋于坚韧和达观。当然,这可以是成熟,也可以是衰老,我姑且当作是前者吧。

我认为,人的基本性格是难以改变的,也不必刻意改变。性格本身无所谓好坏,关键在于正确地使用,使之产生好的结果。比如说,我不善社交,也就不去社交场折腾了,反倒为自己赢得了宁静的心境和独处的时间。

2. 你最喜欢哪个童话故事？为什么？

圣-埃克苏佩里的《小王子》。在成人的功利世界里，我常常感到孤独，而这时候孩子便是我的救星。我觉得和孩子非常好沟通，没有任何障碍。在这篇童话中，我读出了作者同样的心情，并且他做了最有力的表达。

3. 做什么事会让你感觉最舒适最享受？

读一本好书。与一个好女人相爱。和自己的孩儿疯玩傻乐。

4. 你对自己最满意和最不满意的是什么？

最满意的是，我在做自己喜欢做的工作，和自己喜欢的人一起生活。最不满意的是，我不善于拒绝，有时候仍会因为情面而做自己并不喜欢做的事情。

5. 近一段时间，让你感到最快乐的是什么事？

停下了一切工作，无所事事。

6. 如果真的有可以让时光倒流的时间机器，你希望回到什么时候？为什么？

古希腊是人类健康生命和高贵心灵的乐园，唐宋是中国文人的黄金时代，都很值得去游历一番。但是，我不想在那里定居。我投生在今天这个时代，因此成为了这个时代的产物。设想我是别的时代的人，就等于设想我不是我，而这又等于设想我不存在。

如果你问的是希望回到我自己人生的什么时候，我告诉你，我不想回到任何时候。人生一切美好经历的魅力就在于不可重复，它们因此而永远活在了记忆中。

7. 你觉得自己最好的习惯是什么？怎样养成的？

写日记。我在五岁时就自发地写日记了。开始的原因似乎很可笑，那时候大家都穷，吃到一点好东西不容易。我想，今天吃了，明天忘了，不是白吃了吗？于是做了一个小本子，吃到好东西就记下来。后来所记的当然不这么幼稚了，但相同的是，我通过写日记留住了人生的许多好滋味。

写日记是心灵生活的好方式。我的体会是，通过写日记，第一能把自己的外在经历转化成内在财富，从而使心灵丰富；第二能经常从热闹的外部生活中抽身回来，与自己相处和对话，从而使心灵宁静。

8. 成长过程中什么人或者什么事对你的影响最大？是怎样的影响？

我上大学时的同学郭世英。请参看我的《岁月与性情》一书。

9. 你最喜欢异性身上的什么特点？

温柔，聪慧，善解人意。单纯一些，不要太功利，女人一功利就特别俗。当然，我摆脱不了男人的偏见，还喜欢女人漂亮。

10. 爱情中最重要的品质是什么？

真诚，信任，包容。

11. 你觉得爱一个人最好的方式是什么？

把她（他）当作独立的个人尊重她（他），把她（他）当作最亲的亲人心疼她（他）。

12. 失去什么，会让你觉得绝望？

爱的能力，思想的能力。

13. 你觉得最好的职业是什么？为什么？

最好的职业是有业无职，就是有事业，而无职务、职位、职称、职责之束缚，能够自由地支配自己的时间，做自己喜欢做的事。例如艺术家、作家、学者。当然，前提是他们真正热爱艺术、文学和学术。否则，职位、职务、职称俱全而唯独无事业的所谓学者、作家、艺术家，今天有的是。

14. 怎样才能确定一个职业是否适合自己？

应该符合三个条件：第一，有强烈的兴趣，甚至到了不给钱也一定要干的程度；第二，有明晰的意义感，确信自己的生命价值借此得到了实现；第三，能够靠它养活自己。

15. 讲一讲对你来说最难的一次选择。你是怎样选择的？有没有后悔？

人生的道路分内外两个方面。外在的方面往往由命运、时代、环境、机遇决定，自己没有多少选择的主动权。因此，我基本上是顺其自然，很少主动去争取什么。内在的方面，精神的取向和历程，我相信在很大程度上自己是可以支配的，我会比较执着。

在人生的某种绝境中，真正发生的情况实际上不是难以选择，而是无可选择，所以也谈不上后悔。你应该知道我指的是什么。

16. 促使你成功的最重要的品质是什么?

我从来不觉得自己是一个成功人士。我自小比较自卑,没有出人头地的野心,今天所获得的这些外在的东西,所谓名声之类,完全超出了我的预期。如果这算是成功,那么,我能得到它们,也许正是因为我没有把它们太当一回事,至少没有当作自己的目标。现在我的总结是,把优秀当作第一目标,而把成功当作优秀的副产品,这可能是最恰当的态度,有助于一个人获取成功,或者坦然地面对不成功。

17. 你怎样处理工作中的人际关系?讲一个你认为好用的方法。

我给自己处理人际关系确立了一个原则,就是尊重他人,亲疏随缘。工作中的人际关系稍微麻烦一些,因为躲不开,常常还会影响自己的切身利益。不过,只要对利益超脱一点,这个原则仍然适用。

18. 学习或工作觉得倦怠的时候,你怎么办?

马上放下,看看闲书,听听音乐,去散步、游泳,或者和孩子玩。

19. 你是否遇到过危机,如何克服的?

人生难免遇到危机,情况各异,不可一概而论。大体上是,能主动应对当然好,若不能,就忍受它,等待它过去。

20. 如果你有机会可以做另外一种人,你想做什么人?过什么样的生活?

我曾和一个五岁男孩谈话,告诉他,我会变魔术,能把一个人变成一只苍蝇。他听了十分惊奇,问我能不能把他变成苍蝇,我说能。他陷入了沉思,然后问我,变成苍蝇后还能不能变回来,我说不能,他决定不让我变了。我也一样,想变成任何一种人,体验任何一种生活,包括国王、财阀、圣徒、僧侣、强盗、妓女等,甚至也愿意变成一只苍蝇,但前提是能够变回我自己。所以,归根到底,我更愿意是我自己。

2008.7

经济危机下的生命反思

我曾接到邀请，让我出席今年的博鳌论坛，就“经济危机下每个人如何生活”的主题发言。可是，我对这场经济危机实在看不明白，怎么能到这样隆重的会场上去瞎说一通呢？所以我推辞了。

这场经济危机来势凶猛，据说百年不遇，迅速席卷全球，闹得人心惶惶，迫使大国首脑们频繁开会，商讨对策。看来情况确实严重，绝非空穴来风。我看不明白的是，没有全球性自然灾害，没有世界大战，何以人类生活的场景说变就变了呢？

听到和读到一鳞半爪，好像全是银行惹的祸。次贷，坏账，不良资产，金融海啸，按我这个外行的理解，这些可怕的术语无非是表示，银行把账算错了，突然发现钱远远没有原来以为的那么多。银行的职责是管钱，管得这么糟，应该打屁股。但是，把这么大的权力交给银行，让大家都根据算错了的账瞎折腾，是不是更大的教训？

再说，既然发现钱没有那么多，那就少花些钱好了，有什么大不了的呢？是的，钱已经花出去了，事情只做了一半，如果没有后续的钱，项目就黄了，这当然是很大的损失。那么，岂不应该从根本上反省一下，许多项目是否本来就不该上，贪婪地扩张经济本身就不是人类正确的生存方式？我们诚然可以通过拉动内需来应对或预防市场冷清，但是，在人类文明和人生幸福的层次上，节制物质需要是否具有更重要的意义？

据我观察，受这场经济危机影响最大的是相反两极的阶层。一极是老板，尤其是上市公司的老板，经受了生意惨淡、资产缩水的烦恼。不过，他们衣食无虞，只是钱赚多赚少的问题，挺一挺就能渡过难关。另一极是没有稳定职业的人，尤其是农民工，遭受了失业的痛苦。农民工是最悲惨的，家乡不再有足以养育他们的土地，他们已经没有退路。他们的境况始终是对大规模城市化的质疑，只是现在更尖锐地显现出来了而已。

在这两极之间，多数城市居民的生活其实受经济危机的影响甚小，至少从我接触的范围来看是如此。人们照常上下班，照常去菜场买菜，照常过着从前的日子。风暴在金融、证券、房地产等领域里回旋，未能撼动普通生活的基础。对于许多普通人来说，经济危机几乎是一个尚未证实的传说。不管高端经济人士把账算得怎样一团糟，一个明显的事实是，社会上基本生活资料的数量并没有减少，而这就意味着人们的基本生活可以不受影响。既然如此，经济危机就毫不可怕。

在我看来，这场经济危机反倒是提供了一个契机，促使我们反思人生和人类的某些根本问题。我一直认为，人生的幸福在于两大快乐：一是生命的快乐，例如健康、亲情、与自然的交融，这是生命本身的需要得到满足的快乐；另一是精神的快乐，包括智性、情感和信仰的快乐，这是人的高级属性得到满足的快乐。这两种快乐当然需要一定的物质条件，但所需十分有限。物质的贪欲是社会刺激出来的，不是生命本身带来的，其满足诚然也是一种快乐，但是，与生命的快乐比，它太浅，与精神的快乐比，它太低。我相信，一个人越是满足于过俭朴的物质生活，并善于从生命本身和精神世界中获取快乐，经济危机对他的影响就越小。原因很简单：这场经济危机只是打击了消费主义，不能伤及生命本身的享受，只是打击了物质主义，不能伤及精神的享受。

这个道理同样适用于人类。人类应该朝什么方向发展？用什么来衡量人类文明的水平？物质财富的制造和享用当然是一个方面，但是，正如马克思所指出的，真正的自由王国存在于物质生产领域的彼岸，那实际上就是精神的创造和享受。然而，长期以来，财富成了我们这个时代最光芒万丈的词汇，成了从政府到个人所追求的第一目标。在相当程度上，可以把这场经济危机视为泛滥于当代世界的物质主义和消费主义的一个恶果。它在物质主义和消费主义的大本营美国首先爆发，对于人类岂不是一个警示？

最后，我必须承认，我对这场经济危机仍然看不明白，我所说的只是一些基本的道理罢了。不管与这场经济危机联系起来是否恰当，这些道理本身是不会错的，而且确有必要在遭到忽视的今天予以重申。

2009.5

诗意地栖居

鉴于碳排放过量导致全球环境破坏和气候异常的严峻事实，国际社会正在倡导低碳理念，实施低碳行动，中国政府对此也积极响应。低碳理念的落实，在技术层面上有赖于能源体系的变革，即寻求化石能源节约、高效和洁净化利用的途径，并大力发展非化石洁净能源。但是，单有技术层面显然不够，严重碳污染只是人类某种错误的生存发展观念的恶果之一，唯有在哲学层面上深刻反思，根本转变人类的生存发展观念，才能真正解决问题。

本年度北京科技周以“诗意地栖居”为主题举办低碳生活专题论坛，邀我做嘉宾，我就从今天在中国广泛流传的这一句诗谈起吧。荷尔德林有一首诗，其中的一句是：“人诗意地栖居在这个大地上。”海德格尔对这一句诗做了非常繁复的分析，其中心意思是，诗意是栖居的本质，只有诗意才使人真正作为人栖居在大地上，从而使栖居成为安居，使大地成为家园。我认为可以由之引申出两个观点：第一，在人与自然的关系上，人应该以诗意方式而非技术方式对待自然；第二，在人自身的幸福追求上，人应该以诗意生活而非物质生活作为目标。从这两个方面来看当今中国人的生存境况，我们不得不承认，诗意已经荡然无存。

什么叫对待自然的技术方式？就是把自然物仅仅看成满足人的需要的一种功能，对人而言的一种使用价值，简言之，仅仅看成资源和能源。天生万物，各有其用，这个用不是只对人而言的。用哲学的语言说，万物都有其自身的存在和权利；用科学的语言说，万物构成了地球上自循环的生态系统。然而，在技术方式的统治下，一切自然物都失去了自身的存在和权利，只成了能量的提供者。今天的情况正是如此，在席卷全国的开发热中，国人眼中只看见资源，名山只是旅游资源，大川只是水电资源，土地只是地产资源，矿床只是矿产资源，皆已被开发得面目全非。这个被人糟蹋得满目疮痍的大地，如何还能是诗意地栖居的家园？

由此可见，问题不是出在技术不到位，而是出在对待自然的技术方式本身。与技术方式相反，诗意方式就是要摆脱狂妄的人类中心主义和狭窄的功利主义的眼光，用一种既谦虚又开阔的眼光看自然万物。一方面，作为自然大家庭中的普通一员，人以平等的态度尊重万物的存在和权利。另一方面，作为地球上唯一的精神性存在，人又通过与万物和谐相处而领悟存在的奥秘。其实，对待自然的诗意方式并不玄虚，这在一切虔信的民族那里是一个传统。比如在藏民眼中，自然山河绝不只是资源和能源，更不是征服的对象，相反，他们把大山大川看作神居住的地方，虔诚地崇拜。我们不要说他们愚昧，愚昧的可能是我们而不是他们，他们远比我们善于和自然和谐相处，并从中获得神圣的感悟。

毫无疑问,人为了生存,对待自然的技术方式是不可缺少的。但是,必须限制技术的施展范围,把人类对自然物的干预和改变控制在最必要限度之内,让自然物得以按照自然的法则完成其生命历程。人类应该在这个前提下来安排自己的经济和生活,而这就意味着大大减少资源和能源的开发及使用。

也许有人会问:这不是要人类降低生活质量,因而是一种倒退吗?且慢,我正想说,若要追究我们对待自然的错误方式的根源,恰恰在于我们的价值观、幸福观出了问题。正因为在我们的幸福蓝图中诗意已经没有一点位置,我们才会以没有丝毫诗意的方式对待自然。在今天,人们往往把物质资料的消费视为幸福的主要内容,国家也往往把物质财富的增长视为治国的主要目标,我可断言,这样的价值观若不改变,人类若不约束自己的贪欲,人对自然的掠夺就不可能停止。我听到有论者强调说:低碳经济的目标是低碳高增长。我不禁要问:为什么一定要高增长?我很怀疑,以高增长为目标,低碳能否实现,至少在非化石能源尚难普及的相当长时期里是无法实现的。在我看来,宁可经济增长慢一点,多花一点力气来建构全民福利,缩小贫富差别,增进社会和谐,这样人民是更幸福的。

所以,真正需要反思的问题是:什么是幸福?我一向认为,人最宝贵的东西,一是生命,二是心灵,而若能享受本真的生命,拥有丰富的心灵,便是幸福。这当然必须免去物质之忧,但并非物质越多越好,相反,毋宁说这二者的实现是以物质生活的简单为条件的。一个人把许多精力给了物质,就没有什么闲心来照看自己的生命和心灵了。诗意的生活一定是物质上简单的生活,这在古今中外所有伟大的诗人、哲人、圣人身上都可以得到印证。现代人很看重技术所带来的便利,日常生活依赖汽车和家用电器，甚至运动和娱乐也依赖各种复杂的设施，耗费了大量能源，但因此就生活得比古人幸福吗？李白当年“五岳寻仙不辞远，一生好入名山游”，走了许多崎岖的路，留下了许多不朽的诗。我们现在乘飞机往返景区，乘缆车上山下山，倒是便捷了，但看到、感受到的东西可有李白的万分之一？我们比李白幸福吗？苏东坡当年夜游承天寺，对朋友感叹道：“何夜无月，何处无竹柏，但少闲人如吾二人耳。”我们现在更少这样的闲人，而最可悲的是，从前无处不有的明月和竹柏也已经成了稀罕之物，我们比苏东坡幸福吗？

是的，诗意是栖居的本质，人如果没有了诗意，大地就会遭蹂躏，不再是家园，精神就会变平庸，不再有幸福。

2010.5

戏说欲望

——在巴黎之花晚宴上的讲话

今天的晚宴设计了六个话题，分别请六个人讲，刚才五位朋友讲了前五个话题，按照主办方的安排，现在我来讲最后一个。据我所知，原先拟定的话题里有“婚姻”，可是，婚姻好像是一个尴尬的话题，没人肯认领。这也难怪，因为，如果你赞美婚姻，等于是你在证明自己的平庸，如果你抨击婚姻，又等于是你在控诉自己的配偶，反正怎么说都不对。结果，“婚姻”被“回忆”取代。

这颇具讽刺意味。在现实生活中，回忆正是婚姻的避难所：当我们对婚姻发生动摇时，我们就回忆曾有的爱情，来坚定自己的信心；当我们对婚姻感到绝望时，我们就回忆从前的情人，来安慰——确切地说是加深——自己的痛苦。

但是，这恰恰证明，在人生舞台上，婚姻是一个多么重要的角色，给了我们多么复杂的感受，不该缺席。所以，在向大家介绍一个新角色之前，我首先要恢复它的位置，而让“回忆”靠边站。

那么，人生舞台上的角色有这么五位：爱情、婚姻、幸福、浪漫、生活。现在我想告诉大家的是，我发现，这五位角色其实都是一位真正的主角的面具，是这位真正的主角在借壳表演，它的名字就叫——欲望。

什么是爱情？爱情就是欲望罩上了一层温情脉脉的面纱。

什么是婚姻？婚姻就是欲望戴上了一副名叫忠诚的镣铐，立起了一座名叫贞洁的牌坊。

什么是幸福？幸福是欲望在变魔术，给你变出海市蜃楼，让你无比向往，走到跟前一看，什么也没有。

所谓浪漫，不过是欲望在玩情调罢了。

玩情调玩腻了，欲望说：让我们好好过日子吧。这就叫“生活”。

欲望在人生中起这么重大的作用，它是好还是坏呢？

许多哲学家认为欲望是一个坏东西，理由有二。一是说它虚幻。比如，叔本华说：欲望不满足就痛苦，满足就无聊，人生如同钟摆在痛苦和无聊之间摆动。萨特说：人是一堆无用的欲望。二是说它恶，是人间一切坏事的根源，导致犯罪和战争。

可是，生命无非就是欲望，否定了欲望，也就否定了生命。

怎么办？这里我们要请出人生中另外两位重要角色了，一位叫灵魂，另一位叫理性。灵魂是欲望的导师，它引导欲望升华，于是人类有了艺术、道德、宗教。理性是欲望的管家，它对欲望加以管理，于是人类有了法律、经济、政治。

你们看，人类的一切玩意儿，或者是欲望本身创造的，或者是为了对付欲望而创造的。说到底，欲望仍然是人生舞台上的主角。

欲望是一个爱惹事的家伙，可是，如果没有欲望惹事，人生就未免太寂寞了。

所以，最后我要说一句：谢谢“欲望”。

2010.11

蓝　色

站在大地仰望天空
天空是蓝色的
无边的宇宙
　奇妙　神秘
我们的心灵向蓝色飞翔
蓝色是心灵的自由

升上太空俯瞰地球
地球是蓝色的
美丽的星辰
　吉祥　温暖
我们的心灵向蓝色降落

蓝色是心灵的家园

[附言]

第二届"中国杯"帆船赛在深圳举办"蓝色盛典"大型晚宴,邀我上台讲话,我吟诗一首,阐释"蓝色"之意蕴。

2008.10

哭铁生

凌晨，何东的短信："史铁生于12月31日3时46分离开我们去往天国。"

铁生走了？这个最坚强、最善良的人，这个永远笑对苦难的人，这个轮椅上的哲人，就这样突然走了？不可能，绝不可能！

我祈祷，我拒绝，我失声恸哭。

在这一瞬间，我清楚地知道，我的世界荒凉了，我失去了人世间最好的兄弟。

一直相信，虽然铁生身患残疾，双肾衰竭，但是，以他强健的禀赋和达观的心性，一定能够渡过一个又一个难关，活很长的时间。一直相信，只要我活着，我总能在水碓子那套住宅里看见他，一次又一次听他的爽朗的笑声和智慧的谈话。

人与人之间一定是有精神上的亲缘关系的。读铁生的作品，和铁生聊天，我的感觉永远是天然默契。

半年前，铁生刚从一场大病中复原，我和郭红两次去看他，郭红为一家杂志做他的访谈。虽然病后虚弱，他谈兴仍很浓，谈文学，谈写作，谈人生，谈信仰，话语质朴而直入本质。铁生和我都感到意犹未尽，相约以后要多谈。

此后，我和郭红拟了计划，待铁生身体状况较好时，做一个他和我的系列对话。因为血液的污染和频繁的透析，他有精力写作的时间极其有限，但他的头脑从未停止思考，如果能用一本对话录的形式留住他头脑中的珍宝，岂不很好。

然而，再也不可能了。我恨自己，没有任何理由可以原谅自己，我是一个忙于俗务而背叛了圣洁使命的俗人。

不是久患的肾病，而是突发的脑溢血，把铁生带走了。和死不期而遇，他会不会惊诧，会不会委屈？不会的。他早已无数次地与死洽谈，对死质疑。在那次谈话中，他告诉我，他想证明死是不可能的。当然，死是不可能的，他的高贵的灵魂就是证明，一定有天国。

亲爱的希米，你陪伴铁生走过了多么神奇的生命路程。在最艰难的日子里，我在你美丽的脸上看到的仍是妩媚的笑容。我相信，这笑容不会消失，它曾经是照耀铁生的尘世生命的阳光，而今后，它是对铁生的天国生命的永远祝福。

2010.12.31

第二辑　爱智之旅

一个灵魂在天外游荡，有一天通过某一对男女的交合而投进一个凡胎。他从懵懂无知开始，似乎完全忘记了自己的本来面目。但是，随着年岁和经历的增加，那天赋的性质渐渐显露，使他不自觉地对生活有了一种基本的态度。在一定意义上，“认识你自己”就是要认识附着在凡胎上的这个灵魂，一旦认识了，过去的一切都有了解释，未来的一切都有了方向。

做自己的朋友

有人问斯多噶派创始人芝诺："谁是你的朋友？"他回答："另一个自我。"

人生在世，不能没有朋友。在所有朋友中，不能缺了最重要的一个，那就是自己。缺了这个朋友，一个人即使朋友遍天下，也只是表面的热闹而已，实际上他是很空虚的。

一个人是否是自己的朋友，有一个可靠的测试标准，就是看他能否独处，独处是否感到充实。如果他害怕独处，一心逃避自己，他当然不是自己的朋友。

能否和自己做朋友，关键在于有没有芝诺所说的"另一个自我"。它实际上是一个人的更高的自我，这个自我以理性的态度关爱着那个在世上奋斗的自我。理性的关爱，这正是友谊的特征。有的人不爱自己，一味自怨，仿佛自己的仇人。有的人爱自己而没有理性，一味自恋，俨然自己的情人。在这两种场合,更高的自我都是缺席的。

成为自己的朋友,这是人生很高的成就。塞涅卡说,这样的人一定是全人类的朋友。蒙田说,这比攻城治国更了不起。我只想补充一句:如此伟大的成就却是每一个无缘攻城治国的普通人都有希望达到的。

与自己谈话的能力

有人问犬儒派创始人安提斯泰尼，哲学给他带来了什么好处，回答是："与自己谈话的能力。"

我们经常与别人谈话，内容大抵是事务的处理、利益的分配、是非的争执、恩怨的倾诉、公关、交际、新闻等。独处的时候，我们有时也在心中说话，细察其内容，仍不外上述这些，因此实际上也是在对别人说话，是对别人说话的预演或延续。我们真正与自己谈话的时候是十分稀少的。

要能够与自己谈话，必须把心从世俗事务和人际关系中摆脱出来，回到自己。这是发生在灵魂中的谈话，是一种内在生活。哲学教人立足于根本审视世界，反省人生，带给人的就是过内在生活的能力。

与自己谈话的确是一种能力，而且是一种罕见的能力。有许多人，你不让他说凡事俗务，他就不知道说什么好了。他只关心外界的事情，结果也就只拥有仅仅适合于与别人交谈的语言了。这样的人面对自己当然无话可说。可是，一个与自己无话可说的人，难道会对别人说出什么有意思的话吗？哪怕他谈论的是天下大事，你仍感到是在听市井琐闻，因为在里面找不到那个把一切连结为整体的核心，那个照亮一切的精神。

认识你自己

“认识你自己! ”——这是铭刻在希腊圣城德尔斐神殿上的著名箴言,希腊和后来的哲学家喜欢引用来规劝世人。对这句箴言可做三种理解。

第一种是人要有自知之明。这大约是箴言本来的意思,它传达了神对人的要求,就是人应该知道自己的限度。希腊人大抵也是这样理解的。有人问泰勒斯,什么是最困难之事,回答是:“认识你自己。”接着的问题:什么是最容易之事?回答是:“给别人提建议。”这位最早的哲人显然是在讽刺世人,世上有自知之明者寥寥无几,好为人师者比比皆是。看来苏格拉底领会了箴言的真谛,他认识自己的结果是知道自己一无所知,为此受到了德尔斐神谕的最高赞扬,被称作全希腊最智慧的人。

第二种理解是,每个人身上都藏着世界的秘密,因此,都可以通过认识自己来认识世界。在希腊哲学家中，好像只有晦涩哲人赫拉克利特接近了这个意思。他说："我探寻我自己。"还说，他的哲学仅是"向自己学习"的产物。不说认识世界，至少就认识人性而言，每个人在自己身上的确都有着丰富的素材，可惜大多被浪费掉了。事实上，自古至今，一切伟大的人性认识者都是真诚的反省者，他们无情地把自己当作标本，借之反而对人性有了深刻而同情的理解。

第三种理解是，每个人都是一个独一无二的个体，都应该认识自己独特的禀赋和价值，从而自我实现，真正成为自己。这种理解最流行，我以前也常采用，但未必符合作为城邦动物的希腊人的实情，恐怕是文艺复兴以来的引申和发挥了。

性格就是命运

古希腊哲人赫拉克利特说:“一个人的性格就是他的命运。”这句话包含两层意思:一、对于每一个人来说,性格是与生俱来、伴随终身的,永远不可摆脱,如同不可摆脱命运一样;二、性格决定了一个人在此生此世的命运。

那么,能否由此得出结论,说一个人命运的好坏是由天赋性格的好坏决定的呢?我认为不能,因为天性无所谓好坏,因此由之决定的命运也无所谓好坏。明确了这一点,可知赫拉克利特的名言的真正含义是:一个人应该认清自己的天性,过最适合于他的天性的生活,而对他而言这就是最好的生活。

一个灵魂在天外游荡,有一天通过某一对男女的交合而投进一个凡胎。他从懵懂无知开始,似乎完全忘记了自己的本来面目。但是,随着年岁和经历的增加,那天赋的性质渐渐显露,使他不自觉地对生活有了一种基本的态度。在一定意义上，“认识你自己”就是要认识附着在凡胎上的这个灵魂，一旦认识了，过去的一切都有了解释，未来的一切都有了方向。

赫拉克利特的名言也常被翻译成：“一个人的性格就是他的守护神。”的确，一个人一旦认清了自己的天性，知道自己究竟是什么人，他也就知道自己究竟要什么了，如同有神守护一样，不会在喧闹的人世间迷失方向。

多听少说

希腊哲人大多讨厌饶舌之徒。泰勒斯说:“多言不表明有才智。”喀隆(Chilon)说:“不要让你的舌头超出你的思想。”斯多噶派的芝诺说:“我们之所以有两只耳朵而只有一张嘴,是为了让我们多听少说。”一个青年向他滔滔不绝,他打断说:“你的耳朵掉下来变成舌头了。”

每当遇到一个夸夸其谈的人,我就不禁想起芝诺的讽刺。世上的确有一种人,嘴是身上最发达的器官,无论走到哪里,几乎就只带着这一种器官,全部生活由说话和吃饭两件事构成。当今学界多此类人,忙于赶各种场子,在数不清的会上发言,他们虽然仍顶着学者之名,其实是名利场上的说客和食客。

多听当然不是什么都听,还须善听。对于思想者来说,听只是思的一种方式。他的耳朵绝不向饶舌开放,哪怕是有学问的饶舌,他宁愿听朴素的村语、无忌的童言。他自己多听少说,也爱听那些同样多听少说者的话语。他听书中的先哲之言，听自己的灵魂，听天籁，听无字的神谕。当他说的时候，他仍然在听，用问题引发听者的思考，听思想冲决无知的声音，如同苏格拉底所擅长的那样。

我把少言视为思想者的道德。道理很简单，唯有少言才能多思，思想者没有工夫说废话。而如果你珍惜自己的思想，在表达的时候也必定会慎用语言，以求准确有力。舌头超出思想，那超出的部分只能是废话，必定会冲淡甚至歪曲思想。作为珍爱思想的人，从古希腊开始，哲学家们就异常重视语言表达的技巧，爱利亚的芝诺创立了逻辑学，恩培多克勒创立了修辞学，用意就是要把话说得准确有力，也就是让最少的话包含最多的思想。

宇宙公民

阿那克萨戈拉出身高贵而富有，但他放弃了门第和财产，隐居起来，不问政治，潜心研究自然。人问他生到这个世界上来为了什么，他答："为了研究太阳、月亮和天空。"人又问："难道你不关心你的祖国吗？"他指着天空答："我非常关心我的祖国啊。"

据说"世界公民"这个词是第欧根尼发明的。以他为代表的犬儒派哲学家是最早的背包客，全都是一根手杖、一个背包，四处为家，走遍世界。人问第欧根尼来自哪个国家，他答："我是世界公民。"

"世界公民"（Cosmopolite）又可译作"宇宙公民"。诚如阿那克萨戈拉所说，哲学家的祖国是宇宙。哲学开始于天文学，最早的哲学家几乎都是天文学家。当人类从世间的事务中抬起头来，关心头顶的星空时，哲学诞生了。哲学是人类的乡愁，是对人类永恒故乡的怀念和追寻。在哲学家心中，这种乡愁格外浓郁，他们知道，地图上的国家和城邦旋生旋灭，都不是真正的祖国。于是，作为人类的使者，他们走上了探寻真正的祖国的旅途。对于他们来说，胸怀宇宙不是一个比喻，而是一个事实。他们决心探明整个世界的全貌和本质，在那里找到人类生存的真实意义和可靠基础。

所以，一切鼓吹狭隘国家利益和民族仇恨的哲学家都是可疑的。哲学家用宇宙的真理衡量人类，又用人类的真理衡量民族和国家，在这样的人心中，狭隘民族主义怎会有容身之地呢？

谁是真正的爱国者

常常有人举着爱国的尺子评判人，但这把尺子自身也需要受到评判。首先，爱国只是尺子之一，而且是一把较小的尺子。还有比它大的尺子，例如真理、文明、人道。其次，大的尺子管小的尺子，大道理管小道理，唯有从人类真理和世界文明的全局出发，知道本民族的长远和根本利益之所在，方可论爱国。因此，伟大的爱国者往往是本民族历史和现状的深刻批评者。那些手中只有爱国这一把尺子的人，所爱的基本上是某种狭隘的既得利益，这把尺子是专用来打一切可能威胁其私利的人的。

爱智慧的人也爱国，但必定是以一种爱智慧的方式来爱。公元前六世纪初，有一个小国叫司奇提亚，国王阿那卡西尔热爱希腊文化，便到伊奥尼亚地区游学。他给当时统治该地区的吕底亚王克里萨斯写信谈自己的目的："我不是为了金子而来，只要能还给司奇提亚一个更好的人，我就满足了。”在雅典时，一个雅典人因为他是蛮邦人而辱骂他，他平静地回答：“假如我的国家对于我是一种耻辱，那么，你对于你的国家是一种耻辱。”回到司奇提亚时，他确实成了一个更好的人，却被他的兄弟们以卖国者的罪名杀了。

现在要问：为了使自己和自己的国家变得更好而学习希腊文化的阿那卡西尔、他的拒绝接受外来先进文化的兄弟们、那个盲目自大的雅典人，这三者之中，谁是真正的爱国者？答案应该是不言自明的。

然而，在阿那卡西尔之后，胸怀世界的真爱国者在异乡遭狭隘的假爱国者辱骂，在本土遭狭隘的假爱国者杀害，这样的故事不断在重演。

做一个能够承受不幸的人

古希腊哲人彼亚斯说:“一个不能承受不幸的人是真正不幸的。”彼翁说了相同意思的话:“不能承受不幸本身就是一种巨大的不幸。”

为什么这样说呢?

首先是因为,不幸对一个人的杀伤力取决于两个因素:一是不幸的程度;二是对不幸的承受力。其中,后者更关键。一个能够承受不幸的人,实际上是减小了不幸对自己的杀伤力,尤其是不让它伤及自己的生命核心。相反,一个不能承受的人,同样的不幸就可能使他元气大伤,一蹶不振,甚至因此毁灭。因此,看似遭遇了同样的不幸,结果是完全不一样的。

其次,一个不能承受的人,即使暂时没有遭遇不幸,因为他的内在的脆弱,他身上就好像已经埋着不幸的种子一样。在现实生活中,大大小小的不幸总是难免的,因此,他被不幸击倒只是迟早的事情而已。

做一个能够承受不幸的人，这是人生观的重要内容。承受不幸不仅是一种能力，来自坚强的意志，更是一种觉悟，来自做人的尊严、与身外遭遇保持距离的智慧和超越尘世遭遇的信仰。

一无所需最像神

某日，苏格拉底在雅典街头闲逛，走过市场，看了琳琅满目的货物，吃惊道："这里有多少我用不着的东西啊！"

苏格拉底逛的是两千多年前的雅典市场，其实那时商品的种类还很有限。假如让他来逛一逛今天的豪华商场，真不知他会发表什么感想呢。

我相信，像苏格拉底这样一个专注于精神生活和哲学思考的人，物质上的需求自然是十分简单的。因为他有重要得多的事情要做，没有工夫关心物质方面的区区小事；他沉醉于精神王国的伟大享受，物质享受不再成为诱惑。

苏格拉底有一句名言："一无所需最像神。"所谓神，就是纯粹的精神，完全摆脱了身体之需，因而是绝对自由的。人毕竟有一个身体，当然不可能如此。所以，第欧根尼有一个修正的说法："一无所需是神的特权，所需甚少是类神之人的特权。”人至少可以把身体之需限制在真正必要的范围内，尽量少为伺候身体花费精力。在一个人的生活中，精神需求相对于物质需求所占比例越大，他就离神越近。

哲学家与钱财

在哲学史上,多数哲学家安贫乐道,不追求也不积聚钱财。有一些哲学家出身富贵,为了精神的自由而主动放弃财产,比如古代的阿那克萨戈拉和现代的维特根斯坦。

哲学家之所以对钱财所需甚少,是因为他们认为,钱财所能带来的快乐是十分有限的。如同伊壁鸠鲁所说:更多的钱财不会使快乐超过有限的钱财已经达到的水平。他们之所以有此认识,是因为他们品尝过了另一种快乐,心中有了一个比较。正是与精神的快乐相比较,物质所能带来的快乐显出了它的有限,而唯有精神的快乐才可能是无限的。因此,智者的共同特点是:一方面,因为看清了物质的快乐的有限,最少的物质就能使他们满足;另一方面,因为渴望无限的精神的快乐,再多的物质也不能使他们满足。

古罗马哲学家塞内卡是另一种情况,身为宫廷重臣,他不但不拒绝；而且享尽荣华富贵。不过，在享受的同时，他内心十分清醒，用他的话来说便是："我把命运女神赐予我的一切——金钱、官位、权势——都搁置在一个地方，我同它们保持很宽的距离，使她可以随时把它们取走，而不必从我身上强行剥走。"他说到做到，后来官场失意，权财尽失，乃至性命不保，始终泰然自若。

自己身上的快乐源泉

古希腊哲学家都主张，快乐主要不是来自外物，而是来自人自身。苏格拉底说：享受不是从市场上买来的，而是从自己的心灵中获得的。德谟克利特说：一个人必须习惯于反身自求快乐的源泉。亚里士多德说：沉思的快乐不依赖于外部条件，是最高的快乐。连号称“享乐主义祖师爷”的伊壁鸠鲁也说：身体的健康和灵魂的平静是幸福的极致。

人应该在自己身上拥有快乐的源泉，它本来就存在于每个人身上，就看你是否去开掘和充实它。这就是你的心灵。当然，如同伊壁鸠鲁所说，身体的健康也是重要的快乐源泉。但是，第一，如果没有心灵的参与，健康带来的就只是动物性的快乐；第二，人对健康的自主权是有限的，潜伏的病魔防不胜防，所以这是一个不太可靠的快乐源泉。

相比之下，心灵的快乐是自足的。如果你的心灵足够丰富，即使身处最单调的环境，你仍能自得其乐。如果你的心灵足够高贵，即使遭遇最悲惨的灾难，你仍能自强不息。这是一笔任何外力都夺不走的财富，是孟子所说的“人之安宅”，你可以借之安身立命。

由此可见，人们为了得到快乐，热衷于追求金钱、地位、名声等身外之物，无暇为丰富和提升自己的心灵做一些事，是怎样地南辕北辙啊。

从容面对生死

古希腊有一个名叫克里安忒的哲学家，他不算很出名，但流传下来的他的一则故事很有意思。

在克里安忒很老的时候，有人嘲笑他老不死，他回答：“我已经准备好离开这个世界了，不过，现在身体还行，仍能读书写作，我就打算再等一等。”后来，他患牙龈炎，遵照医嘱禁食了两天，很有效。炎症减轻后，医生让他恢复饮食，他拒绝了，说道：“我在这条路上已经走得太远，犯不着走回头路。”结果禁食而死。

面对生死，这位老人心情何等平静，态度何等从容。他凭借哲学的智慧，想明白了生死的道理，因此有多么健康的心理。我相信，健康的心理来自智慧的头脑。现代人易患心理疾病，病根多半在想不明白人生的根本道理，于是就看不开生活中的小事。倘若想明白了，哪有看不开之理？

克里安忒是斯多噶派的哲学家，这一派把生和死都看作自然的事情，就好像果实成熟了要掉落、演员演完了要谢幕一样。的确，在人生的大树上，做一颗饱满结果而后平静掉落的果实，在人生的舞台上，做一个认真演戏而后从容谢幕的演员，这是人生的大智慧。

2005.2—2006.4

[附言]

本辑以上文字写于2007年前，未收在相应时段的散文集《善良丰富高贵》中，现补收在此。

泰勒斯: 一则关于哲学家的寓言

一、哲学开始于抬头看天

说起泰勒斯(Thales),谁都知道他是西方历史上第一个哲学家。然而,他活着时,可没有人称他为哲学家,那时 Philosopher 这个词还没有产生呢。当年他是作为一个天文学奇才而名声大振的,他家乡的人最引以自豪的也是这一点,在为他立的雕像上镌刻了这样一句铭文:"这里站立着最智慧的天文学家泰勒斯,他是米利都和伊奥尼亚的骄傲。"

希罗多德在《历史》中多次提到泰勒斯,其中一次是说他预言了某年会发生日全食,而后得到了应验。现在人们就是根据这次日全食的实际发生时间(公元前 585 年)来推断泰勒斯的活动年代的。此外,泰勒斯在天文学上的成就还包括:发现小熊星座,使航海者能够据以导航;确定一年为 365 天,一个月大致为 30 天;等等。拉尔修援引前人的说法，说他是第一个研究天文学的人。看来，泰勒斯作为天文学之父的地位，是在他在世时或去世不久就已确立了的。

这些成就很了不起，但是，凭这些还不能说泰勒斯是哲学家。后世公认他为最早的哲学家，根据的是亚里士多德在《形而上学》中提到的他的一个论断，即"水是万物的本原"。这个命题最早表达了"一切是一"的形而上学信念，是最早的哲学命题，泰勒斯因此也被尊为西方"哲学之父"。

哲学和天文学在历史上同时产生，有一个共同的始祖，应该不是巧合。哲学开始于抬头看天。无论人类还是个人，倘若只埋头于人间事务，就只是生活在局部之中。抬头看天，意味着跳出了局部，把世界整体当作思考的对象了，而这正是哲学的特征。泰勒斯抬头看天，看出了宇宙的若干可以计算的小奥秘，成了天文学家，更看出了宇宙的某种不可言传的大奥秘，成了哲学家。他用"水是万物的本原"命题来表达他看到的这个大奥秘，表达得多么笨拙。尼采惋惜地说："泰勒斯看到了存在物的统一，而当他想传达这一发现时却谈起了水！"然而，由于这个命题，人类用有限理性把握世界大全的努力拉开了序幕。这是伟大而又注定失败的努力，不管后世哲学家提出的命题多么高明，距离哲学所要达到的这个目标都同样遥远。从泰勒斯开始，哲学就是试图超越人的限制而达于神的全知，在这努力中，人虽然永远不能成为神，却使自己达到了人的伟大的极限，从而最大限度地接近于神了。

二、因为抬头看天而坠井

柏拉图在《泰阿泰德》中讲了一个著名的故事：泰勒斯在抬头看

天时不慎掉入井中，因此受到身边一个聪明伶俐的女仆的嘲笑，笑他急于知道天上的事情，以至于看不见脚边的东西了。柏拉图接着议论说：这样的嘲笑其实可以加在所有哲学家身上。按照他的描述，哲学家必定如此，也理应如此，因为习惯于也擅长于从总体上思考事物，不屑于关心世俗事务尤其是人际关系，在后一方面就会显得笨拙，结果招来了俗人们的嘲笑。

这个故事一定流传很广，在流传中出现了不同的版本。在拉尔修的笔下，泰勒斯因为抬头看天而坠井之后，遭到了一个老太婆的斥责。老太婆气势汹汹地责问："既然你连脚边的东西都看不见，怎能指望知道天上的事情？"她的逻辑是，既然连小聪明也没有，怎么会有大智慧？这个老太婆才真是俗到家了，相比之下，柏拉图版本中的那个女仆多么可爱。

对于哲学家的拙于俗务，我们看到了三种评价：柏拉图认为是优点；女仆认为是可笑但可原谅的缺点；老太婆认为是不可原谅的缺点。这三种评价至今仍为不同的人们所主张。

蒙田认为，忽视脚边的事物是一切哲学家的通病，所以他对揭露了这个通病的女仆十分赞赏。在他看来，善待日常生活不是小聪明，而正是大智慧的体现。我也认为，一个人看脚边事物的眼光完全可以是智慧的，不过我相信，这种眼光一定是在抬头看天时形成的。那些从来不抬头看天的人，他们看脚边事物的眼光至多是精明的，不可能是智慧的。

在拉尔修的《名哲言行录》中，坠井的故事还有另一个版本。那里录载了阿那克西美尼给毕达哥拉斯的一封信，其中说，泰勒斯年老时，有一天晚上走出庭院，带着女仆去看星星，不慎跌下悬崖而死。照这说法，坠井不是一出喜剧，而是一个悲剧。可是，在这同一部著作里，关于泰勒斯的死因，拉尔修又说，老年泰勒斯是在观看一场体育比赛时死于中暑的。

也许泰勒斯根本就没有坠井，坠井的故事只是一则关于哲学家的寓言。

三、但哲学家绝不是呆子

亚里士多德在《政治学》中讲了泰勒斯的另一个故事：人们因为泰勒斯贫穷而讥笑哲学无用，他听后小露一手，通过观察天象预见明年橄榄丰收，便低价租入当地全部榨油作坊，到橄榄收获季节再高价租出，结果发了大财。"他以此证明，哲学家如果愿意，要富起来是很容易的，但这不是他们的志趣所在。"

这件事也未必属实，亚里士多德指出，因为泰勒斯以智慧闻名，这个故事就归到了他的名下。泰勒斯曾经经商是事实，但以取得生活必需为限度。古希腊好些伟人，包括泰勒斯、毕达哥拉斯、梭伦、柏拉图、德谟克利特，都曾去埃及旅行和学习，大多是靠经商自筹旅资的。按当时的风气，经商是一种光荣，可以借此周游列国，增长阅历和知识。希腊早期哲人是埃及祭司的学生，青出于蓝而胜于蓝，把秘教和实用知识提升成了哲学。

古希腊人是推崇实践的智慧的。泰勒斯入选七贤，成为全希腊最受尊敬的七人之一，凭的也是实践的智慧，而不是抽象的玄思。区别在于，其他六人仅以政治的智慧著称，他则使自己的思考超出了实用的范围，并且是一个全才，还擅长科学的发现和技术的发明。柏拉图在《国家篇》中罗列荷马的罪状，其中之一是不懂技艺，作为对照，盛赞泰勒斯是一位有许多精巧发明的能工巧匠。这么看来，他为哲学家在世俗事务方面的笨拙辩护，是指哲学家不关心个人利益，同时却也主张哲学家的智慧应能增进公共利益。

事实上，希腊许多哲学家都很看重与君主的友谊。泰勒斯生活在孤独中，远离城邦事务，但同时与米利都的僭主塞拉绪布罗私交甚笃，常年居住在这位僭主的府上。阿那克萨戈拉是雅典政治领袖伯里克利的老师。柏拉图三次到西西里，试图通过叙拉古的僭主大、小狄奥尼修实现自己的理想国之梦。亚里士多德是亚历山大大帝的老师。如此看来，为帝王师并非只是中国儒家的理想。

即使泰勒斯真的曾经坠井，他也不是一个呆子。即使泰勒斯真的做过油坊生意，他也不是一个商人。而后世有一些以哲学为职业的人，即使不曾坠井，也未必经商，却很可能是呆子和商人的双料货，唯独不是哲学家。

四、不过哲学家可能比较怪

拉尔修记录了关于泰勒斯的三则逸闻。其一，他终身不娶，母亲催他结婚，起先他回答说太早了，后来他回答说太迟了。其二，他收养了一个男孩，有人问他为什么不自己生一个，他答："因为爱孩子。"其三，他说生与死没有区别，有人问："那你为什么不去死？"他答："因为没有区别。"

依我看，在结婚、生育、死亡这三件人生大事上，泰勒斯的回答都有诡辩之嫌。不过，这三则逸闻有可能是附会到泰勒斯头上的，人们给这位最早的哲学家编了这些故事，其实反映了一般人眼中哲学家的古怪行状。

关于第二则逸闻，普卢塔克在《梭伦传》中讲得颇详细，但声明只是传闻。据说，梭伦到米利都拜访泰勒斯，看见他完全不关心娶妻生子，表示惊讶。泰勒斯当时不予答复，几天后设了一个局，让一个客人装作刚从雅典旅行回来。梭伦问雅典有什么新闻，那人回答说，全城都在为一个青年送葬，因为青年的父亲是最受尊敬的公民，而他外出旅行去了。梭伦惊问其父亲的名字，那人说记不起了，梭伦报出自己的名字，那人说正是。梭伦立刻悲痛欲绝，此时泰勒斯微笑着说出真相，然后说："你这样一个意志坚强的人也会被击倒，这就是我不娶妻生子的缘故。"

针对这个传闻，普卢塔克发了一通聪明的议论，大意是：我们绝不可用贫穷来防止失去财产，用离群索居来防止失去朋友，用不育子嗣来防止失去儿女，总之，绝不可因为害怕失去就不去获得有价值的东西；使人不能承受失去的不是爱，而是软弱，因此，只应该以理性来对付一切不幸。

普卢塔克不愧是通晓人性的大师，道理讲得透彻，入情入理，击中要害。哲学家立足宇宙，俯观人间，看到一切皆变，人生无常，因此产生一种超脱的心情，看破得失、祸福、生死，这诚然是智慧，但只是智慧的一半。看破的结果应该是坦然承受失去、灾祸、死亡，而不是否定人间的爱、幸福、平凡生活。好的哲学教人在用神的眼光看人生的同时，把人的生活过得更好，这才是完整的智慧。

如果普卢塔克讲的故事属实，我们就无法否认，这一次泰勒斯的确没有看清楚脚边的事情。在古希腊哲学家中，像他那样拒绝娶妻生子的好像并不太多。毕达哥拉斯不但不认为哲学与婚姻势不两立，而且把妻子、女儿、儿子都培养成了哲学家。苏格拉底娶了大小二房，生了三个儿子。后世的哲学家倒是有许多打光棍的，可以排出一个长长的名单。可能有两种情况：一是出于怪癖，自己不想结；二是女人觉得他怪，不肯和他结。在我看来，既然生而为人，即使做了哲学家，也应该过正常的人的生活。当然，任何人都有权选择独身，哲学家也不例外，只是请不要用哲学做理由。

2008.3

第三辑　为教育把脉

我相信，人生问题和教育问题是相通的，做人和教人在根本上是一致的，人生中最值得追求的东西，也就是教育上最应该让学生得到的东西。我的这个信念，构成了我思考教育问题的基本立足点。

教育的七条箴言

何为教育？教育究竟何为？教育中最重要的原则是什么？古今中外的优秀头脑对此进行了许多思考，发表了许多言论。我发现，关于教育的最中肯、最精彩的话往往出自哲学家之口。专门的教育家和教育学家，倘若不同时拥有洞察人性的智慧，说出的话便容易局限于经验，或拘泥于心理学的细节，显得肤浅、琐细和平庸。现在我把我最欣赏的教育理念列举出来，共七点，不妨称之为教育的七条箴言。它们的确具有箴言的特征：直指事物的本质，既简明如神谕，又朴素如常识。可叹的是，人们迷失在事物的假象之中，宁愿相信各种艰深复杂的谬误，忘掉了简单的常识。然而，依然朴实的心灵一定会感到，这些箴言多么切中今日教育的弊病，我们的教育多么需要回到常识，回到教育之为教育的最基本的道理。

第一条箴言：教育即生长，生长就是目的，在生长之外别无目的。

这个论点由卢梭提出，而后杜威做了进一步阐发。“教育即生长”言简意赅地道出了教育的本义，就是要使每个人的天性和与生俱来的能力得到健康生长，而不是把外面的东西例如知识灌输进一个“容器”。苏格拉底早已指出，求知是每个人灵魂里固有的能力，当时的智者宣称他们能把灵魂里原本没有的知识灌输到灵魂里去，苏格拉底嘲笑道，好像他们能把视力放进瞎子的眼睛里去似的。懂得了“教育即生长”的道理，我们也就清楚了教育应该做什么事。比如说，智育是要发展好奇心和理性思考的能力，而不是灌输知识；德育是要鼓励崇高的精神追求，而不是灌输规范；美育是要培育丰富的灵魂，而不是灌输技艺。

“生长就是目的，在生长之外别无目的”，这是特别反对用狭隘的功利尺度衡量教育的。人们即使似乎承认了“教育即生长”，也一定要给生长设定一个外部的目的，比如将来适应社会、谋求职业、做出成就之类，仿佛不朝着这类目的努力，生长就没有了任何价值似的。用功利目标规范生长，结果必然是压制生长，实际上仍是否定了“教育即生长”。生长本身没有价值吗？一个天性得到健康发展的人难道不是既优秀又幸福的吗？就算用功利尺度——广阔的而非狭隘的——衡量，这样的人在社会上不是更有希望获得真正意义的成功吗？而从整个社会的状况来看，正如罗素所指出的，一个由本性优秀的男女所组成的社会，肯定会比相反的情形好得多。

第二条箴言：儿童不是尚未长成的大人，儿童期有其自身的内在价值。

用外部功利目的规范教育，无视生长本身的价值，一个最直接、最有害的结果就是否定儿童期的内在价值。把儿童看作“一个未来的存在”，一个尚未长成的大人，在“长大成人”之前似乎无甚价值，而教育的唯一目标是使儿童为未来的成人生活做好准备，这种错误观念由来已久，流传极广。“长大成人”的提法本身就荒唐透顶，仿佛在长大之前儿童不是人似的！蒙台梭利首先明确地批判这种观念，在确定儿童的人格价值的基础上建立了他的儿童教育理论。杜威也指出，儿童期生活有其内在的品质和意义，不可把它当作人生中一个未成熟阶段，只想让它快快地过去。

人生的各个阶段皆有其自身不可取代的价值，没有一个阶段仅仅是另一个阶段的准备。尤其儿童期，原是身心生长最重要的阶段，也应是人生中最幸福的时光，教育所能成就的最大功德是给孩子一个幸福而有意义的童年，以此为他们幸福而有意义的一生创造良好的基础。然而，今天的普遍情形是，整个成人世界纷纷把自己渺小的功利目标强加给孩子，驱赶他们到功利战场上拼搏。我担心，在他们未来的人生中，在若干年后的社会上，童年价值被野蛮剥夺的恶果不知会以怎样可怕的方式显现出来。

第三条箴言：教育的目的是让学生摆脱现实的奴役，而非适应现实。

这是西塞罗的名言。今天的情形恰好相反，教育正在全力做一件事，就是以适应现实为目标塑造学生。人在社会上生活，当然有适应现实的必要，但这不该是教育的主要目的。蒙田说：学习不是为了适应外界，而是为了丰富自己。孔子也主张，学习是“为己”而非“为人”的事情。古往今来的哲人都强调，学习是为了发展个人内在的精神能力，从而在外部现实面前获得自由。当然，这只是一种内在自由，但是，正是凭借这种内在自由、这种独立人格和独立思考能力，那些优秀的灵魂和头脑对于改变人类社会的现实发生了伟大的作用。教育就应该为促进内在自由、产生优秀的灵魂和头脑创造条件。如果只是适应现实，要教育做什么！

第四条箴言：最重要的教育原则是不要爱惜时间，要浪费时间。

这句话出自卢梭之口，由我们今天的许多耳朵听来，简直是谬论。然而，卢梭自有他的道理。如果说教育即生长，那么，教育的使命就应该是为生长提供最好的环境。什么是最好的环境？第一是自由时间，第二是好的老师。在希腊文中，学校一词的意思就是闲暇。在希腊人看来，学生必须有充裕的时间体验和沉思，才能自由地发展其心智能力。卢梭为其惊世骇俗之论辩护说："误用光阴比虚掷光阴损失更大，教育错了的儿童比未受教育的儿童离智慧更远。"今天许多家长和老师唯恐孩子虚度光阴，驱迫着他们做无穷的功课，不给他们留出一点儿玩耍的时间，自以为这就是尽了做家长和老师的责任。卢梭却问你：什么叫虚度？快乐不算什么吗？整日跳跑不算什么吗？如果满足天性的要求就算虚度，那就让他们虚度好了。

到了大学阶段，自由时间就更重要了。依我之见，可以没有好老师，不可没有自由时间。说到底，一切教育都是自我教育，一切学习都是自学。就精神能力的生长而言，更是如此。我赞成约翰·亨利的看法：对于受过基础教育的聪明学生来说，大学里不妨既无老师也不考试，任他们在图书馆里自由地涉猎。我要和萧伯纳一起叹息：全世界的书架上摆满了精神的美味佳肴，可是学生们却被迫去啃那些毫无营养的乏味的教科书。

第五条箴言:忘记了课堂上所学的一切,剩下的才是教育。

我最早在爱因斯坦的文章中看到这句话,是他未指明引用的一句俏皮话。随后我发现,它很可能脱胎于怀特海的一段论述,大意是:抛开了教科书和听课笔记,忘记了为考试背的细节,剩下的东西才有价值。

知识的细节是很容易忘记的,一旦需要它们,又是很容易在书中查到的。所以,把精力放在记住知识的细节,既吃力又无价值。假定你把课堂上所学的这些东西全忘记了,如果结果是什么也没有剩下,那就意味着你是白受了教育。

那个应该剩下的配称为教育的东西,用怀特海的话说,就是完全渗透你的身心的原理,一种智力活动的习惯,一种充满学问和想象力的生活方式;用爱因斯坦的话说,就是独立思考和判断的总体能力。按照我的理解,通俗地说,一个人从此成了不可救药的思想者、学者,不管今后从事什么职业,再也改不掉学习、思考、研究的习惯和爱好了,方可承认他是受过了大学教育。

第六条箴言:大学应是大师云集之地,让青年在大师的熏陶下生长。

教育的真谛不是传授知识,而是培育智力活动的习惯、独立思考的能力等等,这些智力上的素质显然是不可像知识那样传授的,培育的唯一途径是受具有这样素质的人——不妨笼统地称之为大师——的熏陶。大师在两个地方,一是在图书馆的书架上,另一便是在大学里,大学应该是活着的大师云集的地方。正如怀特海所说:大学存在的理由是,拥有一批充满想象力的探索知识的学者,使学生在智力发展上受其影响,在成熟的智慧和追求生命的热情之间架起桥梁,否则大学就不必存在。

林语堂有一个更形象的说法：理想大学应是一班不凡人格的吃饭所，这里碰见一位牛顿，那里碰见一位佛罗特，东屋住了一位罗素，西屋住了一位拉斯基，前院是惠定宇的书房，后院是戴东原的住房。他强调："吃饭所"不是比方，这些大师除吃饭外，对学校绝无义务，学校送薪俸请他们住在校园里，使学生得以与其交游接触，受其熏陶。比如牛津、剑桥的大教授，抽着烟斗闲谈人生和学问，学生的素质就这样被烟熏了出来。

今天的大学争相标榜所谓世界一流大学，还拟订了种种硬指标。其实，事情本来很简单：最硬的指标是教师，一个大学拥有一批心灵高贵、头脑智慧的一流学者，它就是一流大学。否则，校舍再大，楼房再气派，设备再先进，全都白搭。

第七条箴言：教师应该把学生看作目的而不是手段。

这是罗素为正确的师生关系规定的原则。他指出，一个理想教师的必备品质是爱他的学生，而爱的可靠征兆就是具有博大的父母本能，如同父母感觉到自己的孩子是目的一样，感觉到学生是目的。他强调：教师爱学生应该甚于爱国家和教会。针对今日的情况，我要补充一句：更应该甚于爱金钱和名利。今日一些教师恰恰是以名利为唯一目的，明目张胆地把学生当作获取名利的手段。

教师个人是否爱学生，取决于这个教师的品德。要使学校中多数教师把学生看作目的而不是手段，则必须建立以学生为目的的教育体制。把学生当作手段的行径之所以大量得逞，重要原因是教师权力过大，手握决定学生升级毕业之大权。所以，我赞同爱因斯坦的建议：给教师使用强制措施的权力应该尽可能少，使学生对其尊敬的唯一来源是他的人性和理智品质。与此相应的，便是扩大学生尤其研究生的权利，在教学大纲许可的范围内，可以自由选择老师和课程，可以改换门庭，另就高明。考核教师也应主要看其是否得到学生的爱戴，而非是否得到行政部门的青睐。像现在这样，教师有本事活动到大笔科研经费，就有多招学生的权力，就有让学生替自己打工的权力，否则就受气，甚至被剥夺带学生的权力，在这种体制下，焉有学生不沦为手段之理？

2007.3

为中国今天的教育把脉

——评杨东平《中国教育公平的理想与现实》

近十来年，中国教育领域的弊端有目共睹，引起了广泛的质疑乃至“声讨”。变本加厉的应试教育，从小学开始的沉重升学压力和功课负担，激烈的择校竞争，高收费、乱收费和严重的腐败，义务教育的名存实亡，失学儿童和贫困生的大量出现，如此病象纷呈，其症结究竟何在？如何从一团乱麻中理出一条线索，找出补救的措施，进而校正改革的方向？许多有识之士对此进行了严肃的讨论，而杨东平的《中国教育公平的理想与现实》正是这方面的一部力作。

杨东平是一位长期关注教育问题的学者，人们经常听见他发出清醒的声音。在本书中，他从探讨教育公平问题切入，凭借道德良知和理性思考，在分析统计资料和进行实证调查的基础上，对当今教育领域的诸多弊病及其症结做出了清晰的、有说服力的诊断。

教育公平的缺失有一个演进的过程，其中，起决定作用的是重点学校制度和“教育产业化”改革。作者指出，早在20世纪50年代，我国就建立了城乡二元、重点学校和非重点学校二元的等级化公共教育体制，形成了影响我国教育公平的最基本的制度结构。然而，学校等级化的加剧，却是20世纪90年代中期以来实行“教育产业化”改革的结果。这一改革被研究者称作“单纯财政视角的教育改革”，指在教育经费严重不足的背景下，以增长和效率为主要追求的改革。作者认为，它已成为当前影响教育公平最重要的制度性因素，因而对之着重做了剖析，在我看来也是全书最具现实批判力度的章节。

从政策和实践看，“教育产业化”的具体做法，在中等教育阶段主要是公办学校转制，“名校办民校”，例如把名牌中学的初中部变成高收费的“改制学校”。在高等教育阶段，主要方式是办高收费的“二级学院”、“独立学院”，近些年来更是片面追求数量和规模，用房地产开发模式兴建新校区和“大学城”。大学扩招使得普通高中成为瓶颈，在中考竞争远比高考激烈的新态势下，中等教育进一步出现大规模的两极分化，如同作者所说，少数豪华学校与大量贫困学校并存，已经成为基础教育畸形化的一道荒唐、乖张的风景线。

“教育产业化”的实质不是市场化，而是混淆了市场化改革与公共治理改革。一方面，该改的不改，政府高度行政化的治理方式、对学校的直接微观控制、垄断教育资源的方式皆未变；另一方面，不该改的却改了，公立学校用靠纳税人的钱提供的公共产品设租寻租，将其变成需要花钱购买的服务，向社会、家长强势地攫取经济资源，并架空了弱势阶层和人群享受公共服务的机会和权利。教育产业的主体本应是民办教育，在“名校办民校”的极端不公平竞争中，真正的民校不但步履维艰，而且大面积死亡，假民办扼杀了真民办。同时，公办教育本身成了腐败的温床，公众对教育的评价降至20年来最低点，教育成为民怨沸腾的“暴利行业”和“腐败重地”。教育支出成了中国民众的沉重负担，占人均收入的比例可能是世界上最高的。每年新生入学时节，屡有贫困生或家长因缴不起学费而自杀的悲惨案例发生，聚焦了教育不公平的严峻现实。在社会贫富差距加大的背景下，教育本应发挥社会平等制衡器的作用，现在却蜕变成了凝固和扩大阶层差距的工具。

在当今种种教育乱象之中，“择校热”格外令人瞩目，大多数家长都身不由己地被卷入其中，为之恐慌。义务教育和基础教育阶段的择校竞争是一个最典型的案例，让人们看到了“教育产业化”是如何进一步扩大学校的两极分化的。作者指出，在利益驱动下，当下“择校热”呈现以下特点：第一，面特别广，已从重点中学蔓延到普通中学，从大中城市蔓延到县城和农村地区；第二，低龄化，择校竞争从高中下移到初中，进而下移到重点小学、重点幼儿园；第三，小学阶段出现炽烈的“奥校热”、“考证热”，极大地损害了儿童的身心；第四，择校生的比例越来越大，在城市重点学校占学生总数的四分之一甚至一半，收费越来越高，已相当于大学学费。正是依靠把所谓“民营机制”引入公立中学，在基础教育阶段用钱购买教育机会的做法得以大规模地合法化，变成了一种“市场规则”，构成了家长们不得不就范的刚性机制，并形成了少数名校、强校的巨大寻租空间。

那么，在教育不公平的演进中，应试教育扮演了什么角色呢？作者简明地指出：“应试教育与重点学校互为推动，基础教育进入了这样的恶性循环：单一价值和培养模式的应试教育、升学竞争导致对重点学校的择校需求，择校热导致学校差距继续拉大，学校差距过大又导致择校竞争和应试教育更为激烈，如此反复震荡。”其实，重点学校的优势也是以应试教育为前提的，主要是凭借考入重点高校的升学率而抬高了其门槛和身价。我们不妨设想，倘若改变了以统一试卷和标准答案为特征的现行高考方式，还会不会有今天这样挤破门庭的择校狂潮，由此我们也可明白应试教育何以如此难以改变的缘由了。当然，应试教育在我国已存在了几十年，只是在实行"教育产业化"的近十来年，它才产生了如此巨大的威力。由此可见，应试教育、重点学校制度、"教育产业化"，这三者在今天已形成互相支撑和促进的格局，而"教育产业化"所起的作用尤其恶劣，导致了早已有之的应试教育和学校等级制度变本加厉。

倘若要进一步探究"教育产业化"的由来，我们就不能不问责政府。作者认为，短缺和失衡是两个制度性问题。一方面，教育投入的总量不足，低于许多比中国穷的国家，反映了政府对于教育的态度。另一方面，教育经费的分配不合理，等级化学校制度是在政府或明或暗的倡导和支持下才得以存在并发展的。事实上，"教育产业化"一直是在政府的许可下进行的。在此过程中，地方政府、教育主管部门、重点学校结成了利益共同体。改变中国教育不公平的现状，千难万难，最大的困难是在这里。

按照我的理解，本书在相当程度上是在向政府建言。作为一个纯正的学者，杨东平既有正义感和责任心，又有科学的、理性的、建设性的态度。我期待本书会引起政府和教育界一切有识之士的重视与思考，对于改善我国教育不公平的状况将发生其应有的积极作用。

2007.12

守护人性

——《周国平论教育》序

我不在教育界工作，更不是教育家，怎么也来谈教育了呢？可是，在今天，目睹弊端丛生的教育现状，哪个有责任心的中国人不在为教育忧思？身受弊端的危害，哪个心力交瘁的家长不在把教育埋怨？那么，我也和大家一样，只是以一个公民的身份发表一些感想罢了。

当然，既然我是学哲学的，当我思考教育问题时，就一定会把这个专业背景带进来。我在哲学上做的工作，大量的是对人生问题的思考。不过，我相信，人生问题和教育问题是相通的，做人和教人在根本上是一致的，人生中最值得追求的东西，也就是教育上最应该让学生得到的东西。我的这个信念，构成了我思考教育问题的基本立足点。

人生的价值，可用两个词来代表：一是幸福，二是优秀。优秀，就是人之为人的精神禀赋发育良好，成为人性意义上的真正的人。幸福，最重要的成分也是精神上的享受，因而是以优秀为前提的。由此可见，二者皆取决于人性的健康生长和全面发展，而教育的使命即在于此。

不错，这只是常识而已。唯因如此，真正可惊的是，今天的教育已经多么严重地违背了常识。一种教育倘若完全不把人性放在眼里，只把应试和谋生树为目标，使受教育者的头脑中充满死记硬背的知识，心中充满谋生的焦虑，对于人之为人的精神性的幸福越来越陌生，距离人性意义上的优秀越来越遥远，我们的确有权问一下：这还是教育吗？

有智者说：经济决定今天，政治决定明天，教育决定未来。此言极是，因此，最令人担忧的是今天教育的久远后果，一代代新人经由这种教育走上了社会，他们的精神素质将决定未来中国数十年乃至上百年的精神水准和社会面貌。让教育回归人性，已是刻不容缓之事，拖延下去，只会愈加积重难返，今后纠正起来更加事倍功半。

无论个人、民族，还是人类，衡量其脱离动物界程度的尺子都是人性的高度，而非物质财富。个人的优秀，归根到底是人性的优秀。民族的伟大，归根到底是人性的伟大。人类的进步，归根到底是人性的进步。人性是“由无数世代苦心积累的神圣不可侵犯的庙堂珍宝”（尼采语），守护这一份珍宝，为之增添新的宝藏，是人类一切文化事业的终极使命，也是教育的终极使命。

据我所见，凡大哲学家都十分重视教育，他们致力于人性和人类精神的提升，而唯有凭借正确的教育，这个事业才有成功的希望。我一直想系统地研习大师们的教育著述，不做完这项工作，我知道自己对教育是说不出真正有分量的话的。我一定会做这项工作的，请假我以时日。现在这个集子,只是汇编了我迄今为止与教育有关的文字,我自己并不满意,但暂时只好如此。我相信,在针对今天教育发出的众多清醒的声音之中,我的加入多少也能起一点积极的作用。

2009.5

神圣的好奇心

天生万物，人只是其中一物，使人区别于万物的是理性。动物唯求生存，而理性不只是生存的工具，它要求得比生存更多。当理性面对未知时，会产生探究的冲动，要把未知变成知，这就是好奇心。好奇心是理性觉醒和活跃的征兆。在好奇心的推动下，人类仰观天象，俯察地理，思考宇宙，探索万物，于是有了哲学和科学。动物匍匐在尘土之中，好奇心把人类从尘土中超拔出来，成为万物之灵。

也许，正是在这个意义上，爱因斯坦把好奇心称为“神圣的好奇心”。

好奇心是人的最重要的智力禀赋之一。做父母的都会发现，孩子在幼儿期皆有强烈的好奇心，对事物充满探问的兴趣。我设想，倘若人人能把幼儿期的好奇心保持到成年，世界上会有多少聪明的大脑啊。

然而，这几乎是不可能的。如同爱因斯坦所说，“神圣的好奇心”是一株脆弱的嫩苗，它是很容易夭折的。不说别人，就说这位大物理学家本人，他竟也有过好奇心险遭夭折的经历。他自己回忆，他17岁进入苏黎世工业大学，为了应付考试，不得不把许多废物塞进自己的脑袋，其结果是在考试后的整整一年里，他对任何科学问题的思考都失去了兴趣。鉴于这个经历，他如此感叹道：“现代的教学方法竟然还没有把研究问题的神圣好奇心完全扼杀掉，真可以说是一个奇迹。”

请不要用我们今天应试教育的严酷状况去推测爱因斯坦当年的处境，事实上，他不过是一年之中考了两次试而已，而且他告诉我们，他多数时间是自由的，仅在考试前借来了同学的课堂笔记，死记硬背以应付考试。尽管如此，他的智力兴趣仍然因此受到了严重伤害。

爱因斯坦得出结论说：好奇心这株嫩苗，除了需要鼓励外，主要需要自由，强制必然会损害探索的兴趣。

大约无须再把今天中国学生——从小学生一直到研究生——所受的强制与爱因斯坦当年所受的那一点儿强制做比较了吧。学校教育当然是不能完全排除强制性考试的，区别在于它在整个教育体制中所处的地位和所占的比重。如果强制性考试成为教学主要的乃至唯一的目的、方法、标准，便是典型的应试教育，而这正是我们今天的现实。

一般来说，好奇心会随着年龄增长而递减，这几乎是一个规律，即使在最好的教育制度下恐怕也是这样。那些能够永葆好奇心的人不啻幸存者，而人类的伟大文化创造多半出自他们之手。唯因如此，教育必须十分小心地保护好奇心，为它提供良好的生长环境。我相信，像爱因斯坦这样的天才，其强大的智力禀赋足以战胜任何不良的外部环境，但普通人就没有这么幸运了，一种坏的教育制度的杀伤力几乎是摧毁性的。尤其在基础教育阶段，好奇心这棵嫩苗正处在生长的关键期，一旦受到摧残，后果很可能是不可逆的。

在教育上，好奇心体现为学习的兴趣。所谓兴趣，其主要成分就是智力活动的快乐，包括好奇心获得满足的快乐。一个人做事是出于兴趣，还是出于强制，效果大不一样。出于兴趣做事，心情愉快，头脑处于积极主动的状态，往往事半功倍。出于强制做事，心情沮丧，头脑处于消极被动的状态，往往事倍功半。做一般的事尚且如此，学习就更是如此了。因为学习是纯粹的智力活动，如果学生在学习中不能感受到智力活动本身的快乐，学习就会是百分之百的痛苦。遗憾的是，这正是今天多数学生的状况。

情况本来不该是这样的。人有智力禀赋，这种禀赋需要得到生长和运用，原是人性的天然倾向。学生之所以视学习为莫大的痛苦，原因恰恰在于，应试教育不但不是激活、反而是压抑智力活动的，本质上是反智育的。

兴趣应该是智育的第一要素，如果不能激发起学生对知识的兴趣，就谈不上素质教育。强调兴趣在教育中的意义，绝不意味着对学生放任自流，相反，这是一个很高的要求，为此教师必须自己是充满求知兴趣的人，并且善于对学生的兴趣差异予以同情的观察，发现隐藏在其后的能力，真正因材施教。教材也必须改革，提高其智力活动的含量，使之真正能够激发学生探索和思考的兴趣。比如说，哲学教材就不能只是一些教条，而应该能真正启迪学生爱智慧。相比之下，靠重复灌输和强迫记忆标准答案奏效的应试教育真是太偷懒也太省力了，当然，同时也无比辛苦，因为这是一种低水平的简单繁重劳动，教师自己从中也品尝不到丝毫智力乐趣，辛苦成了百分之百的折磨。

2010.11

把赌注下在素质教育这一边

我收到一个今年应届高中毕业生的来信，她叫王卉媛，在信中详细叙述了她抵制应试教育并获成功的经历。大致情况是，在父母顺其自然的教育态度和自己兴趣至上的学习态度支配下，从小学到中学，她似乎一直不用功，也没有上任何课外班。但是，她喜欢看"闲书"，包括简本英文小说，高中时迷上了相对论、哲学等，兴之所至，还看动漫，看电视的科学类节目，写作，画画。她的课内成绩长期平平，但奇迹般地后来居上，最后轻松地考入了北大中文系。

我在我的公开邮箱中发现了这封信，读得津津有味。今年一月，我出版《宝贝，宝贝》一书，书中叙述了我在女儿的教育上的做法，也是把快乐和兴趣放在第一位，鼓励她看"闲书"、想问题，不上任何课外班，结果很好，即使在应试上也名列前茅。我的女儿毕竟刚升初中，王卉媛已经度过应试教育中最艰难的中学阶段，她的案例是更有说服力的，证明了在应试体制下，个人——包括作为个体的学生、家长、教师——仍有可能最大限度地坚持素质教育，与应试体制相抗争，并且做到在这个体制中也不成为输家。

我相信，类似的案例一定还有不少，只是这一个碰巧让我知道了。我还相信，一定有更多的学生和家长处在矛盾之中，一方面对应试体制的祸害有切肤之痛，另一方面又怕抗争会使自己遭到淘汰，只好痛苦地被它拖着走。对于他们，王卉媛的案例尤其具有激励的作用，能够在抗争这一边增加一个砝码。因此，在征得她的同意之后，我把她的信和我的回信发表在了我的博客上。

反响非常热烈，许多人表示赞赏和受到鼓舞，也有不少质疑的声音，网友们围绕这个案例展开了讨论。被质疑得最多的一点是：王卉媛考上了北大，你为她叫好，你岂不仍是在用应试的结果衡量教育的成败？是否可以认为，她的方法不是应试的，而最终的评价指标仍是应试的？对于这个质疑，好些网友替我做了回答，他们指出：这个故事的主题与北大无关，作为一次突破应试教育的阶段性成功，北大只是做了一次检测的量具，这个故事真正的主题是有关教育，有关人的成长和人才的培养；即使没有考进北大，只要她保持喜欢、兴趣、研究性学习的能力，这在任何一所大学，都将使她收获到更多，也必将为她今后的人生带来更有价值的东西。这些话都说得非常好。

我真不认为考上北大有什么了不起。我在给王卉媛的回信中说："北大现在也沾染了这个时代的许多毛病，你仍要独立思考。"遵循应试轨道考进名校的人多的是，她的特别之处在于，从不以名校为目标，考上北大因此仿佛只是一个意外收获，是坚持自我素质教育的一个副产品。她在应试上的成功不是证明应试正确，而是证明对付应试可以有别的方式。我一向认为，在学生阶段，衡量教育成败的标准是看是否拥有了两种能力：一是快乐学习的能力，二是自主学习的能力。喜欢学习，能够按照自己的兴趣安排自己的学习，这就是好的智力素质，这样的学生不管是否考进名校，将来都会有出息。

事实上，王卉媛考上北大多少带有偶然性，她自己也为她运气太好感到不安。有网友指出，她的这种方式充满风险，完全有可能在应试上失败，所以家长们哪敢冒这个险。我们的确不能低估应试体制的威力，与这个体制抗争的人未必都像王卉媛那样幸运，一定会有人在考场上折戟。应试体制实际上把所有学生和家长逼入了一个赌局，一边是应试教育，另一边是素质教育，看你把赌注下在哪一边。现在的情况是，绝大多数人把赌注完全押在了应试教育上，竭尽全力想成为赢家。在我看来，这样做的风险其实更大，如果赢了，不过是升学占了便宜而已，如果输了，就输得精光。相反，把赌注下在素质教育这一边，适当兼顾应试，即使最后在升学上遭遇一点挫折，素质上的收获却是无人能剥夺的，必将在整个人生中长久发生作用。所以，以素质的优秀为目标，把应试的成功当作副产品，是最合理的定位。

其实，只要真正注重素质的培养，有了好的智力素质，应试也不会太困难。智力是一种综合素质，其效果一定会体现在需要运用智力的一切事情上，包括功课和考试。王卉媛对语文和英语的死板教学方法十分抵触，但因为喜欢读文学作品和英文小说，结果课内成绩也能轻松地保持优秀。她如此谈自己的体会："应试考查的是素质中的冰山一角，拥有整座冰山的孩子当然不会害怕有人来试探他的边沿。"有网友认为此言涉嫌为应试教育辩护，我理解她的真正意思是，即使应试只考查露出水面的东西，你仍应该让自己拥有整座冰山，而不只是一块浮冰。针对某些网友谴责她能上北大是应试上的不公平，对她的自我素质教育却毫无所感，一位网友说得好："这是很悲哀的，简直就像放着金子不拿，却和别人争夺分配石头的公平。”

还有的网友认为，王卉媛只是一个特例，她有天分，爱学习，所以能实施素质教育，绝大多数孩子不肯主动学习，就必须实施严格的应试教育。我们的确看到，现在不喜欢学习的孩子似乎占多数，然而，正如王卉媛所指出的：现在的学生之所以学得那么痛苦，就是因为在应试体制下被残忍地剥夺了“喜欢”的能力。学习不快乐原是应试教育的恶果，怎么能反过来把它当作应试教育的理由呢。这样做的结果只能是恶性循环，越应试就越不爱学，越不爱学就越强化应试，走进了死胡同。人都要追求快乐的，现在许多孩子之所以沉湎于玩电脑游戏、网聊、追星、八卦，就是因为在学习中得不到快乐，只能用低级快乐来替代了。人的天赋当然有差别，但是，孩子都有旺盛的好奇心和求知欲，只要正确引导，每一个孩子都能尽其天赋生长得最好，这正是素质教育的目标。所以，天赋的差异绝非实施应试教育的借口。

王卉媛在给我的信中一再为自己的幸运表示不安，觉得这对于许多挣扎在应试体制中的孩子来说是一种不公平。我回信劝慰她说：“不公平是体制造成的。在一场规模巨大、旷日持久的灾难中——今天的教育正是这样的一场灾难——有大量遇难者，只有少数幸存者，这是没有办法的。难道所有人都遇难才公平吗？当然不，为了战胜灾难，为了灾后重建，幸存者越多越好，凭借自己的能力和机会成为幸存者，这本身就是一种贡献。”这是我的真实想法。应试体制的弊端有目共睹，业已引起政府和各界人士的关注，但积重难返，改革之路艰难而漫长。在这个过程中，个人不是无能为力的。把主要力气花在素质教育上，向应试教育争自由，能争到多少是多少，在应试体制面前保护孩子，能保护一个是一个，这不但是可行的，而且是一种责任。在一切战争中，保存和发展有生力量是一个基本原则，在素质教育与应试教育之战中也是如此。可以确信，抗争者的队伍壮大了，两种教育之间的力量对比就会发生变化，应试体制要不变也难了。现在它既然已经失人心，那么，让我们共同努力，让它也失天下吧。

2010.8

爱，这一个理由已经足够

——《宝贝，宝贝》序

一

宝贝，宝贝，在写这本书的时候，这个词一直重叠着在我的心中回响，如同一个最温柔也最深沉的旋律。

宝贝，宝贝。

女儿是我的宝贝。小生命来到世上，天下的父母哪个不心醉神迷，谛视着婴儿花朵一样的脸蛋，满腔的骨肉之爱无以表达，一声声唤宝贝，千言万语尽在其中。

和女儿一起度过的时光，是我的生命中的宝贝。养育小生命是人生最宝贵的经历之一，其中有多少惊喜和欢笑、多少感悟和思考，给我的心灵仓库增添了多少无价的珍宝。

宝贝，宝贝，我的女儿，我的生命中的时光。

二

我也许命中该做父亲，比做别的什么都心甘情愿，绝对不会厌烦。我想不出，在人生中，还有什么事比养儿育女更有吸引力，更能使人身不由己地沉醉其中。

我的妻子常说，没见过像我这么痴情的爸爸。周围的朋友，看见我这么陶醉地当爸爸，有的称赞我是伟大的父亲，有的惋惜我丧失了革命的斗志。我心里明白，伟大根本扯不上，我是受本能支配，恰恰证明我平凡。至于丧失了斗志，我不在乎，倘若一种斗志会被生命自身的力量瓦解，恰恰证明它没有多大价值。

性是大自然最奇妙的发明之一，在没有做父母的时候，我们并不知道大自然的深意，以为它只是男女之欢。其实，快乐本能是浅层次，背后潜藏着深层次的种属本能。有了孩子，这个本能以巨大的威力突然苏醒了，一下子把我们变成了忘我舐犊的傻爸傻妈。

爱孩子是本能，但不止于本能。无论第几次做父亲，新生命的到来永远使我感到神秘。一个新生命的形成，大自然不知运作了多少个世纪，其中不知交织了多少离奇的故事。

我的女儿，你原本完全可能不来找我，却偏偏来了，选中我做你的父亲，这是何等的信任。如果有轮回，天下人家如恒河之沙，你这一个灵魂偏偏投胎到了我的家里，这是何等的因缘。如果有上帝，上帝赐给了我生命，竟还把照看你的生命的荣耀也赐给了我，这是何等的恩宠。面对你，我庆幸，我喜乐，我感恩。

三

我有写日记的习惯。女儿出生后，她成了我的日记里的主角。这很自然，因为她也成了我的生活里的主角。我情不自禁地记下她的一点一滴表现，如同一个藏宝迷搜集一颗又一颗珠宝，简直到了贪婪的地步。尤其从她咿呀学语开始，我记录得格外辛勤，语言能力的每一点进步，逐渐增多的有趣表达，她的奇思妙想和惊人之言，只要听到，我就赶紧记下来，生怕流失。事实上，如果不记下来，绝大部分必定流失。

这当然是需要一点儿毅力的，因为养育孩子既是最快乐的，也是最劳累的，这种劳累往往使人麻木和怠惰，失去了记录的雅兴和余力。不过，我是欲罢不能。我清楚地意识到，孩子年幼的这一段时光，生命初期的奇妙景象，对于我是一笔多么宝贵的财富，而这段时光是那样稍纵即逝，这笔财富是那样容易丢失。上天赐给了我这么好的运气，我绝不可辜负。此时此刻，这就是我的事业和使命，其余一切必须让路。

物质的财宝，丢失了可以挣回，挣不回也没有什么，它们是这样毫无个性，和你本来就没有必然的关系，只不过是换了一个地方存放罢了。可是，你的生命中的珍宝是仅仅属于你的，它们只能存放在你的心灵中和记忆中，如果这里没有，别的任何地方也不会有，你一旦把它们丢失，就永远找不回来了。

当我现在重读和整理这些记录时，我发现，在女儿二至五岁的四年里，记的精彩段子最多，以后就大为减少了。我认为，这并不意味着她后来退步了，而是显示了一种规律性的现象。二至五岁正是幼儿期，心智的各个要素，包括感觉、认知、语言、想象，如同刚破土的嫩苗，开始蓬勃生长。一方面，这些要素尚未分化，浑然一体，相得益彰；另一方面，又尚未被成人世界的概念思维和功利计算所同化，清新如初。人们对于幼儿绘画赞美有加，其实，幼儿语言毫不逊色，同样富于独创性。这是原生态的精神现象，奇妙无比，在生命的以后阶段绝不可能重现。打一个未必恰当的比方，犹如中国的先秦文化和欧洲的古希腊文化不可能重现一样。长大以后，在较好的情形下，心智的某一要素得到良好发展，成为某一领域的能者；在最好的情形下，心智保持纯真的品质和得到全面的发展，那就是天才了。

如果说，生命早期的精彩纷呈对于做父母的是宝贵财富，那么，对于孩子自己就更是如此了。但是，孩子身在其中，浑然无知，尚不懂得欣赏和收藏它们，而到了懂得的年纪，它们早已散失在时光中了。为孩子保住这一份财富，这只能是父母的责任。在为女儿做记录时，我经常想，她长大后，有一天，我把这一份记录交到她的手上，她会多么欣喜啊。这是真正的无价之宝，天下父母能够给孩子的礼物，不可能有比这更贵重的了。

四

现在有一些父亲或母亲以自己的孩子为题材写书，写的是他们很特别的育儿经历。他们有宏大的目标和周密的计划，从零岁开始，一步一步，把自己的孩子培育成天才，终于送进了哈佛或牛津。在我的这本书里，没有一丁点儿这样的东西。事实上，我也不是这种目光远大、心思缜密的家长，而只是一个普通的父亲罢了。对于我的女儿，我只希望她健康、快乐地生长，丝毫不想在她身上施展我的宏图。

从一个人教育孩子的方式，最能看出这个人自己的人生态度。那种逼迫孩子参加各种竞争的家长，自己在生活中往往也急功近利。相反，一个淡泊于名利的人，必定也愿意孩子顺应天性愉快地成长。我由此获得了一个依据，去分析貌似违背这个规律的现象。譬如说，我基本可以断定，一个自己无为却逼迫孩子大有作为的人，他的无为其实是无能和不得志；一个自己拼命奋斗却让孩子自由生长的人，他的拼命多少是出于无奈。这两种人都想在孩子身上实现自己的未遂愿望，但愿望的性质恰好相反。

家庭教育是人的一生教育的起点和基础，具有学校教育不可替代的重要性。在这个意义上，我也认为好父母胜过好老师。不过，什么是好父母，人们的观念截然不同。我自认为是一个好父亲，理由仅仅在于，当女儿幼小时，我是她的一个好玩伴，随着她逐渐长大，我在争取成为她的一个好朋友。我一向认为，做孩子的朋友，孩子也肯把自己当作朋友，乃是做父母的最高境界。至于在我们之间，谁是老师，谁是学生，还真分不清楚，我只能说，我从她学到的，绝不比她从我学到的少。

做人和教人在根本上是一致的。我在人生中最看重的东西，也就是我在教育上最想让孩子得到的东西。进一个名牌学校，谋一个赚钱职业，这种东西怎么有资格成为人生的目标，所以也不能成为教育的目标。我的期望比这高得多，就是愿她成为一个善良、丰富、高贵的人。

五

如此看来，这是一本很普通的书了。的确很普通，但凡做父母的，只要有足够的细心和耐心，会写字，谁都可以写这样的一本书。然而，它并不因此就没有了价值，相反，也许这正是它的价值之所在。

世上已经有太多的书，讲述各种伟大的真理、精彩的故事、成功的楷模，我无意加入其列。我只想叙述平凡的生活，叙述平凡生活中的一个珍贵的片段。人们大约不会认为这只是一本谈育儿的书吧。但愿在读了这本书以后，有更多的人相信，伟大、精彩、成功都不算什么，只有把平凡生活真正过好，人生才是圆满。

世代交替，生命繁衍，人类生活的基本内核原本就是平凡的。战争，政治，文化，财富，历险，浪漫，一切的不平凡，最后都要回归平凡，都要按照对人类平凡生活的功过确定其价值。即使在伟人的生平中，最能打动我们的也不是丰功伟绩，而是那些在平凡生活中显露了真实人性的时刻，这样的时刻恰恰是人人都拥有的。遗憾的是，在今天的世界上，人们惶惶然追求貌似不平凡的东西，懂得珍惜和品味平凡生活的人何其少。

所以，我的这本书未尝不是一个呼唤。

六

最后，我要对女儿说几句话。

宝贝，我要你记住，你是一个普通的女孩。我之所以写你，不是因为你多么特别，只是因为你是我的女儿。在写你的这本书出版以后，你也仍然是一个普通的女孩，不会因为这本书而变得特别。

当然，我也只是一个普通的父亲，与别的爱自己孩子的父亲没有什么两样。我写这本书，不是因为我是作家。我不是作家，也一定会写这本书，只因为我是你的爸爸。这是一个普通的父亲为他所爱的女儿写的一本书。

一个普通的父亲，爱他的一个普通的女儿，这是我写这本书的全部理由。

爱，这一个理由已经足够。

在这本书里，我只写了你从出生到刚上小学的事情。宝贝，你还记得吧，我们有一个约定，往后的事情，将来由你自己来写。爸爸的想法是，将来你不一定要写书，写不写书不重要，爸爸从来没有想把你培养成一个作家，只希望你成为一个珍惜自己生活经历的人。读了这本书，如果你不但为其中写的你幼小时候的事开心一笑，而且领略到了记录生活的魅力，养成写日记的习惯，我会非常高兴的。你将慢慢体会到，一个认真写日记的人，生活的时候是更用心、更敏锐、更有自己的眼光的，她从生活中获取得更多，更是生活的主人。

2009.11

用爱和智慧保护孩子

——《宝贝,宝贝》少儿版致小读者

今年一月,我出了一本书,叫《宝贝,宝贝》。那本书有点儿厚,现在我把它大大地精简,为你们出这个少儿版。

这本书是为我的女儿写的,也是为每一个孩子写的。在书中,我写了女儿小时候许多好玩的事,写了一个小生命在生长中的美丽风景。每一个小生命的生长都是美丽的风景,你们小时候一定也有许多好玩的事。读这本书的时候,你们也许会想起自己点点滴滴的童年趣事,发出会心的一笑。

在书中,我还写了作为一个父亲,我在女儿的教育上是怎么做的。我的全部努力集中到一点,就是在现行教育体制面前保护孩子,给她一个宽松自由的小环境,让她快乐地学习,健康地生长。这也是我对你们的最大祝愿,我希望你们都能有一个宽松自由的小环境,从而快

乐地学习，健康地生长。

所以，我的这本书实际上也是在和你们的爸爸妈妈交流。天下父母都是爱孩子的，真爱孩子，就不要逼迫孩子做应试教育的牺牲品了。用爱和智慧保护自己的孩子，正是今天为人父母者的第一职责。但愿你们的爸爸妈妈读了这本书，会赞同我的这个观点。

2010.5

恢复常识和记忆

——读陈丹青《退步集》

《退步集》是陈丹青近几年文章和言论的结集。作为一个有良好直觉的艺术家和思想者，书中处处可见作者对于生活和事物的洞见。尤为可贵的是作者的诚实，既对自己诚实，也对他人和社会诚实，敢于正视并且直言自己的所感所思。当这样一个人针对时弊发言时，不管忠言多么逆耳，都是值得我们聆听和深省的。

在不同场合，作者涉及的话题不同，若要找出一个“中心思想”，也许可以用书中一篇讲演的标题来表示，就是“常识与记忆”。恢复常识和记忆——这一声沉痛的呼唤贯穿于全书。在作者看来，当今种种怪现状，一言以蔽之，便是背离常识，抹杀记忆，而如果不恢复常识和记忆，则所谓人文、改革、创新等响亮话语都只是奢谈。

身为艺术学院的教师，作者对于当今教育尤其艺术教育的弊病有切肤之痛。他认为，中国现行艺术教育有三个误区：素描教学、外语考试和政治考试。艺术教育的基础应是常识健全，即懂得如何观看，而非素描。外语考试淘汰了许多有艺术天赋的考生。政治课因教材的陈旧而与真正的人文教育背道而驰。这些问题导致了今天的艺术教育“上不见人文精神，下不见常识”，学生严重缺乏常识，没有文化。作者愤激地说，齐白石、黄宾虹、徐悲鸿之辈倘若活在今天，由于这些考试的关卡，很可能失去报考油画专业的资格。

在艺术教育中，缺乏常识与丧失记忆密切相关。学习观看的重要途径是看经典原作。然而，我们的经典原作都封存在仓库里，极少在美术馆展出，使得我们的学生、艺术家与民族艺术五千年的脉络断了联系。中国画家只能看到机器复制图像，形成的是“集体伪经验”。这种情况与国外美术馆之发达和展品之充实形成鲜明对照。美术学院连年扩招，美术界高谈国际性、当代性等宏大话题，不断举办研讨会、博览会、双年展，“在这一切的热闹与喧嚣中，美术馆，作为一条无法替代的认知途径，一个国家的历史记忆，一个巨大的文化实体，却是长期悬置、长期缺席”，在作者眼中显得格外刺目。

城市建设是作者关注的另一个重点，在这方面，常识和记忆的缺失更加触目惊心。建筑设计的常识是与周边建筑及整体环境的和谐，历史记忆的保存，等等。然而，在今天的中国，这些常识完全不被顾及，比比皆是公然的无序、失控和对历史记忆的破坏。作者应邀出席上海青浦区朱家角镇“新江南水乡”论坛，他的发言必定很令人扫兴，开门见山地说：“江南水乡”没有了，“新江南水乡”是一个伪问题。他更指出，在今天的城市建设中，不止江南，整个中国正在被另一个假冒伪劣的“中国”所覆盖。

按理说，诸如艺术教育要尊重艺术，尊重学生的个性，城市建设要尊重环境，尊重历史的记忆，这些常识并不复杂，何以会在今天遭到如此严重的“遗忘”？作者认为，原因在变本加厉的行政化。强大的“行政文化”无处不在，支配一切。它用量化、程序化的方式管理教育，迫使艺术教育不是对艺术和学生个人负责，而是向上负责。它使中国城市建设呈现的不是建筑设计，而是“权力景观”、“行政景观”。

当今教育和城市建设中的种种弊病有目共睹，已经引起广泛不满和批评。因此，严格地说，某些基本的常识并不是被“遗忘”了，而是遭到了来自权力和金钱的蔑视。作为一个有责任心的教师和艺术家，作者并非在进行理论的分析，而只是直言不讳地把自己的亲身感受说了出来。他对阻挡这一进程的可能性持悲观态度，自我定位为顽固的“反动派”。我们不妨听一听这个“反动派”的诤言，这有助于我们正视问题的严重性，从而积极地争取乐观的前景。

2007.4

创造力的来源

——答《父母》杂志问

问: 您觉得您的创造力从哪里来？人怎样才能有非凡的创造力？您怎样培养自己的孩子的创造力？

答: 创造力并不神秘，在我看来，它无非是在强烈的兴趣推动下的持久的努力。其中最重要的因素，第一是兴趣，第二是良好的工作习惯。通俗地说，就是第一要有自己真正喜欢做的事，第二能够全神贯注又持之以恒地把它做好。在这过程中，人的各种智力品质，包括好奇心、思维能力、想象力、直觉、灵感等，都会被调动起来，为创造做出贡献。

我的工作是写作。我一直认为，我的写作是从写日记开始的。上小学时，我就自发地写起了日记，热衷于把每日的经历、心情、感受记录下来。如果说我有一点儿所谓的写作能力，则完全是得益于这个保持到今的习惯。

现在的应试教育是创造力的大敌。因此，对我正在上小学的女儿，我着力于保护她尽量少受现行教育体制的危害，不让她上任何补习班、强化班，启发她轻分数而重理解，鼓励她读感兴趣的课外书。总之，如果说我对她有所培养，放在第一位的是超越应试的健康心态和快乐学习的能力，而不是知识本身，尤其不是分数。也许正因为如此，她反倒始终轻松地保持着全班优秀生的地位。

2007.7

书中的育儿世界

女儿啾啾今年九岁，上小学四年级。从幼儿园开始，她就喜欢看书。我们从来没有特意教导她、督促她，她对书的喜爱，完全是自然而然产生的。

从两岁开始，每天晚上，她妈妈给她念一段童话故事，这成了她入睡前的必有节目。她非常爱听，如果哪天妈妈忘了，她必提醒，一天也不可缺。她就这样听完了《爱丽丝漫游奇境记》、《安徒生童话》、《格林童话》等许多经典童话故事，有的听了好几遍。有一回，她盯着妈妈正在念的书，问："妈妈，书上都是字，故事在哪里呀？"妈妈没法跟她解释清楚，只好说："宝贝以后认字多了，就知道了。"

其实，那时候，她已经能认一些字了。认字的过程也非常自然，玩看图识字的卡片，看碟时跟着声音看字幕，上街时问招牌上的字，诸如此类，当然认的字还不多，零星得很。

忽然有一天，我看见她自己捧着一本书，一边用手指着书上的字，一边大声朗读。一串又一串我听不懂的句子，可是，她念得非常投入，念了很久。自此以后，我发现她常常这样自得其乐地念书，所念的书则逐渐有了目标，往往是妈妈前一天晚上给她念的那一本，她找到才念过的地方，连猜带蒙，把书上的故事复诵一遍。

终于，有一天晚上，妈妈又要给她念书，她说："妈妈，你不要给我念了，你念了我再读就没有意思了。"原来，通过这样的过程，她认的字越来越多，基本上能够自己阅读了。这时候她刚五岁，随手翻开《骑鹅旅行记》的一页，念出上面的一条标题："斯莫兰的传说。"妈妈惊叹："你真行啊！"她感到奇怪，说："这里不是写着吗？"那个曾经有的困惑——"书上都是字，故事在哪里？"——已经自行消解。

通过女儿自己学会阅读的事例，我真切地看到，孩子天生有强烈的好奇心，有潜在的认知能力，只要给他们一个良好的环境，他们的天赋能力就会健康生长，结出果实。培养孩子的阅读能力和习惯，最重要的是保护和鼓励他们对书籍的兴趣，使他们感到阅读本身是一件无比快乐的事。最糟糕的做法是强迫他们学习，其结果只会适得其反，甚至使他们对读书永远心怀惧怕和敌意。

啾啾三岁时，好友于奇主持台湾作家几米绘本的大陆版出版事务，送给了我一套。刚拿到手，我就翻开其中一本，与啾啾同看。她指着一个变形的人物形象说："这个什么也不像的东西真好玩。"一语道破了艺术的真谛。接下来的那些天里，她成了最热情的几米迷，整天坐在地毯上，摇头晃脑，高声朗读几米的妙语。有一天早晨，她吃煎蛋，像往常一样不吃脆边，我劝她吃，说那个最好吃。她向我一字一顿地大声宣布："不一样的脑袋有不一样的想法，不一样的眼睛有不一样的看法，不一样的嘴巴有不一样的说法。"我笑了，问她从哪儿学来的，她说是几米的书里的。她可真会活学活用。几米知道了自己在大陆有这么一个小“粉丝”，不久后，托于奇转送给她一本亲笔签名的新作。

我和妻子都喜欢读书，我们各人捧着一本书读，是啾啾天天看到的情景。我相信，这种氛围发生的潜移默化作用是最有效的。家里到处是书，她经常从书柜里抽出一本书来，随意地翻看。有一回，她抽出一本卡夫卡的短篇小说集《变形记》，看见封面上有叶廷芳的名字。叶廷芳也是我们的好友，她感到好奇，问：“是叶爷爷写的？”我解释，是叶爷爷翻译的。她又问：“整本书都是《变形记》？”我告诉她，《变形记》是其中的一篇。她表示想看一看，根据目录翻到了那一页，看了开头，立刻笑着说：“一开头就变成甲虫了。”

童年不但是养成读书爱好的关键时期，也是形成读书品位的重要时期。我一向认为，读书的起点一开始就要高，应该为孩子提供适合其年龄的优质的书。啾啾五岁时，我订购了一套河北教育出版社出版的“世界名著之旅”丛书，放在她的书柜里，想看看她有什么反应。这套书共二十来册，都是根据名著缩写的，我翻了一下，觉得缩写得不错。我发现，她很快就对这套书发生了兴趣，在很短时间里读完了三本：《鲁滨逊漂流记》，《苦儿流浪记》，《八十天环游地球》。最早读的是《鲁滨逊漂流记》，但在三本中最晚读完，她说她害怕，终于读完以后，在笔记本上写了一句感想：“很激动人心的故事，尤其是在无人岛上的时候。”我从不催她，她在一年多的时间里基本读完了这套书，最喜欢《唐·吉诃德》，经常对我们说起里面的情节。在这之后，她最喜欢的书是卡尔维诺编的《意大利童话》，厚厚两大册，一千多页，反复读了好几遍，到了几乎能背诵的地步。她欣赏那种民间风格的幽默，随便你翻到哪一页，她立刻就能活灵活现地给你讲述相关的那个故事。

啾啾看书是非常专注的。经常的情况是，我自己在忙，突然想起很长时间没有听到她的声音了，到她的房间看，只见她坐在窗边，捧着一本书在读，我跟她说话，她一脸茫然，可见她的心还沉浸在书里。这情景真令人感动。有一回，她妈妈表示想看《战争与和平》，她从书柜里替妈妈找了出来。过了几天，她发现妈妈在看别的书，就问："你为什么不看《战争与和平》了？"妈妈说："我翻了一下，觉得别的书更好看，就看别的书了。"她说："你没有看进去。"真是一针见血啊。

有一本书，她从四岁到现在一直喜欢，就是《窗边的小豆豆》，也是百读不厌。一开始是妈妈读给她听，她听完后宣布："以后我也要写自己的事。"因为那本书有后记，她又加上一句："当然也要写后记的喽。"我借此机会叮嘱我的宝贝：说话要算数呀，爸爸就等着你兑现诺言啦。

在同龄的孩子里，啾啾肯定不算读书最多最用功的。我的有些朋友的孩子，年纪很小就读成人读的大厚本，能背诵许多古文。和他们比，啾啾仍显得孩子气。不过，我觉得这样挺好。在孩子智育的问题上，我有一颗平常心，不给她施加任何压力。我给她的只是一个布满书籍的环境，一种以读书为乐的氛围，如此足矣，其余皆顺其自然。智力的生长有自己的季节，何必揠苗助长呢。

[附言]

这篇文章是命题作文，出题目的是《父母》杂志编辑格子。她希望我从育儿的角度推荐一些我最喜欢的书籍，并且不限于儿童书籍。的确，一个人如何育儿，取决于他的整体素质，而他的整体素质之形成，又受他所读的书的重大影响。我在这里推荐两类书籍。

第一类是一般所认为的儿童书籍。世界文学宝库中有一些书，表面上似乎属于儿童文学，其实也适合于成人阅读，甚至成人更应该好好阅读。这些书能够唤醒我们的童心，从而使我们更加懂得孩子的心，更好地做父母。在这方面，我最喜欢的书有：圣－埃克苏佩里的《小王子》，《安徒生童话》，列那尔的《胡萝卜须》，黑柳彻子的《窗边的小豆豆》，蒙格玛丽的《绿山墙的安妮》。

第二类是伟大作家的散文。世上有一些伟大的心灵，情感丰富，哲思深刻，又保持着儿童般的单纯。他们的作品给了我最美好的享受，也长久地熏陶着我的心灵。其中，我要特别推荐泰戈尔、纪伯伦的散文诗，蒙田的随笔，还有丰子恺的散文。

2007.12

如果我是语文教师

我问自己一个问题:如果我是中学语文教师,我会怎么教学生?

对这个问题不能凭空回答,而应凭借切身的经验。我没有当过中学教师,但我当过中学生。让我回顾一下,在我的中学时代,什么东西真正提高了我的语文水平,使我在后来的写作生涯中受益无穷。我发现是两样东西:一是读课外书的爱好,二是写日记的习惯。

那么,答案就有了。

如果我是语文教师,我会注意培养学生对书籍的兴趣,鼓励他们多读好书,多读好的文学作品。所谓多,就要有一定的阅读量,比如说每个学期至少读三本好书。我也许会开一个推荐书目,但不做统一规定,而是让每个学生自己选择感兴趣的书。兴趣尽可五花八门,趣味一定要正,在这方面我会做一些引导。我还会提倡学生写读书笔记,形式不拘,可以是读后的感想,也可以只是摘录书中自己喜欢的语句。

如果我是语文教师，我会鼓励学生写日记。写日记第一贵在坚持，养成习惯，第二贵在真实，有内容。写日记既能坚持又写得有内容，即已证明这个学生在写作上既有兴趣又有能力，我会保证给予优秀的语文成绩。

我主要就抓这两件事。所谓语文水平，无非就是这两样东西，一是阅读的兴趣和能力，二是写作的兴趣和能力。当然要让学生写作文，不过，我会采取不命题为主的方式，学生可以把自己满意的某一篇读书笔记或日记交上来，作为课堂作文。总之，我要让学生知道，上我的语文课，无论阅读还是写作，最重要的是要有自己的真实感受和独立见解。

我最不会做的事情，就是让学生分析某一篇范文的所谓中心思想或段落大意。据我所知，我的文章常被用作这样的范文，让学生们受够了折磨。有一回，一个中学生拿了这样一份卷子来考我，是我写的《面对苦难》。对于所列的许多测试题，我真不知该如何解答，只好蒙，她对照标准答案批改，结果几乎不及格。由此可见，这种有所谓标准答案的测试方式是多么荒谬。

2008.1

第四辑　幸福的醒客

阅读经典,就是在今天成为一个醒客,就是今天的醒客与历史上那些伟大的醒客对话。这时候你会发现,其实你并不孤独,存在着一个醒客的世界,这个世界超越于历史的变迁和人间的喧哗而长存,把一切时代的思想者联结成一个整体。

让经典成为通识

——“社科经典轻松读”系列图书总序

我一向认为，阅读经典是提高素质的最佳途径之一。天津人民出版社推出这套面向广大读者的经典导读系列图书，帮助各界人士尤其青年人走近社科经典，其用心正合我的想法，我欣然为之作序。

中国正处在社会转型时期，前进中也暴露了诸多问题，显示了改革的艰难。分析所有这些问题，我们可以发现，在转型时期的中国，我们最缺少、最需要的东西，一是信仰，二是法治。事实已经证明，没有精神文化转型和社会秩序转型的配套，经济转型绝不可能孤立地成功。然而，要真正解决信仰和法治的问题，实依赖于国民素质的普遍提高。一个有信仰的民族，必由精神素质优良的个体组成。一个法治健全的社会，必由具备公民觉悟的成员建立和维护。因此，归根到底，中国的前途将取决于国民整体素质的提高。

所谓提高素质，就是要使我们身上那些人之为人的属性——这就是“素质”的含义——得到健康生长，成为人性意义上的优秀的人。人是凭借精神属性成其为人的。按照通常的划分，精神属性可分为知、情、意三个方面，亦即理性思维、情感体验、道德实践这三种精神能力。人类的这些精神能力在极其漫长的自然进化过程中形成了其生物学的基础，而后在相当漫长的文明演进过程中展现出来并得到发展。作为人类的一员，每一个个体的人通过种族的遗传即已具备这些精神能力的生物学基础，在此意义上，我们说它们是人性中固有的禀赋。然而，它们尚处于种子的状态，唯有在人类文化的环境中，种子才会发芽，潜在的禀赋才能生长为现实的能力。

文化环境不是物理学意义上的环境，对它的理解不能局限于当下的一时一地。几千年来，人类的精神探索形成了一个伟大的传统，这个传统既包容了又超越了一切时代和民族，对于人类每一个有心提高自己精神素质的成员来说，它都是最广阔也最深刻的文化环境。那么，我们到哪里去寻找这个传统呢？我的回答是：到经典著作中去，因为经典著作正是这个传统的最重要载体。把人们引领到经典著作的宝库里，让大家了解、熟悉、领悟存在于其中的传统，受其浸染，加入到人类精神探索的伟大进程中去，在我看来，不可能有比这更有效的国民素质教育的途径了。

具体地说，与精神属性的三个方面相对应，国民素质教育也可分为智育、美育、德育三个方面，而在这三个方面，经典著作都是极好的教材。

智育的目标是培育自由、独立的头脑。在这方面，经典作家是最好的榜样。他们首先是伟大的自由思想者，不受成见束缚，勇于开拓前人未至的新领域，敢于挑战众人皆信的旧学说。尤其在社科领域，权力、利益、习俗、舆论往往据有巨大的势力，阻挠着对真理的追求和认识，而他们能够不为所动，坚定地听从理性的指引。从他们的著作中，我们学到的不只是一些社科知识，更是追求真理的勇气、智性生活的习惯和独立思考的能力。

美育的目标是培育美丽、丰富的心灵。在这方面，文学艺术作品诚然是基本的教育资源，但人文和社科经典著作也能给我们以美好的熏陶。我们会发现，凡大思想家绝不是单面人和书呆子，他们从事研究的领域不同，性格各异，但大多具有鲜明的个性和丰富的内心世界，对于人类情感每每有或博大精深或微妙细致的体验。这一点也体现在文风上，许多经典作家是表达的大师，读他们的作品，只要真正读进去了，你绝不会觉得枯燥，只会感到是一次愉快的精神旅行。

德育的目标是培育善良、高贵的灵魂。在这方面，经典作家尤能给我们良多启示。人文和社会科学的研究对象是人和社会，在这个领域中，起支配作用的不只是理性思考和实证观察，更是价值定向和理想愿景。每一位思想家都心怀提升人类向更好状态发展的愿望，一切思考最终都指向最基本的价值问题：怎样的人生是好的人生？怎样的社会是好的社会？虽然价值观正是最充满争议的领域，但是，通过阅读经典，自觉地思考这些问题，有助于我们确立自己的人生坐标，做一个有道德、有信仰的人。

国民素质的提高，人人有责。精神财富的享用，人人有份。可是，即使用严格的标准挑选，社科经典的绝对数量也是非常大的，叫一个普通读者如何下手？怎样才能把经典中的理念变成社会多数成员的通识和基本教养？我认为，为了解决这个困难，本系列图书是一个有益的尝试，若能确保质量，乃是一项真正造福国人的事业。根据计划，该丛书将选收古今中外社科人文类的经典名著分批推出，其中每一种图书主要由两个部分组成:一是原著精彩篇章的摘录,二是专家的导读。出版社为该丛书预定的特点是:绝对经典,轻松好读。按照我的理解,“绝对经典”就是要求选目精当,不够格的绝不选入,最够格的绝不遗漏,同时应适合于普通读者的接受能力。“轻松好读”则是要求选人得当,专家也必须是够格的,对于相关的著作确有研究,融会贯通,从而能够把导读做得既准确又深入浅出。这是很高的要求,愿我们共同努力。

2009.3

幸福的醒客

“醒客悦读文库”从西方人文经典译著中选择比较轻松易读的文本，按照作者分册出版。这套丛书的宗旨是“经典文本，轻松阅读”，颇合我读书的旨趣，我曾为之作序。现在，第一批18种已出，第二批也即出，我很乐意做进一步的推荐。

丛书名“醒客悦读”的英文是Thinker Readings，把Thinker（思想者）译作“醒客”，是音义两恰的妙译。听说最早把Thinker译为“醒客”的是我的朋友萧瀚，万圣书屋还用作了咖啡座的名称。我尝戏言：我来给你们写一篇《醒客宣言》，号召“全世界醒客联合起来”。当然，这只是戏言。思想者是安静的，何至于闹这么大的动静。思想者也寻求同道，但不是靠呐喊。在庄严的图书馆里，在夜读者的灯光下，在超越时空的灵魂相遇中，醒客的联合一直在进行着，未尝有过间断。

中国的屈原、希腊的赫拉克利特，都早已把思想者喻为醒着的人，而把不思想的人喻为昏睡或烂醉之徒。众人皆醉,唯我独醒,这诚然是痛苦的。但是,做一个醒客,自有其清醒中的幸福。英国哲学家约翰·穆勒有言:幸福与满足是两回事,不满足的人比满足的猪幸福,不满足的苏格拉底比满足的傻瓜幸福。人和猪的区别就在于,人有灵魂,猪没有灵魂。苏格拉底和傻瓜的区别就在于,苏格拉底的灵魂醒着,傻瓜的灵魂昏睡着。灵魂生活开始于不满足。不满足什么?不满足于像动物那样活着。正是在这不满足之中,人展开了对意义的寻求,创造了丰富的精神世界。那么,何以见得不满足的人比满足的猪幸福呢?穆勒说,因为前者的快乐品质更高,内容更丰富,但唯有兼知两者的人才能做出判断。也就是说,如果你是一头满足的猪,跟你说了也白说。我不是骂任何人,因为我相信,每个人身上都藏着一个不满足的苏格拉底。

人为万物之灵,灵就灵在人能思想。在上天赋予人的诸般能力中,最特别、最宝贵的就是思想的能力。赫拉克利特说:"思想是最大的优点。"这其实是绝大多数哲学家的共识。在巴门尼德笔下,太阳车载着思想者行进在光明大道上,而不思想者则始终停留在黑暗之中。亚里士多德视沉思活动为完美的幸福,因为它最为自足,不依赖于外部条件,就此而论最接近神的活动。帕斯卡尔把人比作一根会思想的芦苇,人纵然是脆弱的生命,却因思想而区别于其他一切生命。笛卡尔干脆说:"我思故我在。"我们或许可以引申说,一个人唯有充分运用了上天赋予的思想能力,才是真正作为人而存在。爱因斯坦把独立思考的能力称作"大自然不可多得的恩赐",人因此而获得了内在的自由,能够不受权力、社会偏见以及未经审视的常规和习惯的支配。质言之,思想是人之为人的高级属性,思想的快乐是享受人的高级属性的快乐。一个人一旦深尝到这种快乐,再也改不掉思想的习惯,他就成了一个思想者，从此以后，他自己身上就有了一个永不枯竭的快乐源泉。

在醒客的快乐中，一项莫大的快乐是阅读人文经典。人类精神始终在追求某些永恒的价值，这种追求已经形成为一个伟大的传统，而人文经典则是这个传统的主要载体。人文经典是一座圣殿，它就在我们身边，一切时代的思想者正在那里聚会，我们只要走进去，就能聆听到他们的嘉言隽语。就最深层的精神生活而言，时代的区别并不重要，无论是两千年前的先贤，还是近百年来的今贤，都同样古老，也都同样年轻。每一部经典作品都扎根在人类精神生活的至深土壤之中，正因为如此，所以能够在不同时代的个人的心灵中抽出新芽。卡尔维诺列举经典作品的特征，有两点最为精辟：一部经典作品是一本每次重读都像初读那样带来发现的书；一部经典作品是一本即使初读也好像是在重温的书。阅读经典之妙趣，正在于发现和重温的双重喜悦。

思想离不开传统。置身于传统之外，没有人能够成为思想者。做一个思想者，意味着以自己的方式参与到人类精神传统中去，成为其中积极的一员。对于每一个个体来说，这个传统一开始是外在于他的，他必须去把它“占为己有”，而阅读经典便是“占为己有”的最基本的途径。

这么说来，阅读经典是成为一个真正的醒客的必由之路了。不过，走在这条路上，未必总是艰难跋涉，也完全可以轻松漫步。林语堂曾经戏言：大师带学生往往不是在课堂上，而是在沙龙里，抽着大烟斗闲聊，烟雾缭绕中就把学生熏陶出来了。现在这套丛书正像是一个沙龙，让你听大师们聊天，并且逐渐加入他们的聊天，在快乐阅读中成为一个幸福的醒客。

阅读经典，就是在今天成为一个醒客，就是今天的醒客与历史上那些伟大的醒客对话。这时候你会发现，其实你并不孤独，存在着一个醒客的世界，这个世界超越于历史的变迁和人间的喧哗而长存，把一切时代的思想者联结成一个整体。我祝愿你走进这个世界，与伟大的醒客们为伍，尽兴品尝思想的快乐。

2007.11

我的好书观

我心目中的好书有以下特点:

一、读了以后,会使我产生强烈的冲动,自己也想写点什么,哪怕所写的东西表面上与这本书似乎毫无关系。它给我的是一种氛围、一种心境,使我仿佛置身于一种合宜的气候里,心中潜藏的种子因此发芽破土了。

二、一本好书会唤醒我的血缘本能,使我辨认出我的家族渊源。书籍世界里是存在亲族谱系的,同谱系中的佼佼者既让我引以自豪,也刺激起了我的竞争欲望,使我也想为家族争光。

三、遥远谱系中的好书不会使我产生仿效和竞争的欲望,但会使我感到欣赏的愉悦,就像欣赏一种陌生的异国风光。

四、有分量的好书往往使人的精神发生变化,在多数情况下是继续生长,变得茁壮和丰盈,在少数情况下是摧毁然后重建。

五、卡尔维诺列举经典作品的特征，有两点最为精辟：一部经典作品是一本每次重读都像初读那样带来发现的书；一部经典作品是一本即使初读也好像是在重温的书。可以用这两个尺度来鉴定那些最好的书，即伟大的书。

2007.12

真文学是非职业的

——在 2010 年文学走进大学校园活动启动仪式上的发言

今天,2010 年文学走进大学校园活动在清华大学举行启动仪式,让我作为作家代表发言。其实,和许多作家相比,我是最没有资格做这个代表的。因为第一,我加入作协的时间非常短,承蒙铁凝主席和我的朋友史铁生介绍,我在几个月前才成为作协会员。第二,我的专业不是文学创作,而是哲学研究,因此我只能算一个业余作家。可是,正因为如此,我与文学的关系就和校园里的文学爱好者们的情况非常接近,我们都是业余的,比较容易沟通,这也许是让我来发言的一个理由吧。

事实上,在大学校园里,文学一直是存在着的。我不但是指许许多多的文学社团和文学爱好者,而且是指更多的不以为自己从事文学却在不断写作的人，他们在日记里、在给亲友的信中、在个人博客上写下自己的欢乐和苦恼、经历和感受、观察和思考。什么是文学？在我看来，文学是心灵生活的一种方式。一个人认真地倾听自己灵魂中的声音，为它寻找语言的表达，这就已经是文学了。本真意义上的文学是非职业的，属于每一个热爱生命的人。青年天然地热爱生命，年轻的心是文学的天然沃土。谁在青春期没有写过诗？谁在大学时代没有自己的抽屉文学？文学是无数青年的秘密情人或公开情人，在一定意义上，秘密情人比公开情人更甜蜜也更忠贞。有一些青年后来和这个情人结婚了，成了专业作家。不过，众所周知，婚姻中有太多的利益考虑和规定动作，往往不如爱情那样纯粹和率真，甚至有可能成为爱情的坟墓。

托尔斯泰说："写作的职业化是文学堕落的主要原因。"我经常用这句话警示自己，虽然我自认为是一个业余作家，但是，写作事实上已经成为我的收入的主要来源，因而不可避免地变得不那么纯粹了，我无法否认我的作品有退步的趋势。法国作家列那尔在相同的意义上说："我把那些还没有以文学为职业的人称作经典作家。"正因为这个意义上的经典作家一代又一代不断涌现，文学才得以永葆青春。同学们，你们就是今天的经典作家，所以，我想，文学走进校园，首先是为了来感谢你们的。

谢谢你们！谢谢大家！我的话讲完了。

2010.6

文学新人："这一个"，而不是"下一个"

——在"THE NEXT- 文学之新"全国新人选拔赛新闻发布会上的发言

应邀做这个文学新人选拔赛的评审，感到光荣，更感到惶恐。我自己觉得，我是不够资格的。为什么？号称"中国青春文学第一刊"的《最小说》，我以前没有看过，只知道卖得特火，最近翻了翻，发现自己竟然看不大懂，也看不大下去，觉得里面所写的小男生小女生那种真真假假的情感纠葛离我很远，离今天中学生的真实生活好像也很远。当然，这说明我对今天青春文学的新潮流太陌生了。所以，我说我不够资格。好在这次是海选，不用我投票，不会因为我的无知而耽误哪个选手。我的理解是，评审就好比特邀观众，坐在头排，幕间休息可以到后台转转，能够清楚地观看这场大戏的全过程。非常感谢给我这个机会，就当是补课，我会满怀兴趣地观看。

顺便说一说我的一点希望。鉴于大赛以《最小说》为平台，郭敬明本人担任执行评委，这个大赛难免会带有郭敬明色彩，但最好这种色彩不要太浓。我的意思是，通过大赛，我们得到的不只是“下一个郭敬明”，还应该有“下一个韩寒”，不只是下一个郭敬明和韩寒，下一个某某知名作家，更应该是不能用现有作家来定义、无法归入现有模式的新秀，他们不是“下一个”，而是“这一个”、“第一个”。大赛的宗旨是选拔文学新人，新人的“新”，应该包含这一层意思。

谢谢大家。

2008.6

写作上的从小见大

世界文学宝库中，有许多名篇是通过描叙日常小事阐明大道理的。即使那些宏大叙事的巨著，比如曹雪芹的《红楼梦》、托尔斯泰的《战争与和平》，占据大量篇幅的也是日常生活中的细节。人在一生中也许会遭遇大事，但遭遇最多的还是日常小事，不论伟大平凡，概莫例外。因此，对于写作者来说，从小见大是一项重要的功夫。

怎样做到从小见大？我的回答是，第一在平时练就“见”的眼力，第二在写作时如实写出所“见”。

大道理往往寓于小事之中，小事中却未必都蕴含大道理，因此首先就有一个选材的问题。硬从鸡零狗碎中开发出高论大言，牵强附会，这样的文章最讨人嫌。那么，怎样才能捕捉住真正值得“小题大做”的小事，并且做得恰到好处呢？“功夫在诗外。”陆游此言说出了写作的普遍真理。意义只向有心人敞开，你唯有平时就勤于思考宇宙、社会、人生的大道理，又敏于感受日常生活中的细小事物，才会有一副从小见大的好眼力。泰戈尔从一朵野花看到了造物主创造的耐心，敬畏之心油然而生，如此写道："我的主，你的世纪，一个接着一个，来完成一朵小小的野花。"同样的一朵野花，一个对宇宙和生命的真理毫无思考的人看见了，是什么感想也不会有的。

写作不是写作时才发生的事情，平时的积累最重要。心灵始终保持一种活泼的状态，如同一条浪花四溅的溪流，所谓好文章不过是被抓到手的其中一朵浪花罢了。长期以来，我养成了一个习惯，在生活中每遇到触动我的心灵的事，不论悲喜苦乐，随时记录下来，包括由之产生的思考。越是使我快乐或痛苦、感动或愤怒的事，我越不轻易放过，但也不沉溺其中，而是把它们当作认识人生和人性的宝贵材料。这样做的结果是，久而久之，我感到小与大之间的道路是畅通的，从小见大就不是什么难事了。

当然，具体写作时，是要有技巧的，但技巧并不复杂，我认为主要是两条。第一，对于所写的这件小事，要抓住它真正使你被触动的情境和细节，这实际上是小和大之间的关联点，着重加以描述，尽可能写得准确、细致、具体、生动，让读者感到，你被触动是多么自然的事情，他们在此情境中同样会被触动。在这样的描述中，已经隐含大道理了。因此，第二，对于从小事中体悟到的大道理，只需做画龙点睛的表述，语言要简洁，切忌长篇大论，要质朴，切忌豪言壮语，最好还要独特，切忌老生常谈。最佳的效果是，读者从你所描述的小中已经隐约见出了大，而在读到你的点睛之句时，仿佛刹那间被点破，发出了会心的微笑。

2008.8

做学问与做人

——《人间学术》序

复旦大学出版社出版“三十年集”系列丛书，专收改革开放初入学的本科生、研究生的个人著述选本，邀我加盟，我欣然从命。

所约定的体例是，三十年里，基本上一年选一篇，最多两篇。我觉得这是一个有趣的约定，使我得以逐年重温自己的作品，像自己做评委一样把它们评审了一番。因为是一套学者的丛书，我就注意选比较有学术含量的作品，如果当年没有，就退而求其次，算是准学术作品吧。选定以后看，二者差不多半分天下，足以证明我最多是半个学者，另一半就难逃不务正业之讥了。

我不是没有自我解嘲的理由。我的理由是，从事人文研究是可以有不同的方式的。比如说，其一，学者的方式，严格地做学问，讲究规范和方法，注重材料的发现、整理和解释；其二，才子的方式，潇洒地玩学问，讲究趣味和风格，用文字展露机智和才情；其三，思想者的方式，通过学问求真理或信仰，注重精神上的关切。我的感觉是，学者的方式可信，才子的方式可爱，思想者的方式可敬。这三种方式，我们在以往学者中都可以找到其代表人物，而我眼中最好的学者则兼具三者，我对他们是既信服，又喜爱，同时还尊敬的。

当然，我绝非这样的最好的学者，但我愿意学他们的精神。他们的精神是什么？就是智、情、魂兼修，把真、美、善打通，努力做一个头脑认真、情感丰富、灵魂高贵的人。人的天赋有高低，而这个目标都是可以追求的。说到底，做学问也是在做人，与做人脱节的学问为我所不取。我曾写过一段有冷嘲之嫌的话："当我们围绕某一个主题读书和写作时，我们便称之为学术。我们的主题越是固定不变，以至于不再读与这个主题无关的书和不再写与这个主题无关的文章，我们就越是纯粹的学者。"我做不了这种纯粹的学者，实在是天性使然。

我于 1978 年 9 月入读研究生，从那之后，三十年来，研究的方向从苏联哲学、马克思哲学转到尼采哲学，然后写起了所谓哲理散文，重在思考中国社会转型时期的人生困惑和精神生活问题，近些年又关注信仰和法治的建立，批评中国教育和学术的腐败，所选文章大致反映了这样一个脉络。这些东西算学术吗？我不知道，无以名之，就美其名曰"人间学术"吧。

2010.11

痛苦与文化

——迈克尔·坦纳《尼采》中译本序

尼采在现代西方哲学史和思想史上的重要性毋庸赘言，但是，要对尼采哲学做一个简明的解说却是一件难事。别的哲学家，尤其别的德国哲学家，都有意识地构筑体系，仿佛已经亲自把展厅布置好，导游只需带游客循序参观就可以了，能否看懂则另当别论。尼采相反，他拒绝体系，他的多数著作是格言的荟萃，其风格又是充满反讽、跳跃、矛盾，这里没有现成的展厅，无论谁当导游都必须自己动手布展，凭自己的眼光把纷繁的展品整理出一个秩序来。

和别的哲学家的另一大区别是，尼采的哲学与他的内在精神历程有着最紧密的联系，倘若对这个历程没有切身的感应和同情的理解，任何解说都只能是隔靴搔痒。也就是说，要对尼采哲学做出中肯的解说，解说者必须调动和带入自己的主观精神体验，不应该是所谓纯学术的客观研究。

因为上述原因，尼采哲学的确给不同的解释留下了巨大空间。但是，这绝不意味着解释者可以任意发挥，而是必须把握好文本和解释者之间的“视界融合”的分寸。我对尼采哲学的一本好的入门书的基本要求是，能够抓准尼采所思考的主要问题和解决方向，以此为基本线索阐明其哲学的演变和发展。英国学者迈克尔·坦纳的《尼采：一个简明导论》（中译名《尼采》）就是这样的一本入门书。

作者认为，尼采一生的根本关注是痛苦与文化的关系，其立足点不是回避或消除痛苦，而是为了肯定人生而肯定人生必有的痛苦，据此对文化的价值进行评估和分级，并寻求一种真正能够肯定痛苦的有内在力量的文化。我不是引用原话，而是做了某种归纳和补充，并且需要强调一点：尼采主要关注的是人生的根本性痛苦，即生命意义之缺失，这既是折磨他自己的最大个人问题，也是他后来定义为虚无主义的最大时代问题，而他寻求的则是一种能够为生命创造意义的文化，或者退而求其次，一种勇于担当生命之无意义的文化。

依据痛苦与文化的关系这个线索，作者对尼采生前发表的正式著作进行了梳理，试图标示出尼采解决这个问题的走向。下面我简要地描述一下这个走向，应该说明的是，在描述中仍然必然会加进我自己的认识。

处女作《悲剧的诞生》是一个清晰的起点，尼采在其中想要解决的正是怎样肯定人生包括肯定人生必含的痛苦和毁灭的问题。他在希腊的酒神精神和悲剧文化中找到了答案，相信唯有艺术能够拯救人生，并把希望寄托在悲剧文化通过德国音乐的复兴上。但是，这个希望很快就落空了。

在从《曙光》到较晚期的《论道德的谱系》一系列著作中，尼采致力于分析历来道德对抗痛苦的各种方式。其中，有两种基本方式最值得注意：一是同情，即企图通过剥夺个人在痛苦面前的尊严来消除痛苦；二是禁欲主义，即企图通过扼杀生命的本能来消除痛苦。

尼采关心的是伟大而不是善，二者的区别在于，伟大包含着对痛苦的肯定和有效利用，善则一味企图消除痛苦。在《快乐的科学》（作者视为“尼采最令人振奋的一本书”）中，他描绘了他心目中的伟大，便是“赋予个性一种风格”，艺术地规划自己天性中的长处和弱点，甚至使弱点也悦人眼目。另一种表达是，“要成为生活的诗人——尤其是成为最琐细、最日常的生活的诗人”。这实际上是提出了一种新的道德，就是要做一个能够自我支配的强者，包括支配人性的弱点和人生的痛苦，以此来使生活变得美好。也许仍然可以把这看作一种审美人生观，但显然已经脱尽了《悲剧的诞生》中那种生硬的形而上学逻辑。

但是，究竟如何面对人生最根本的痛苦即生命的无意义呢？在《查拉图斯特拉如是说》中有三个概念是人们在提及尼采哲学时谈论得最多的，也是理解得最有歧义的，便是超人、永恒轮回和权力意志。其实，这三个概念正是要解决这个问题的。按照永恒轮回说，在宇宙的永恒流变中，每个人生命中的每个瞬间都将无止境地重复回归。这与其说是一个假说，不如说是一个考验性的提问，尼采仿佛如此问：即使生命毫无意义，你愿意它无限次地重复吗？作者正确地指出，尼采在很大程度上是用永恒轮回来定义超人的，超人就是那个通过欢欣地拥护这个信条而对今生今世的一切都说“是”的人。而一个人能否如此全盘肯定人生，则取决于内在生命力是否足够强大，尼采大多是在这个意义上使用权力意志概念的。

我们终于来到了尼采的晚年。在神志清醒的最后一年，他突然又频繁地谈论酒神。在《偶像的黄昏》中，他如此宣告："这样一个解放了的精灵带着快乐而信赖的宿命论置身于万物之中，心怀一种信仰：唯有个体被抛弃，在整体之中万物得到拯救和肯定——他不再否定……然而一个这样的信仰是一切可能的信仰中最高的：我用酒神的名字来命名它。"（译文据尼采原著）在转了一大圈之后，尼采似乎回到了青年时代的酒神信仰。但是，正如作者所指出的：酒神是无限肯定之神，而肯定的语境已经迥然不同，因此所需的肯定的类型也和《悲剧的诞生》几无相同之处。最大的区别也许在于，青年尼采孜孜于要为肯定寻找某种理由，晚年尼采只是肯定，他不屑于寻找理由，似乎也不再需要理由了。难以判断的是，他这样做是出于无比的自信，还是出于彻底的绝望，抑或二者都是，是从绝望中产生的自信。

在以上的粗略描述中，我不得不舍弃作者的许多有趣见解。事实上，作者在阐述过程中经常是议论风生的，包括对尼采提出质疑。例如，他对尼采最广为传颂的作品《查拉图斯特拉如是说》评价颇低，责备其戏仿《圣经》的预言式文体，背离了一向具有的嘲弄与试探的风格，并导致了后来者的可笑模仿和狂热崇拜。他最推崇的尼采作品是《论道德的谱系》，赞赏其用对学术程式的嘲弄式模仿的笔法论述极为严肃的内容，辩证性逆转运用之娴熟已臻完美。作者显然是一个有自己的独特眼光和明确趣味的解说者，因此我相信，他一定希望读者在听他的解说时也坚持独立思考。

最后我想指出，尼采在认识论领域有重大建树，启迪了现代哲学中反本质主义和语言哲学的潮流，而本书对这方面的内容甚少涉及。作为一本尼采哲学的入门书，这或许是一个不足吧。

2010.12

文津图书奖感言

对于国家图书馆设立的文津图书奖，我怀有深深的敬意，以当它的评委为荣。这个奖有两个特点：一是纯粹，二是干净。

文津图书奖是纯粹的。现在有各种图书奖和图书排行榜，多为两种情形，或由官方举办，意识形态色彩浓，或由媒体举办，商业炒作色彩浓。文津图书奖没有这两种色彩，真正以图书为本位，看重的是图书本身的品质。它心目中的对象是那些到图书馆来寻求精神食粮的普通读者，要向他们推荐值得一读的好书。这样的价值取向，体现了国家图书馆应有的独立的立场。

文津图书奖是干净的。现在的许多评奖，一到评审时节，幕后活动热闹非凡，暗箱操作高深莫测。文津图书奖没有这些现象，基本上做到了公开、公平、公正。国家图书馆的态度非常明确，为了防止对评审过程和结果的干扰，这个奖绝不接受任何赞助。像走后门、拉选票这类勾当，即使有谁想搞，也几乎无从下手。事实上，所有获奖者都是在得到通知时才知道自己获奖了，并且有一个共同感觉，就是觉得很突然、很意外。是啊，没有申请，更没有公关，怎么就得了这么一个由国家图书馆颁发的层次很高的奖？这种得奖的感觉多么美妙！

2007.12

讲坛文化的兴起

——《广州讲坛演讲录》第三辑序

近两三年来,国民生活中的一个新现象是讲坛文化的兴起。全国许多省市,讲坛遍地开花,听讲座成了人们的一种日常生活。讲坛有不同种类。一类是大学里的讲坛,由校方、院系或学生社团主办,是校园文化的组成部分。另一类是企业、单位、部门内部的讲坛,目的是培训骨干和员工。还有一类是向社会开放的公益讲坛,大多由地方党政部门主办,它实际上已经成为当今讲坛文化的主体,在我看来也是讲坛文化中最有意味的现象。我本人曾应邀在不同种类的讲坛上做演讲,其中政府办的越来越居多,这个经历使我获得了亲身感受,并推动我思考其意义。现在,借为本书作序的机会,我谈一谈自己的体会。

众所周知,在中国进入社会转型时期以后,如何开展政治思想工作成了困扰党政干部的一个难题。以前那种单纯意识形态灌输的模式越来越行不通了，社会现实和人们的接受心态都发生了巨大变化，政治思想工作也必须与时俱进，在目标、内容、方法上皆有所转变。从这个角度看，我认为可以把党政部门主办公益讲坛看作政治思想工作的一种创新，是社会转型时期政治思想工作本身的转型，是在实践中形成和普及的新形势下开展政治思想工作的好方式之一。

我试以本书为例略做分析。广州讲坛是广州市委宣传部主办的开放的公益讲坛，迄今已开办四年多，演讲的结集也出到了第三辑，是同类讲坛中比较成熟的范例。我们看到，一方面，讲坛所邀请的主讲人是各界有影响的专家、学者和学者型官员，演讲的内容涵盖政治、经济、哲学、宗教、历史、教育、法律、文化、卫生等广泛领域；另一方面，讲坛向广大市民开放，自愿参加，听众是对知识、思想以及相关讲题感兴趣的各界人士和普通百姓。作为主办者的党政部门在这里主要起组织、宣传和引导的作用，为精英与公众之间的交流搭建有效的平台。与传统的政治思想工作模式相比，这是重大的转变。一个关键的转变是，目标不再是培养驯服工具，而是切实地提高公民素质，在精神层面上建设好现代文明社会。党政部门的水平不是表现在向人们提供不容置疑的真理，而是表现在提供最好的服务，为人们追求真理创造良好的条件。在这个转变的过程中，党政宣传队伍自身的素质也在发生可喜的变化。

有意思的是，正是在经济转型开始得比较早、市场经济发展得比较成熟的地方，例如广东和浙江，这个类型的讲坛文化也兴起得比较早，发展得比较成熟。究其原因，大约是因为，在民众这方面，物质生活水平有了普遍的提高，从而感觉到了对精神生活的迫切需要；在政府这方面，经济转型有力地促进了其观念和职能的转变，加强了服务意识，包括在满足精神需要方面为民众服务。广州讲坛便是如此，自创办以来，围绕“高、优、新、活”下功夫，努力向广州市民提供高端优质的讲座服务，已成为广受欢迎和美誉的讲座品牌。从邀请的主讲人名单看，组织者对当今国内思想前沿的情况相当了解，对讲题类别的安排比较全面，从讲座前的预告、讲座时的会场组织和网上直播、讲座后的媒体报道和电视播放以及演讲集的适时出版看，每一个环节都做得认真细致，说明讲坛团队具备了较高的专业化水平。

一次讲座的效果之好坏，取决于主讲人、组织者和听众三方的水平。主讲人的水平，不论是学识和思想水平，还是口头表达水平，其实是基本确定了的，区别在即席发挥得好不好。凭我的亲身经验，我发现，发挥得好不好，在很大程度上取决于当时对会场氛围的感受。而这个氛围，主要是由组织者和听众造就的，即组织者是否让真正想听你的讲座的人来了，对讲座环节的设计是否合理和活泼，听众对你所讲的内容是否真正感兴趣并且有所思考。我是去年 5 月做客广州讲坛的，讲座在艺博院礼堂举行，三百多个座位满座，听众聚精会神，我能感觉到台上台下的无声交流，互动时提问十分踊跃，会场气氛始终很好。这是一次愉快的经历，为此我衷心感谢广州讲坛的组织者和听众。

最后，我要说，讲坛文化的受益者不但是听演讲的公众，也包括演讲者自己。尤其像我这样以前只在书斋里生活的人，演讲的需要促使我更加关注社会现实，思考公众关心的重大问题，也促使我锻炼口才，学习用公众喜闻乐见的方式表达自己的思想。同时，听众的即时反馈也帮助我及早发现自己思想中的欠缺、谬误和模糊之处，对相关问题进行更加深入的思考。其实，在哲学的故乡古希腊，哲学家大多是演讲和言谈的高手，雅典街头到处是哲学家与民众互动的讲坛。就此而言，今天的讲坛文化是向哲学原生态的一个相当初步的回归。比哲学家更突出的是，当时的政治家一定是演讲家，是靠演讲影响公众和贯彻政见的，而这个传统已经成为西方社会民主生活的一个不可缺少的组成部分。因此，我十分赞赏中国今天的政治家们登上公众讲坛，相信这对于政治家和公众双方都是一种良好的民主训练和实践。

2008.6

第五辑　我们心灵中的“第一推动”

凡大科学家皆超越于实用的眼光，都是怀着揭示宇宙最高秘密的心愿度过实验室里的日日夜夜的。正是这种非功利的对真理本身的热爱和追求，推动着科学的发展，从而也推动着人类的进步。在我看来，这才是真正意义上的“第一推动”。

孩子和大师之间的桥梁

——《哲学家讲述哲学故事》系列丛书中文版序

哲学是启迪人生智慧的学科。人的一生中，是否受到哲学的熏陶，智慧是否开启，结果大不一样。哲学在人生中的作用似乎看不见、摸不着，其实至大无比。有智慧的人，他的心是明白、欢欣、宁静的，没有智慧的人，他的心是糊涂、烦恼、躁动的。人生最值得追求的东西，一是优秀，二是幸福，而这二者都离不开智慧。所谓智慧，就是想明白人生的根本道理。唯有这样，才会懂得如何做人，从而成为人性意义上的真正优秀的人。也唯有这样，才能分辨人生中各种价值的主次，知道自己到底要什么，从而真正获得和感受到幸福。

哲学对于人生有这么大的意义，那么，我们怎样才能走近它、得到它呢？我一向认为，最可靠的办法就是直接阅读大哲学家的原著，最好的哲学都汇聚在大师们的作品中。不错，大师们观点各异，因此我们不可能从中得到一个标准答案，然而，这正是读原著的乐趣和收获之所在。一个人怎样才算是入了哲学的门？是在教科书中读到了一些教条和结论吗？当然不是。唯一的标准是看你是否学会了用自己的头脑去思考人生的根本问题，从而确立了自己的人生信念。那么，看一看哲学史上诸多伟大头脑在想一些什么重大问题，又是如何进行独立思考的，正可以给你最好的榜样和启示。

常常有父母问：让孩子在什么年龄接触哲学书籍最合适？我的回答是：顺其自然，早比晚好。顺其自然，就是不要勉强，孩子若没有兴趣，勉强只会导致反感。早比晚好，则要靠正确的引导了，方法之一便是提供足以引发孩子兴趣的适宜读物。当然，孩子不可能直接去读原著，但是，我相信，通过某种方式让他们了解那些最伟大的哲学家的基本思想，仍然是使他们对哲学真正有所领悟的必由之路。

正是基于这一想法，我乐于推荐《哲学家讲述哲学故事》系列丛书。这套丛书选择了东西方哲学史上50位大哲学家，以各人的核心思想为主题，一人一册，用讲故事做诱饵，一步步把小读者们引到相关的主题中去。我的评价是，题材的选择颇具眼力，50位哲学家几乎囊括了迄今为止对人类历史产生了最重要影响的精神导师。故事的编撰，故事与思想的衔接，思想的表述，大致都不错，水平当然有参差。我觉得最难能可贵的是，韩国的儿童教育学家和哲学家极其认真地做了这件事，在孩子和大师之间筑了一座桥梁。对比之下，我们这个泱泱大国应该感到惭愧，但愿不久后我们也有原创的、高水平的类似书籍问世。

2010.2

儿童与哲学

——接力出版社“儿童哲学智慧书”总序

经常有人问我:要不要让孩子学哲学?几岁开始学比较好?我总是反问:让孩子学哲学?有这个必要吗?孩子都是哲学家,应该是我们向他们学!这不只是戏言,凭借亲自观察,我深信儿童与哲学之间有着天然的亲和性,和大多数成人相比,孩子离哲学要近得多。在有些人眼中,孩子与哲学似乎不搭界,那是因为他们既不懂孩子,严重地低估了孩子的心智,也不懂哲学,以为哲学只是一门抽象的学问,对两方面都发生了误解。

有心的父母一定会注意到,儿童尤其幼儿特别爱提问,所提的相当一部分问题是大人回答不了的,原因不是缺乏相关知识,而是没有任何知识可以用作答案。这样的问题正是不折不扣的哲学问题。哲学开始于惊疑,孩子心智的发育进入旺盛期,就自然而然地会对世界感到惊奇，对人生产生疑惑，发出哲学性质的追问。清新活泼的儿童心智与陌生新鲜的大千世界相遇，这是人类精神的永恒的灿烂现象，但在每个人一生中却又是稍纵即逝的短暂时光。

所以，如果说“学”哲学，儿童期正是“学”哲学的机不可失的黄金时期。不过，所谓“学”完全不是从外面给孩子灌输一些书本上的知识，而是对孩子自发表现出来的兴趣予以关注、鼓励和引导。对于孩子的哲学性质的提问，聪明的大人只需要做两件事，第一是留意倾听他们的问题，第二是平等地和他们进行讨论。相反的态度是麻木不仁，充耳不闻，或者用一个简单的回答把孩子的提问打发掉，许多孩子的哲学悟性正是这样在萌芽阶段就遭扼杀了。

凡真正的哲学问题都没有终极答案，更没有标准答案。一定有人会问：既然如此，让孩子思考这种问题究竟有什么用？我只能这样回答：如果你只想让孩子现在做一架应试的机器，将来做一架就业的机器，当然就不必让他“学”哲学了。可是，倘若不是如此，你更想使孩子成长为一个优秀的人，哲学就是“必修课”。通过对世界和人生的那些既“无用”又“无解”的重大问题的思考，哲学给予人的是开阔的眼光、自由的头脑和智慧的生活态度，而这些品质必将造福整个人生。

当然，要做孩子够格的哲学“同伴”，大人必须提高自己。在这方面，一个有效途径是亲子共同阅读高水平的哲学童书。哲学童书而具高水平，殊不容易，常见的或者是太“哲学”（其实是太理论），不儿童，缺乏童趣，或者是太儿童，不哲学，缺乏哲思。接力出版社从法国引进“儿童哲学智慧书”，我看了很喜欢，觉得符合我心目中既儿童又哲学的定位。这套书也是简短的文字配以稚拙的图画，看似简单，其实很用了心思。一是选题精当，全套书共 9 册，每册都是对一个重要哲学主题的追问，包括“我”、“人生”、“幸福”、“情感”、“自由”、“与人相处”、“知识”、“好和坏”、“艺术和美”，这些主题同时又是在现实生活中容易引起困惑的难题，因而是和人人密切相关的。二是通晓儿童心理，在每个主题下有若干问题，在每个问题下有若干可能的回答，问题和回答的设计皆出自孩子的眼光，既天真可爱，又真实可信，每每令人会心一笑。三是真正用哲学的方式来启迪哲学的思考，对于每个回答不下对错的论断，而是从不同角度提出质疑，最后也不给出一个结论，而是点出思考这个问题的价值之所在。这三个优点使我相信，作者是既懂孩子又懂哲学的，因此我便可以放心地向孩子们以及家长、老师们推荐这套书了。

2010.12

让百科全书走近我们的孩子

海南出版社历时十一年，完成了一个规模宏大的文化工程，出版二十卷《世界百科全书》国际中文版。

中国的百科全书出版起步很晚，如果不算古代的类书和近代的辞书，也就二十多年的历史。1978年，我考上高考恢复后的第一届研究生，时任中国社会科学院研究生院党委书记的温济泽先生给我们做报告，列数中国社会科学的落后状况，举了一个典型的例子：两万人口的小国圣马力诺出版了几十卷的百科全书，要与我国交换，而我们只拿出了一本《新华字典》。在那以后，我们诚然出版了《中国大百科全书》，但是，我本人认为，我们在编写百科全书方面的能力还相当有限，一个明显的事实是，由于缺乏权威性、完整性、准确性和及时更新的时效性，学者中很少有人把已出的这套我们自己编写的百科全书当作可靠的工具书来使用。因此，最好的办法是先把世界上已有定评的权威性百科全书引进来。在这方面，我们仅翻译、出版了《简明不列颠百科全书》和《不列颠百科全书》，应该说仍存在着巨大空缺，全球销量最大的《世界百科全书》便是其中之一。现在，海南出版社填补了这个空缺，我认为是中国百科全书出版史上的一件大事。

《世界百科全书》的独特价值是举世公认的，《不列颠百科全书》列有专门条目进行介绍，称之为一部成功的少年百科全书。它的读者定位十分明确，主要针对中小学课程学习和课外阅读的需要而编写。我大致翻阅了一下，觉得它的确紧紧围绕着这个定位下功夫，具有以下鲜明特色：其一，在条目设计上，既顾及百科全书作为完整知识系统之本义，取材全面，涵盖各个学科的基本知识，又重点突出，着重帮助青少年了解世界，因此地理、历史、国际政治等内容占据了最多篇幅。其二，文字深入浅出，每一条目的叙述注意控制词汇量，力求让最可能查阅该条目的年龄段的读者都能读懂。其三，每个主要条目附有相关条目一览和思考题，便于深入学习。其四，便是众口交赞的大量精美插图和地图了。当然，除了上述特殊的优点之外，这部书还具备一部优秀而成熟的百科全书的共同优点，就是准确、权威、最新，通过逐年修订，使其内容既千锤百炼，又与时俱进。我注意到，书中对“9·11”恐怖袭击、本·拉登、塔利班等都列有专门条目，并做了恰当的陈述。可以说，这套书是青少年素质教育的良师益友。

《世界百科全书》是美国家庭的常备书，自1917年问世以来，伴随了好几代美国人的成长。当今美国的许多知名人物，包括比尔·盖茨、沃伦·巴菲特、克林顿等人，都曾谈到，他们是读着这套书长大的，是通过这套书发现他们的世界的。我期待这个良师益友也能够走进中国的许多家庭，走进中国中小学的许多教室，最好是每个教室里都放一套，让老师和学生随时可以查阅。我期待有一天，我们的许多成功人士也能够说，自己是读着百科全书长大的，是通过百科全书发现自己的世界的，而不是只有狭隘的民族观念和职业技能。不过，从目前的情况看，这个可能性很小，因为在这个良师益友和我们的学生之间还隔着一个巨大的障碍，就是今天的应试教育。为了应付考试，学生们不得不做大量作业，读许多垃圾教辅书，上名目繁多的垃圾补习班，哪里还有时间来翻阅百科全书。买一套百科全书诚然要花不少钱，可是，如果我们的家长们把替孩子买各种教辅书、报各种补习班的钱省下来，其实足够买这样一套书了，而这才是真正有益的教育投资。当然，为了让多数家长能够这样做，就必须改变我们今天的应试教育体制。所以，我估计，这一部好书的销售命运是与中国教育改革的命运紧密联系在一起的，在很大程度上将取决于中国能否尽早形成一个好的教育环境。

在百科全书的出版史上，出版商从来是重要的角色。最近读到一本有趣的书，书名叫《启蒙运动的生意》，是写 18 世纪法国启蒙运动时期《百科全书》的生产和传播过程的。其中谈到，在当年，哲学家的思想传播和出版商的商业运作之间有一种双赢的关系，此书一出，哲学家名声大振，出版商也赚了大钱。我祝愿海南出版社也有这样的好运气，既为中国孩子的素质教育做了贡献，又能够获得应有的经济效益。

2007.5

恒星的孩子

斯蒂芬·霍金是一个大科学家，这一点毋庸置疑，单凭他担任剑桥大学卢卡斯教授这个牛顿级别的职务，就可知他在今日数学和理论物理学界的顶尖地位了。同时，他又是一个大顽童，你看他坐着轮椅周游世界，中国就来了好几回，上电视，见“粉丝”，玩得可欢哩，侧靠在椅背上的脸永远笑容灿烂。大科学家写畅销书的，恐怕也只有他，《时间简史》的版本不断推陈出新，越来越畅销，以至于挑夫走卒都知道他的大名，“大爆炸”、“黑洞”之类物理学的新概念成了流行语词。他好像仍觉得不过瘾，现在居然写起了童话。

霍金有两名中国学生，湖南科技出版社是霍金的铁杆“粉丝”，这使得我们总是能在第一时间读到他的最新作品的中译本，包括这本他和他的女儿等合著的《乔治开启宇宙的秘密钥匙》。我轻松地翻阅了一遍，觉得是一本独特而有趣的书。

显而易见的是，霍金把自己编进了故事里，便是书中的科学家埃里克。被编进故事的还有他的电脑Cosmos。在现实生活中，霍金在Cosmos前度过了无数个昼夜，电脑里储存了他的宇宙学研究的大量数据和判断。我们可以想象，凭借这些数据和判断，霍金在这台电脑上，至少在自己的头脑里，曾经虚拟过许多次宇宙旅行。而在故事里，Cosmos被赋予了神奇的功能，能够把虚拟的旅行付诸实行，将真人送入太空。不过，旅行的范围受Cosmos现有真实数据的限制，亦即受现代物理学和霍金本人现有真实研究成果的限制。因此，当我们伴随着主人公们在太空进行幻想的旅行时，我们所获得的宇宙知识却是严格科学的，也是最前沿的。这正是此书不同于一般科幻小说的独特之处。

故事的主角是一个名叫乔治的男孩，他偶然地闯进了神秘邻居埃里克家里，在埃里克的女儿安妮带领下，进行了一次太空旅行，从此对宇宙产生了强烈的好奇心。安排孩子做故事的主角，使故事具有一种童话色彩，应是霍金的主意。他针对本书如是说："给儿童解释科学要比较容易些，因为他们没有成见，乐于学习。"好奇心是科学的原动力，而在很大程度上，好奇心和童心是交融在一起的，儿童天然有好奇心，好奇心旺盛的大人往往童心不灭。书中引证了王尔德的一句极其精辟的话："我们都在深沟中，但其中的一些人却在仰望星空。"这正是好奇心的伟大价值，使身处深沟中的我们通过仰望星空超越深沟中的生存。在书中另一处，埃里克向乔治讲解恒星的诞生过程，指出构成人体的几乎所有元素都是在恒星中制造的，然后说："我们全体都是恒星的孩子。"一个人唯有怀着好奇心探索宇宙，又怀着童心看探索的结果，才会说出这么可爱的话。我相信，这句话表达了霍金最真实的心情，当他构想从大爆炸到黑洞的宇宙历史时，他的确是恒星的孩子，在试图描画自己最古老的家谱。

好奇心的满足本身就是价值，霍金当然清楚这一点，但这似乎并不妨碍他为宇宙探索设立一个稍微具体一些的目标。环境和生态的破坏，人口爆炸，地球本身的自然寿命，都使得许多普通人幻想，有朝一日能在外空间为人类找到一个新家。书中的埃里克也怀抱这样一个很大众的幻想，孜孜于寻找一颗人类可以生活的新行星。这是科学远未解决的问题，所以 Cosmos 对此也无能为力。在故事里，埃里克差点儿为此丧命。一个名叫雷帕的家伙，一直对他心怀嫉妒，设计了一个陷阱，致使他误把一个黑洞所在的位置当作理想新行星之所在，朝那里直飞而去，结果掉进了黑洞。最后，是乔治依据霍金的最新理论解救了他。霍金自己曾经认为，黑洞意味着一切信息的彻底消失，宇宙的终结，这个被命名为“霍金辐射”的最新理论则改变了看法，相信黑洞也会蒸发，信息能够恢复。故事的高潮几乎是为这个最新理论的出场特意安排的，可见霍金对它多么重视。

本书还有一个有趣的安排，就是让乔治出生在一对拒绝一切现代科技产品的环保人士家庭里，而乔治却成了科学的信徒。这里似乎隐含着对某些环保人士的保守倾向的讽刺。但是，全书的基调是和解。应该把科学和技术加以区分，科学的探索永无止境，技术的运用却必须有所限制。我眼前出现两幅图画；一幅图画是，乔治放学后兴冲冲步行赶到邻居家，与埃里克父女一起探索宇宙的秘密；另一幅图画是，许多别的孩子放学后坐在一些巨大闪亮的怪物的后座上看 DVD。两相比较，孰可敬，孰可笑，一目了然。现实生活中正是如此，对于现代科学技术，一些人迷恋于它所提供的精神满足，另一些人迷恋于它所提供的物质享受，心智之高下判然有别。

2008.6

以西方科学传统为镜

陈方正的《继承与叛逆——现代科学为何出现于西方》(三联书店, 2009)是一部研究西方科学史的重要著作, 在我看来, 其重要的程度, 在迄今为止中国学者所写的同类著作中, 当居榜首。如同副题所示, 该书的宗旨是欲寻求"现代科学为何出现于西方"这个重大问题的答案, 因而是一种以问题为核心的科学史研究, 作者循此对前人的相关著述做了艰深的梳理和考究, 而结论则隐含在该书的正题中。这个结论便是, 现代科学是奠基于古希腊的西方科学大传统("继承")经历了牛顿革命("叛逆")后的产物。

长期以来, 国人关注的问题是: 中国科技为何在近代以降落后于西方? 对于这个问题, 李约瑟的观点具有广泛影响。李约瑟用皇皇巨著《中国科学技术史》证明了中国古代拥有辉煌的科学技术成就, 由此得出一种认识: 从公元前 1 世纪到公元 15 世纪, 中国科技领先于西方，只是到了文艺复兴之后，西方科学才超过中国，原因则应求诸资本主义兴起、社会制度差异等外部因素。作者对李约瑟的这个“中国科技长期优胜论”提出了严重的质疑。他首先改变了问题的提法，“中国科技为何在近代以降落后于西方”这个提法包含了从时代变迁中寻找原因的思路，相反，“现代科学为何出现于西方”这个提法则提示了从西方本身的传统中寻找原因的思路，使得问题的实质豁然开朗。

本书中论述古希腊科学传统的篇章是最富有启发性的，西方科学的源头和现代科学之所以诞生于西方的秘密皆在于此种传统。作者指出，由毕达哥拉斯教派与柏拉图学院的融合而形成了古希腊科学传统，其特征有二：其一，永生追求（宗教）与宇宙奥秘探索（科学）密切结合，圣哲往往兼为宗教家和科学家。这个特征在西方科学此后的发展中仍发生着作用，直到17世纪，追求永生的宗教精神和探索宇宙奥秘的科学精神仍是推动开普勒、牛顿等科学巨人从事具体科学研究的基本动力。其二，在上述精神的主导下，产生了以严格论证为基础的数理科学，而日后的现代科学正是以这种重视理性探究的数理科学为终极基础的。相比较而言，世界其他古代文明的数学皆侧重实用型计算，大异其趣。总之，现代科学之所以在西方出现，完全是得益于这个以探索宇宙奥秘为目标、以追求严格证明的数学为基础的西方科学大传统。

在解答了这个根本问题之后，再回头来看中国科技为何在近代落后的问题，就可迎刃而解了。中国没有这个大传统，中国古代的圣哲大多与科学无关，中国古代的数学偏于实用，宇宙探索则偏于笼统，二者是分家的，中西科学的真正分水岭即在于此。

本书作者做的是西方科学史研究的文章，实际上也是以西方科学传统为镜，对中国文化传统做了深刻的反省。我本人认为，正因为此，本书对于一般的关心中西文化问题的读者也极具价值。事实上，中国科技的落后不是一个孤立的现象，我们在哲学、人文学科、社会科学等领域同样是落后的，因此，从整体上反省中国文化传统的缺陷，从而寻求变革的方向，是每一个有思想的中国人的责任。

2009.11

我们心灵中的“第一推动”

世界是一个伟大而永恒的谜，自从人类的理性觉醒以来，许多优秀头脑对这个大谜充满好奇，对谜底提出了种种猜想，于是诞生了哲学和最早的科学。近代以降，随着实验和观察手段的进步，在严格科学的基础上揭示自然之谜的谜底似乎有了可能，科学家们踏上了为实现这个伟大目标而前赴后继的征程，其光辉起点和第一块里程碑是牛顿力学。

20 世纪是物理学革命的时代，该领域群星灿烂，爱因斯坦是其中最耀眼的巨星，他创立的相对论极大地改变了牛顿描绘的世界图景，成为新探索的起点和牛顿之后第二块伟大的里程碑。然而，相对论在使我们前所未有地接近终极谜底的同时，却又似乎在我们和这个谜底之间呈现了一条鸿沟。在他之后，大科学家们一直致力于完成他的未竟之业，为寻找能够把相对论和量子力学协调起来的统一的自然理论不懈努力。在这个方向上，霍金是当代最杰出的物理学家，他创立的宇宙创生理论使我们看到了令人鼓舞的希望。

湖南科技出版社多年来持之以恒地出版“第一推动丛书”，所收的是现当代大科学家写的科普著作和较为通俗的基本著作，其中包括霍金的多部著作，向中国读者展示了近几十年来人类优秀头脑求解自然之谜的具体历程，在此历程中取得的重大进展，以及遭遇的主要难题。与此同时，该社又几乎同步出版正在编辑中的《爱因斯坦全集》的中译本，由美国普林斯顿大学出版社与爱因斯坦遗产管理委员会共同编辑的这套40卷全集迄今出了7卷，中译本已出5卷。这套全集将为我们全面了解爱因斯坦这位科学文化巨人的生平和思想提供最权威也最完备的资料。

毫无疑问，作为一个非专业的普通读者，要读懂所有这些著作是不可能的，应该说也是不必要的。但是，如果你是一个心智活泼的人，你必能在阅读中得到莫大的快乐和收获。对于那些专门的知识，不妨囫囵吞枣，知其大概即可。最大收获在于受伟大心智的熏陶，浸染和领悟贯穿于他们的人格和工作中的真正的科学精神，这就是对世界的永不枯竭的好奇心，从思想上把握世界完整图景的渴望，为了知识自身的价值而对知识的尊重。你会发现，凡大科学家皆超越于实用的眼光，都是怀着揭示宇宙最高秘密的心愿度过实验室里的日日夜夜的。正是这种非功利的对真理本身的热爱和追求，推动着科学的发展，从而也推动着人类的进步。在我看来，这才是真正意义上的“第一推动”。

当年牛顿曾言，是上帝给了世界的初始状态以“第一推动”。我们不妨用譬喻的方式说，上帝所给的“第一推动”其实在我们的心灵中，便是我们的理性能力。这是大自然赋予人类的宝贵品质，也是一切伟大科学家传承的珍贵遗产。让我们忠于这笔财富，如同爱因斯坦所说，当我们把它传给子孙时，一定要使它更加纯洁、丰富。

2007.1

你爱动物有几分

自从认识了收养流浪动物的张吕萍，蒋子丹就不得安宁了。她开始投入极大的热情和精力关注动物命运，做了大量调查，读了许多文献，决定要写一本书。那些日子里，她曾在电话里对我谈她的见闻、感受和思考，从她的兴奋的滔滔不绝中，我更多地听到了痛苦和困惑。前不久，她的书分成两册出版了，《动物档案》讲被遗弃的宠物的故事，《一只蚂蚁领着我走》探讨人与动物的关系。

我着重读了后一册。我自己对动物保护问题未尝细想，只觉得其中有太多的疑难和悖论，很想知道蒋子丹最终是怎样解决的。我发现，其实她也没有解决，直到书出版，她的痛苦和困惑依旧。她坦陈自己思考时瞻前顾后、顾此失彼的困境，迷茫、沉重乃至绝望的心情，因而不敢轻言自己是一个环保主义者，只是把所思所想所困所扰说了出来。这就对了，她是认真而诚实的，她的这本书的价值正在于此。

我们为什么要保护动物？保护到什么程度才合理？对此人们众说纷纭，提出了不同的理论根据。大致说来，根据越宏大、高级、形而上，保护的范围就越广阔，规则就越严格，反之亦然。但是，不论持何种立场，在理论上或实际操作上似乎都存在着难以克服的困难。

最高级别的根据无疑是宗教，尤其是佛教，主张众生平等，对一切生命怀悲悯之心。其极端者如弘一法师，在遗嘱中仔细叮嘱，如何用四只小碗盛满水隔离尸体，以防蚂蚁爬上来在火化时被烧死。在基督教中，也有史怀泽提倡敬畏一切生命。对生命的悲悯或敬畏是伟大的宗教感情，可以提升人的灵魂境界。然而，具体到不杀生，若推至绝对化，在操作上是完全不可能的，在理论上也是大成问题的。人类为了维持生存，一方面对危害自身的动物例如蚊子、跳蚤必须予以灭杀，另一方面又需要从某些动物身上获取营养。即使以素食为基本主张的佛教，在藏地也不得不有所变通，允许吃牛羊肉，否则无法抵御严寒的气候。所以，最低限度的实践上的人类中心主义是不可避免的，用大自然的眼光看，这何尝不是作为物种之一的人类的天赋权利。

其次级别的根据是生态理论，就我们的话题来说，主要涉及野生动物的保护。同为强调保护生态，又有很大的区别。一种是科学的眼光，出发点是人类的长远利益，因为生态破坏危及此种利益，所以要遏止。很显然，这是一种理智的人类中心主义立场。另一种则力图摆脱人类中心主义立场，主张动物也是自然界中独立的生命体，有其天赋权利，人类不可随意支配。这种观点把生态上升到了哲学的高度，可称作生态主义或动物权利主义。然而，这个原则如果要贯彻到底，就应该不但适用于野生动物，也适用于家养动物，于是会产生麻烦，甚至人类饲养动物的权利都成了问题，更不用说使用和食用了。

第三类根据是一种扩展了的人道主义，即把人道主义原则扩展到动物身上，对动物尤其是有感知力的动物怀有同情心，予以善待。在主张或赞同保护动物的人里，多数人自觉不自觉地是从这个立场出发的。作者基本上也持这个立场，认为动物保护的主要动力来自“感同身受”。许多动物知苦乐，有感情，这是可以清楚地观察到的事实，其表现往往出人意料，令人惊奇和感动。因此，一个对同类真正有同情心的人，把同情心延伸到动物身上，实在是最自然的事情。同样，那些肆意虐待和残害动物的家伙，我们可以断定他们对同类也一定是冷酷的。如此看来，是否善待动物，所涉及的就不只是动物的命运，其结果也会体现在人身上，对道德发生重大影响。在这个意义上，保护动物就是保护人道，救赎动物就是人类的精神自救。但是，人对动物的同情心的界限应该划在哪里，善待动物应该到何种程度，依然是一个问题。最彻底的当然是不杀生，严格素食，与佛教和动物权利主义殊途同归。比较折中的则主张动物福利主义，认为应该给家养动物提供良好的生存环境，并在宰杀时尽量减少其痛苦。这种君子远庖厨式的仁慈往往被两方面讥为伪善。心肠最软的人说：既然仁慈，就别吃肉。心肠最硬的人说：既然吃肉，就别装仁慈。是啊，又要吃肉，又要仁慈，人在动物面前是多么无奈。

我把蒋子丹在书中分散讨论的内容集中起来，做了以上这一番讨论。我同样找不到结论。不过，我好像找到那个令我们进退失据、左右为难的捣蛋鬼了，它就是人类中心主义。这个东西，如果能把它根除，人和动物就彻底平等了，但事实上办不到。可是，它又的确是动物保护的最大障碍。出路在哪里？也许只能是对它加以管束，把它控制在一个合理的限度内，不让它为所欲为。当然，什么限度是合理的，各派意见不一。这倒没有关系，在我看来，宗教、生态理论、扩展的人道主义的大方向其实是一致的，都在为约束人类欲望、改善动物境况做出贡献,这就够了。

最后,谈一谈作者做了许多描述和评论的养宠物现象。我同意她的观察,养宠物与爱动物是两码事,宠物迷未必是动物之友,大量遭遗弃的宠物便是明证。无论是为了满足情感需要,还是作为个人爱好,养宠物都无可非议,但也无可夸耀。然而,以何种心态和作风养宠物,却反映了人的素质。国人如今养宠物成风,反映出的国民素质实在不高。作者指出了以名贵宠物为身份象征、通过豪华养宠扩张物欲等低级趣味现象,除此之外,养宠物者不讲公德的情形比比皆是,我相信几乎每个小区的居民对此都已深恶痛疾。在我居住的小区,有几个养狗者在院子里遛狗时基本不拴绳,还故意让狗们登上儿童滑梯,孩子们常受惊扰。你猜这些人怎么说?——咱养狗跟养孩子是一个样的,疼着呢!

2008.9

第六辑　时代的反思

即使在一个无趣的时代，人仍是可以做有趣的事情的。我始终相信，人不仅仅属于时代。无论时代怎样，没有人必须为了利益而放弃自己的趣味。人生之大趣，第一源自生命，第二源自灵魂。因此，一个人只要热爱生命，善于品味生命固有的乐趣，同时又关注灵魂，善于同人类历史上伟大的灵魂交往，他就在任何时代都可以生活得有趣。

无趣的时代

有趣的是，你们会想象不出，这是一个多么无趣的时代。我朝四周看，看见人人都在忙碌，脸上挂着疲惫、贪婪或无奈，眼中没有兴趣的光芒。我看见老人们一脸天真，聚集在公园里做儿童操和跳集体舞，孩子们却满脸沧桑，从早到黑被关在校内外的教室里做无穷的功课。我看见学者们繁忙地出席各种名目的论坛和会议，在会上互选为大师，使这个没有大师的时代有了空前热闹的学术气氛。我看见出版商和媒体亲密联盟，适时制造出一批又一批畅销书，成功地把阅读由个人的爱好转变为大众的狂欢。我看见开发商和官员紧密合作，果断地将历史悠久的古建筑和老街区夷为平地，随后建造起千篇一律的大广场和高楼群。我看见许多有趣的事物正在毁灭，许多无趣的现象正在蔓延。我不得不说，我生活在一个多么无趣的时代。

不过，我相信，对于一百年后的你们来说，凡此种种已变得不可想象。在你们的时代，孩子们会有快乐的童年，大人们会有健全的常识，兴趣而非功利会成为生活的动力。当我在此刻对你们说话时，唯这样的展望使我感到了些微的乐趣。

[附言]

电视栏目《杨澜访谈录》录制六周年特别节目，杨澜来信，替一百年后的人问一个问题："一百年前的中国是什么样子？"希望把回答整理成一篇300-500字左右的文章，用"有趣的是"开头。她表示，所有嘉宾的文章会封存于北京大学图书馆，相约百年后开启，成为2007中国的译码器。文章能否保存百年，百年后有没有人开启，实在渺茫得很，也无所谓得很。不过，借此机会说一说自己的想法，倒不失为有趣的事，我便交了上面这份卷子。

2007.7

再谈无趣的时代

这些年来，即使在历来最讲究“趣”的领域，包括文化、教育、学术、艺术，金钱也成了主宰，兴趣、情趣、趣味越来越没有了容身之地。过去，看见全国各地的餐馆里供着财神爷，我曾经为国人的鄙俗无信仰悲哀，何尝想到这是一个预兆，有一天财神爷会全面得胜，直至登上文化的殿堂，学校、研究所、报社、出版社、工作室里都供起了看不见的财神爷。人们普遍地被卷入利益的征战，受欲望的摆布，生活在无休止的焦虑和空虚之中。此情此景，叫人看了怎么不感到无趣呢。

然而，我并不因此而悲观。我知道，转型是艰难的孕育和分娩，不能要求一个产妇美净若处女。我们的责任是好生护理她，一方面给她充足的营养，使她和她腹中的胎儿尽可能强壮，另一方面清洁她的环境，帮助她防治会危及胎儿的疾病。那么，批评这个时代的种种无趣现象，也可以算我在做后一方面的努力吧。

再者，即使在一个无趣的时代，人仍是可以做有趣的事情的。我始终相信，人不仅仅属于时代。无论时代怎样，没有人必须为了利益而放弃自己的趣味。人生之大趣，第一源自生命，第二源自灵魂。因此，一个人只要热爱生命，善于品味生命固有的乐趣，同时又关注灵魂，善于同人类历史上伟大的灵魂交往，他就在任何时代都可以生活得有趣。这绝不是自我安慰，在我这些年的生活中，亲情和阅读的确占据了最重要的位置，我从前者享受生命的快乐，从后者享受灵魂的快乐。我多么想告诉人们，这些快乐是人人有份的，就看你要不要。倘若人们肯把生命看得比金钱重要，把灵魂看得比物质重要，我们的时代就会变得有趣得多。

2008.11

心平气和看于丹现象

在最近图书市场上，于丹是最耀眼的明星，在有一些人眼里，则是最刺眼的明星。一个昨天还默默无闻的大学教师，一夜之间成了中国最畅销的作者，其作品迅速创下销售数百万册的奇迹，这个现象自然引起了人们的强烈关注和广泛争议。批评的声音相当尖锐，斥为学者的堕落，斥为国学的庸俗化，不一而足。我本人认为，不必这样痛心疾首，不妨把心态放平一些。在我看来，所谓于丹现象有两层含义：一是电视文化媒介向印刷文化领域的胜利进军，二是大众文化传播向传统文化资源的胜利进军。对于其中的得失，需做具体的分析。

众所周知，无论易中天的《品三国》，还是于丹的《心得》，其热销是靠了央视强势媒体之力。倘若不是先有了电视节目“百家讲坛”的高收视率和二位在节目中的走红，就不会有后来的事情。一个耐人寻味的事实是，在走红之前，易中天已在上海文艺出版社出了四本书，但销量都很有限。他原是一个作家型的学者，有才情，文字功夫也好，估计他自己也承认，以前好些文章的水准在《品三国》之上。可是，直到同一家出版社出了电视讲本《品三国》，销行数百万册，才带动前四本书也畅销了起来。一个文笔不错的作者，必须先在电视上展示口才，娱乐观众，然后才能在出版上获得成功，可见电视的威力多么显著地伸展到了书籍出版领域。我是基本不看电视的，因此，直到媒体报道中华书局即将出版《于丹〈论语〉心得》，首印几十万册，我才第一次知道于丹这个名字。当时的感觉是，中华书局疯了。甚至是，中华书局穷疯了。事实证明我的商业眼光远不如似乎一向古板的中华书局。于、易二位作品的热销是一次检阅，证明了电视机前他们的热心观众是一支多么庞大的队伍。

电视和网络越来越成为今天最强势的文化媒介，这个事实对于传统的印刷文化媒介产生了双重冲击。一方面，看电视和上网占据了人们的大量业余时间，导致书籍阅读率急剧下降。另一方面，印刷媒介纷纷向电视和网络看齐，书籍出版走图像化、快餐化的路子。一个便捷的方式是直接把热门电视节目和人物搬上书本，这个过程早就在进行了，区别在于，以前出版的多是热门影视的脚本或娱乐明星的自述，而“百家讲坛”是一个学者、准学者讲文化的节目。娱乐化是电视节目的基本属性，讲文化也不例外，只要有所节制，不对所讲文化造成严重歪曲，就不必多加指摘。有些论者担心，于、易的走红会使学界人心浮动，都想上电视，走这一条快速名利双收的捷径，从此不好好做学问，导致学界的堕落。依我看，这种担心未免可笑。当今学界确有严重的堕落现象，但不在于上电视，而在于腐败，那些热衷于在体制内攫取权钱的所谓学者何尝是在好好做学问。同时，我相信，学界真正的核心力量，那些热爱智性生活的真学者，他们的定力岂是这小小的诱惑动摇得了的。当然，一定会有人怦然心动，跃跃欲试，那就让他们去试好了，只要他们有这方面的才能。在这个传媒时代，知识界发生分流，一小部分干传播比做学问更在行的人去干传播，这很正常。不过，请不要抱着中大彩的动机去干。于、易的一夜暴富诚然是中了大彩，但是，须知公众的热度从来不会持久，媒体必定要不断变换其发行彩票的花样，如同"超女"蹿红一样，电视讲本的热销注定也是短暂的。

出于好奇，我看了于丹两本《心得》的部分章节，觉得她大受普通观众欢迎并非偶然。她的专业是传播学，她的确深谙传播的诀窍，她的种种心得首先是建立在传播学心得的基础上的。人们不由自主会想起《读者文摘》这样的杂志、《花香满径》这样的励志书、奥修这样的心理导师，其间有一种为大众喜闻乐见的共同模式，即简单的小哲理配上感人的或有趣的小故事，而于丹运用起这种模式来真个得心应手。从内容看，她有极明确的定位。当今社会急功近利，人们在充满压力和诱惑的外部世界中拼搏，内心却焦虑而空虚。针对这种现状，于丹的励志讲座紧紧抓住一个中心论点，就是教人们淡薄外在功利，回归内心世界，寻求心灵的快乐和安宁。无论讲《论语》还是《庄子》，她都围绕着这个中心论点，落脚于这个中心论点。她十分了解外部生存给人们造成的心理压力，能够有的放矢，箭箭不虚发，充分发挥了缓解压力和疏导心理的效果。

对于丹的批评集中在她的解读方式上，指责其过于通俗、牵强甚至颇多硬伤，因而会导致国学传播的庸俗化。我的看法是，于丹的讲座与传播国学无关，她讲的不是国学，而是心得，并且不是她对国学的心得，而是她对人生的心得，《论语》、《庄子》中的句子只是她讲述心得时使用的资料。有人调侃说：于丹岂不也可以用这种方式来讲《圣经》、佛经等的心得了吗？当然可以，她所紧紧抓住的淡薄功利、回归心灵这个中心论点，原本就是中外一切贤哲的基本价值观，否则就不叫贤哲了。所以，把这个论点套在无论哪一位贤哲头上，都不会太离谱。那么，于丹的讲述会不会使受众对《论语》、《庄子》本身产生误解呢？如果这些热心受众自己不读原著（很可能如此），当然会的，他们会以为《论语》、《庄子》就是这个样子。凡是只凭道听途说去了解大师思想的人，误解是必然的。不过，只要他们从于丹那里接受的影响是积极的，产生这一点误解没有什么关系，对他们无害，更害不到他们并无兴趣的国学头上。

最后要问：于丹对受众们的影响是积极的吗？我的回答基本是肯定的。在当今这个重功利、轻精神的社会，我们需要提醒心灵生活的有效声音，而从反应的热烈看，于丹的提醒似乎十分有效。我的一点保留是，她过于把心灵生活归结为心灵的快乐了。"《论语》真正的道理，就是告诉大家怎样才能过上我们心灵所需要的那种快乐的生活。"这个断语下得太轻率，遗憾的是，它贯穿于对《论语》、《庄子》的全部讲解，谆谆教导人们，对于任何会使心灵不快乐的事情都要看淡和顺应。这就可能把受众引向一心一意做顺民的平庸之路，从而消解我所期待于她的积极影响，乃至发生消极影响。事实上，无论《论语》、《庄子》，还是柏拉图、《圣经》、佛经，核心的东西都是世界观，而每一种世界观都有着特殊而深刻的内涵。快乐只是心灵状态，不是世界观，至多是世界观所达致的某一种心灵状态。凡深刻的世界观，所达致的心灵状态绝不仅是快乐，必定还有博大的悲悯，对于社会现实的关系也绝不仅是超脱，必定还有坚定的批判。舍弃掉世界观，把心灵的快乐当作目的本身来追求，就真会把所解读的任何一种伟大哲学稀释为心灵鸡汤了。

2007.4

纠错媒体

在媒体对我的报道中，常有不实或不准确之处。为了不误导读者，我决定在我的博客上适时做必要的澄清。我希望，这将有助于促进媒体做更负责任的报道。哪一天我的纠错不再必要，则谢天谢地矣。

一、我与“名媛学堂”毫无关系

最近有多家媒体报道，中山大学高等继续教育学院推出“现代魅力女性高级研修班”，又称“名媛学堂”。据介绍，课程为期 10 个月，每月上课 2~3 天，学费加上杂费共计 36800 元。有记者披露，该培训班实际上是中大与北京一家名为“名人学堂”的培训公司合办的。在有关报道中，我的名字均被列入授课老师名单。我声明：迄今为止，没有任何人、任何机构与我联系过此事。因此,就把我的名字列入而言,属于不实广告。我本人同意人们就此事广泛发表的意见:“名媛”不可速成。我还认为:现代女性(男性也一样)若要真正提高自己的精神素质,唯有静下心来,养成自主阅读和独立思考的习惯,否则上多少个培训班都无用。

二、我没有反对人们读于丹、易中天的书

近日在郑州做讲座和接受记者采访,我谈到我的阅读主张,强调了直接阅读经典。有一则报道说:记者试探性地问,那么《百家讲坛》那些名家的书呢?“不要读,他们跟国学完全没有关系!于丹的《论语》和《庄子》那是励志,不是国学,易中天的《品三国》是评书、是讲故事,也不是国学。”其中,“不要读”一语容易引起误解。当时的语境是,是否可以通过于丹、易中天来研习国学,我做出了否定的回答。我当然不反对人们读于、易的书,只是想说明,电视观众的热捧与研习国学是风马牛不相及的两回事,我基本上把这归入大众文化消费的范畴。在这里,“大众文化消费”是一个描述性概念,不含褒贬的评价。读者是分层次的,有些人满足于大众媒体配制的文化快餐,有些人则必须自己去品尝原汁原味的高级精神食粮,这再正常不过了。现在的问题是,这两者的比例好像太悬殊了。我尝自问:倘若我的一本我自知比较浅的书发行几百万册,我会如何?答案是我会万分惶恐。

2007.9

我就说葡萄是酸的

新浪博客首页刊发了我的《我没有反对人们读于丹、易中天的书》，但把标题窜改成了《我为什么说不要读于丹、易中天的书》，意思正好相反。我刚在这里纠错，你们就在那里把我的纠错改造成了新错。唉，媒体啊……

怪不得一小群对我一无所知的网民拥入了我的博客，向我开骂。当然，我不必理会。

也有善意的批评者，我愿意向他们澄清我的观点：

一、对于于、易通过"百家讲坛"在图书市场走红的现象，我曾写《心平气和看于丹现象》一文，比较完整地表达了我的看法，可在我的博客中查到。

二、就国学是对中国古籍的研究而言，我完全不主张大家都从事国学，那当然只是相关领域学者的事情。正因为如此，我反对媒体把

“百家讲坛”节目热播和于、易走红扯成所谓“国学热”。这的确是两回事。国学不可能热，不必要热，事实上也没有热。

三、我强调的是经典，而不是国学。国学是少数学者的事，经典却属于每一个人。直接向大师学习，这是我的阅读定位，我自己受益无穷，因此也乐意推荐给别人。中外经典名著是人类的伟大精神财富，最好的东西就在那里，为什么不去享用，却把时间浪费在次好的、较差的东西上？当代无大师，廉价的“大师”帽子却满天飞，真让人汗颜。我研究尼采，把主要精力用于翻译，而不是写专著，就是为了让人们不是通过我的介绍了解尼采，而是能够直接阅读尼采的著作。我太知道在尼采面前自己的分量之轻。

四、阅读是个人的精神生活，一个真正有阅读爱好和习惯的人，必定是自己选择适合于他的精神食粮，不会跟着媒体跑。这和是不是所谓“精英”毫无关系。你不是作为“精英”，但必须是作为“个人”，而不是作为“大众”，才能走进真正属于你的书籍世界。使我反感的正是现在这种由强势媒体主宰多数人阅读取向的局面，一段时间里人们一窝蜂全去读某一个作家或某一本书，这些仅仅跟着媒体跑的人是不折不扣的“大众”，而不再是“个人”，我在此意义上称之为“大众文化消费”，定性非常准确，一点儿没有冤枉他们。

五、我仍然要说，如果我一夜之间火爆，一本书发行几百万册，我会万分惶恐。我当然喜欢有许多稿费，但我的神经承受不了媒体制造的如此离谱的神话。我相信，作者对自己作品的质量会有一个基本估计，曾经花费更多心血、写得更好的书长期受冷遇，一本自知比较浅的书靠了媒体炒作突然大红大紫，这滋味未必全是甜蜜。权衡轻重，我宁愿我的每一本书的销量与其品质基本相称，这会使我心安，并且觉得这个世界还比较正常。好吧，我就说葡萄是酸的，我总不能把自己没有吃到的一切葡萄都说成是甜的吧。狐狸和狐狸还不同呢,人和人的区别就更大了,不是吗?

2007.10

中国农民的家在哪里

——一幅照片的感言

我看到一张照片：浓烟弥漫之中，一个小男孩手拿水瓢朝燃烧的窝棚泼水，试图抢救他曾经的家。深圳宝安这片外来人口搭建的窝棚区被认定为违章建筑，其生活污水会危及邻近水库的水质安全，因此遭到240多名执法队员强拆。

可怜的孩子，你小小的身躯怎能抵挡那240多个彪形大汉，你手中的水瓢又怎能浇灭这熊熊大火。你不知道这间简陋的屋子是违章建筑，只知道它是你的家，它被烧掉了，你就没有家了。你的爸爸妈妈也许知道它是违章建筑，但他们肯定不知道，在这座高楼林立的城市里，一个可以让你们苟且居住的不违章建筑究竟在哪里。

是啊，理由很充分，污水危及了水质安全。理由永远会充分的，你们的陋屋在别处，也一定会危及别的什么安全的。那危及你们安全的种种非人性的制度和规定，怎么就无人过问，怎么就不被拆除？

无论在乡村，还是在城市，中国农民都找不到自己的家了，正在成为全球最庞大的悲惨的流浪群体。尊严，对于中国农民是一个多么奢侈的词眼。

2010.4

人类远比禽兽残酷

中央音乐学院作曲教授张丽达是我的老朋友，她震惊于遍布中国的活熊取胆的酷行，创作护生歌曲《小熊》，又成立以护生公益演出为志业的亲子合唱团“小熊团”，期望用音乐的感染力和人类的亲子情唤醒国人的良知。现在，“小熊团”扩大招生，她希望我把招生通告刊发在我的博客上，以期让更多愿意报名的人知悉。这是我义不容辞的责任，我肃然从命。

我还转载了两篇有关活熊取胆的报道，我自己读了以后，真正感到触目惊心，悲愤难言。请看这个场面——

一只小熊被人用铁链紧紧捆绑，准备动手术了，也就是要开膛在胆上挖一个取汁的洞了。小熊惊恐万状，跪下哀求，放声恸哭。这时，一只母熊硬是从铁笼里挣脱了出来，蹦到小熊跟前，先抱住它，亲吻它，用舌头舔去它的泪水，接着，突然用巨掌掐住它的脖子，直到它气绝。然后，母熊拽下自己身上的钢兜肚，钢管带着半个胆囊飞了出来，鲜血直流，它大叫一声，疯了似的朝墙壁撞去，要把自己撞死，墙壁轰然倒塌。

谁说动物没有感情，没有意志，没有尊严？这只母熊用杀子和自杀的悲壮之举向人类宣告，为了抗议和摆脱人类的暴行，动物也会履行这个高贵的原则：不自由，毋宁死！

孟子说："人之所以异于禽兽者几希"，其中包括恻隐之心，"无恻隐之心，非人也"，"则近于禽兽"。我要说：人如果没有同情心，就远不如禽兽，比禽兽坏无数倍。猛兽的残暴仅限于本能，绝不会超出生存所需要的程度。人残酷起来却没有边，完全和生存无关，为了龌龊的利益，为了畸形的欲望，为了变态的心理，什么坏事都干得出来。只有在人类之中，才会产生千奇百怪的酷刑，产生法西斯和恐怖主义。

善待动物，至少不虐待动物，这不仅是对地球上其他生命的尊重，也是人类自身精神上道德上纯洁化的需要。可以断定，一个虐待动物的民族，一定也不会尊重人的生命。人的生命感一旦麻木，心肠一旦变冷酷，同类岂在话下。当今中国社会，恶性凶杀案件包括杀童案、杀亲案接连不断，伪劣食品、假药、矿难、野蛮执法事件层出不穷，人们难道看不出来，这一切与活取熊胆、活食猴脑等残害动物行为之间有着多么紧密的内在联系？

据说活取熊胆最早由朝鲜发明，看来绝非偶然。我呼吁尽早立法保护动物，禁止活取熊胆之类残害动物的行为，否则，我们迟早会遭报应。

2010.8

网络时代的反思

如果根据传播媒介定义今天的时代，“网络时代”无疑是最确切的名称。互联网业已覆盖人类生活的几乎一切领域，在政治、经济、文化乃至人们的日常生活中发生越来越重要的作用。互联网的积极作用有目共睹，其中包括极大地提高了公众的话语权，促进了政治的民主化。但是，它的弊端也暴露多多，应该引起重视和加以反思。美国记者安德鲁·基恩 2007 年出版的《网民的狂欢》（中译本 2010 年 1 月由南海出版公司出版）就是这样一本反思之作，反思的重点是互联网对文化的不良影响。

在作者看来，网络民主的最大弊端是业余者取代专家主宰了今日文化。T.H. 赫胥黎曾经戏言：倘若给猴子提供足够多的打字机，总有一天猴子可以敲出《莎士比亚全集》。作者认为，这一戏言在今天已成现实，无数台联网的电脑就是足够多的打字机，而网民就是猴子。其实，网民们在电脑上随机敲出《莎士比亚全集》的概率微乎其微，我觉得作者真正担忧的是，在网民狂欢的时代，《莎士比亚全集》不再有人阅读了。这基本上是事实。以维基百科为例，任何人都可以在这个网上写条目，所写内容无人编辑和审核，却已成为全球网民了解新闻和信息的第三大来源，超过了 CNN（美国有线电视新闻网）和 BBC（英国广播公司），其浏览量在全球网站中排第 17 位。相反，有 100 名诺贝尔奖获得者和 4000 名专家助阵的大英百科全书网，其浏览量只排在第 5128 位。网络的逻辑是点击率至上，致使多数人的偏好战胜了真理，带给人们的是外行的一知半解和支离破碎的文化。用户自由生成的内容成为主流，知识精英靠边站，其结果必然会威胁人类的核心文化传统。

网络对文化的威胁不止于此。因为复制和粘贴的方便，导致剽窃泛滥。网络上盗版猖獗，免费下载盛行，更使得独立书店、传统报纸和杂志、音乐和影像制作者的利益受到损害，市场趋于萎缩。这一切都严重地侵犯了知识产权，破坏了保护个人创作的传统。网络的策略是利用盗版和免费下载聚集人气，以此吸引广告商向网络转移。以谷歌为例，这家全球最大的网络公司不创造任何文化产品，只是把网络信息彼此链接起来，便在市场上大获成功，而其 99% 的收入都来自广告。

《纽约客》曾经刊登一幅漫画：两只狗并排坐在一台电脑前，其中一只把爪子放在键盘上正准备敲击，另一只惊奇地看着它。这只被看的狗解释说："在网上没人知道你是一只狗。" 是的，没人知道你是谁，这种匿名上网又缺乏监管的状况，给了网上撒谎、造谣、诽谤乃至诈骗以可趁之机。我们还可以加上网络暴力，施暴者正是凭借匿名身份才敢于肆无忌惮地对猎物展开追杀。

博客使人人都成为写手并拥有或多或少的读者，作者对此也颇有非议，他把博客世界形容为杂货铺，批评其充斥着文字垃圾。人们纷纷在博客上公开自己的私生活和隐秘心思，作者指出这是混淆了公共领域和私人空间的界限。

在世界各地，最沉迷于网络的是年轻人，网络游戏、网络赌博、色情网站等对年轻一代造成极大的危害，网瘾使其中许多人成为虚拟世界的奴隶，丧失了真实生活的能力。

作者在列数了互联网的种种弊端之后，谈到了解决方案。他寄希望于法律，包括反盗版维权、建立网络实名制、健全未成年人保护法等。他提不出更好的办法，对此我很能理解。网络的潮流不可阻挡，也不应该阻挡，恐怕只能用法律来遏制其最突出的弊端，尽量把它纳入健康发展的轨道。

如果把本书与美国文化传播学家波兹曼的《娱乐至死》做比较，其理论深度显然不足。波兹曼对电视文化的娱乐化、平庸化本质的分析可谓入木三分，网络文化在娱乐化、平庸化的道路上走得更远，而作者在这方面的分析却基本上停留在现象的层面上。我认为，本书的主要价值在于指出了问题，敲响了警钟，提醒我们对网络文化做更深刻的反思。

2010.11

纪实类刊物切忌侵权和造假

中国作家协会向某杂志社发出维权通告，指出该杂志刊登的有关毕淑敏、周国平、史铁生的三篇文章侵犯了这三位作家的合法权益，要求杂志社公开致歉，承诺不再发生类似事件。这是中国作协首次以发公告的方式采取的维护作家权益的行动。

据我分析，通告指出的三篇涉嫌侵权的文章有以下共同点：一、发表之前，杂志社向相关作家表示了采访或组稿的愿望，均未被接受或遭明确拒绝；二、文章的内容真假混杂，真的部分从相关作家的作品中摘取，进行改编和嫁接，严重侵犯了其著作权；三、假的部分则纯属虚构和臆造，为了取得所谓"感人"效果，情节和语言往往矫情肉麻，侵犯了相关作家及亲属的名誉权。

有关我和史铁生的两篇文章刊登在同一期杂志上，发现这一情况后，我和史铁生即在我的新浪博客上发表声明，表明了我们的严正立场。很快，网友大量留言和评论，大多是对该杂志的善意而尖锐的批评，并列数了其近期因名誉侵权被诉的诸多案例，受害者包括各界名流和普通人。我本人认为，公众的批评和中国作协的通告是一个契机，该杂志社应该由此进行认真的反省，是到端正办刊品德和方针的时候了。

该杂志在中国有巨大的发行量，正因为如此，就更要自重和自律。一本纪实类的期刊，真实是第一品德。纪实作品也可以讲究文学性，但这是指好的文风，不是指可以像写小说那样虚构，而拙劣的虚构也绝不是文学性。真实有赖于正确的办刊方针，倘若一味强调所谓“催人泪下”、“曲折感人”，索要所谓“震撼人心的涉情案例”、“浓烈的婚恋故事”，用高价收购此类稿子，排斥不符合此要求的稿子，甚至淘汰不肯这么做的编辑，那么，实际的结果就必然是诱导和助长胡编乱造。这种做法对于被报道的当事人是侵权，对于读者是欺骗，对于社会的精神生态是败坏。事实上，这类胡编乱造的煽情故事不但趣味低俗，而且内容贫乏，往往貌似云谲波诡，实则千篇一律，毫无精神营养。

现在国内颇多刊物为了吸引眼球，争夺市场，便瞄准情感题材，热衷于编写或转载此类纪实文章。情感题材当然可以登，但起码的要求是尊重相关的当事人，一是征得其同意，二是内容须真实。纪实类刊物切忌侵权和造假，这本是不言而喻的道理，但愿从此成为行规和共识。

2009.7

中国今天最需要的是信仰和法治

——重新发表《中国人缺少什么》的作者附言

这是一篇旧文。我于 1999 年 12 月在北京大学、中国人民大学等校用这个题目做讲演，根据讲演内容整理成此文，最早发表在《粤海风》杂志 2000 年第 1–2 期上，其后又收在散文集《安静》（北岳文艺出版社，2002）和《周国平人文讲演录》（上海文艺出版社，2006）中。最近不知谁把此文贴到了网上，遂被误以为是我的新作。刘梦溪兄有意在《中国文化》上刊登，嘱我略做修改。近十年前的旧文，我觉得不好改，就做一点儿补充吧。

清末民初，在西方哲学的引进中，王国维和严复是最重要的人物，分别为引进德国哲学和英国哲学的第一人。在我看来，西方哲学的精华有二：一是形而上学，即对终极真理和终极价值的关切，奠基于古希腊，近代以来集中体现于德国哲学；二是个人主义，即对个人价值和个人自由的尊重，奠基于古罗马，近代以来集中体现于英国哲学。西方因为有形而上学，形成了认真对待知识和信仰的文化传统，因为有个人主义，建立了以保护个人自由为最高原则的法治社会。检讨中国传统文化，若以西方为参照，以普世价值为尺度，最缺的也正是这两样东西。由此可见，王、严二位都是极有眼光的。

在上文中，我以王、严二位接受西方哲学的不同取向和遭遇为例，分析了中国文化的实用品格。我的立场是同情王国维而批评严复的。现在我仍基本坚持这个立场，但对严复多了一些肯定。

关于王国维，从当时到今天，人们对他的学术转向、遗老立场和自杀一直议论纷纷。一个最早领悟西方哲学之精神的中国人，却在中年以后彻底放弃了西方哲学乃至任何哲学的研究，一头扎进了经史考据之学。一个有着先进的学术头脑和宽阔的文化眼光的大学者，却在清亡十二年之后公开做了遗老，他的自杀好像也脱不掉殉清的嫌疑。这些情况发生在王国维身上，的确构成了奇怪的矛盾。可是，倘若我们对王国维之内心的矛盾以及他与时代之间的矛盾有了深入的了解，对于这暴露在表面上的矛盾就不会感到太奇怪了。

就学术转向来说，依我的分析，他由哲学而文学而终于义无反顾地钻进史学，根本的原因在于他对哲学的绝望。具体地说，他有三重绝望。其一，对在中国的环境中从事哲学感到绝望。他通过研习德国哲学领悟了纯粹的哲学，努力向国人介绍，以期改变中国文化的实用传统，但收效极微，整个新学界几乎无人理睬。新学界的现状是，人们热衷于政治，急功近利，没有人对哲学真正感兴趣。在这样的环境中，他势孤力单，终于坚持不下去了。其二，对在现时代从事哲学感到绝望。他看到了西方哲学的危机，其表现是实证主义盛行，出不了大哲学家。“居今日而欲自立一新系统，自创一新哲学，非愚则狂也。”（《自序二》）哲学界仅由哲学史家组成，他知道自己也无望成为创造性的大哲学家，又不甘心只做哲学史家，于是放弃哲学。其三，对哲学本身感到绝望。他是因为对宇宙人生之根本问题的困惑，而要到哲学中去寻找解决的。然而，寻找的结果却是发现，哲学并不能提供解决。“哲学上之说，大都可爱者不可信，可信者不可爱。”（《自序二》）所谓“可爱者不可信”，首当其冲的就是“伟大之形而上学”，他已看到哲学内在的矛盾，依靠理性解决终极问题之不可能。这三重的绝望，其实更证明王国维的哲学悟性非同寻常，而他引进德国哲学的失败就更是一个悲剧了。

对于严复引进英国自由主义哲学，其功过是非，应该做具体分析。从他 1885 年发表的文章中可以看出，当时他就已经明确地意识到，在自由主义理论中隐藏着西方政治的秘密。其中，有两点见解最值得注意。其一，西方政治“以自由为体，以民主为用”（《原强》），这是一个精当的概括，表明他已经认识到，自由是西方政治思想的核心，民主仅是这一核心思想的运用。其二，自由也是西方政治和中国政治的根本相异之点，中国政治传统中最缺少的东西正是自由，由这个根本的差异而产生了中西社会的一系列差异（参看《论世变之亟》）。

自由主义可归结为两个原则：一是个人自由，二是法治。从严复当时的著译看，他对这两个原则基本上是理解的。个人自由原则的含义是：凡是不涉及他人的行为，个人享有自由，相反则要按照涉及他人的程度而受到社会相应程度的干涉。因此，私域和公域的划界乃是政治自由的关键问题。严复翻译约翰·穆勒的《论自由》，把书名改为《群己权界论》，正是为了强调这个关键问题。正如他在该书的《译凡例》中所说：“人得自繇，而必以他人之自繇为界。”从译文看，凡是涉及划界的内容，大体上能够传达原文的意思。在他的其他著作中，我们也可发现对这个原则的清楚表述。例如，在《天演论》按语中，他谈到斯宾塞的“太平公例”即同等自由法则：“人得自由，而以他人之自由为界。”《法意》的按语也说：“夫泰西之俗，凡事之不逾于小己者，可以自由，非他人所可过问。而一涉社会，则人人皆得而问之。”足见个人自由的划界原则是深深印在了他的脑子里。

严复对法治原则也有相当的理解。通过翻译甄克思的《社会通诠》，他懂得了法治的关键在于限制政府对人民的治权。通过翻译孟德斯鸠的《法意》，他懂得了法治的制度保证是把立法权、司法权从政府的权力中分离出来。在二书的按语中，他还从所领会的法治观念出发，对中国的人治进行了相当深刻的分析和批判。他对法治的认识，在1905年发表的《政治讲义》中又做了比较系统的阐述。总的来说，他已经比较清楚地认识到，要使中国政制由专制变为自由，就必须用法治取代人治。关于法治的含义，他较为明确的是法律的普遍性和至上性，对政府行政权的限制、司法权的独立。有两个重要问题较为模糊：一是立法的原则，二是立法权的归属。

如果说严复对自由的含义大致上是清楚的，那么，论到自由的根据问题，即为何个人自由是可欲的，情况就完全不同了。西方政治哲学家对于自由为何可欲的论证虽有人道主义和功利主义两条路径，但程度不等地都承认个人及个人自由本身即具有目的价值。然而，严复完全不能理解自由主义的这个核心价值观念，原因大致有二。

一是儒家传统的束缚。在严译《群己权界论》中，最严重的曲解就集中在对个性价值这方面内容的翻译上。一个总的倾向是，他常常用道德色彩强烈的语汇来翻译这些内容，结果，“特操”、“修身成物”、“民德”之类取代个性价值成了自由的根据。也许他在使用这些现成的概念时赋予了某些新的含义，例如他所说的“民德”的内涵并不限于儒家道德规范。但是，把自由的价值归结为国民道德的提高，不管所说道德的内涵是什么，都是对自由主义的误解。同时，系统地用儒家语汇取代西方人文主义语汇，至少表明他在接受自由主义时缺少相应的文化资源，因而不可避免地发生了理解和表达的错位。

另一更重要的原因是，严复是带着探寻中国贫弱的原因这个迫切目的去接受斯宾塞的社会进化论的，在很大程度上又是透过被如此接受的斯宾塞理论去理解自由主义的。他的思路大致是：中国之所以贫弱，是因为进化过程受阻；进化过程之所以受阻，是因为人民不自由。这个认识既成了他引进自由主义的有力动机，也成了他理解自由主义的严重困难。在斯宾塞理论的影响下，他把生存斗争看作社会进化的动力，而又把自由看作生存斗争得以充分展开、从而社会进化得以顺利实现的必要条件。他在《〈群己权界论〉译凡例》中说："惟与以自繇，而天择为用，斯郅治有必成之一日。"在《〈老子〉评语》中说："今日之治，莫贵乎崇尚自由。自由，则物各得其所自致，而天择之用存其最宜，太平之盛可不期而自致。"在这两句话中，自由都被当作了物竞的同义词。贯穿其中的逻辑是，自由即充分的物竞，在物竞的基础上天择，由天择而实现进化，循此达于社会最佳状态。当他认为自由的价值在于提高民德之时，他也是把提高民德看作实现种群进化的关键。因此，归根到底，他把个人自由当作了手段，其作用是实现群体进化，从而在与其他群体的生存斗争中处于有利地位，总之是使国家富强起来。否认了个人自由的目的价值，对个人自由原则到底理解到什么程度就成问题了。我们的确看到，在《法意》等译著中，他常用所谓"国群自由"来贬低"小己自由"，事实上并未把个人自由视为最高原则。

在一个世纪前，王国维试图引进形而上学，严复试图引进自由主义，由于传统的阻挠或束缚、时代和个人的限制，他们的努力基本上失败了。在转型时期的中国，我们最缺少、最需要的东西，一是信仰，二是法治，前者与形而上学相关，后者与自由主义相关。由于这两样东西的薄弱，我们已深感经济转型的艰难。没有精神文化转型和社会秩序转型的配套，经济转型决不可能孤立地成功。王国维和严复是先驱者，我们今天仍然走在他们开辟的道路上，但愿我们能够完成他们的未竟之业。

2008.9

第七辑　我们都是幸存者

越是面对大苦难,就越要用大尺度来衡量人生的得失。在岁月的流转中,人生的一切祸福都是过眼烟云。在历史的长河中,灾难和重建乃是寻常经历。造化拨弄人类的命运,我们都是幸存者。用这个眼光看自己,我更真切地感到了一切受灾者都是我的亲人。用这个眼光看世事,我更清晰地洞察了一切人间纷争的狭隘和渺小。

我们都是幸存者

2008年中国的大事件不是奥运，而是地震。这是谁也没有料到的。5月12日的特大地震一下子把国人投入举国的震惊和悲痛之中，也使得围绕奥运发生的一系列事件变得轻若鸿毛。

在大自然突降的巨灾面前，人类是多么无助，人的生命是多么脆弱。美丽富饶的四川盆地，善良知足的四川人，一刹那之间，祸从天降，天崩地裂，无数的生灵被吞噬。有多少个家庭，曾经和我的家庭一样，在天伦之乐中过着平凡的日子，突然就消失得无影无踪了。有多少个孩子，曾经和我的孩子一样，在无忧无虑中唱着黎明的歌曲，突然就沉落在永恒的黑夜里了。

最让我心痛的正是孩子，震区中不知还有没有未倒塌的校舍，孩子们整校整校地被掩埋，为什么牺牲最惨重的偏偏是“祖国的花朵”！相比之下，那些突然成了孤儿的孩子几乎算是幸运的了，虽然他们那天真又惊恐的眼神格外刺痛我的心，我的耳边始终响着一个从废墟中救出的一岁半孩子的声音，刚咿呀学语的她反复说着同一句话："找爸爸！找妈妈！"

五天来，我天天注视着来自灾区的报道。在大悲悯、大勇敢的温家宝总理指挥下，营救一直在全力进行。然而，谁都明白，废墟下的一息尚存者只有一部分能被救出，也许只是一小部分。我觉得自己仿佛也在废墟下，由于营救的困难，或者干脆由于未被营救者发现，正在绝望地死去。现在所能统计的只有已经获救的人数和确见尸体的人数，而真正可怕的是这两者之间的数字，虽然生死不明，其实凶多吉少。

五天来，我写不出任何文字。此时此刻，一切文字的表达都是虚伪。我甚至觉得，我的生存也是莫大的奢侈。我唯一能够原谅自己的理由是，我也是一个幸存者。是的，我，你，每一个活着的人，我们都是幸存者。震中在四川汶川，不在我居住的地方，这不过是碰巧罢了。我生活在北京，而不是四川震区，这不过是碰巧罢了。我只是侥幸逃过了一劫而已。灾难完全可能落在我的头上，倘若那样，我也只好承受。大自然生我养我，一旦降灾于我，我必须承受，这原是生命的题中应有之义。斯多噶派的主张是对的：人只能顺应自然。如果死的是我，那就死吧，用不着说什么了。现在，既然仍侥幸地活着，就好好地活，不必为此感到负疚。况且对于任何活着的人来说，死是迟早的事，幸存只是暂时的。然而，正是在这暂时的幸存中，我们一边怀念死者，一边唱响了生命的凯歌。

我这样说，既是对我自己的解嘲，也是对这次震灾中那些真正的幸存者的劝慰。我当然知道，我们身受的苦难不可同日而语。但是，越是面对大苦难，就越要用大尺度来衡量人生的得失。在岁月的流转中，人生的一切祸福都是过眼烟云。在历史的长河中，灾难和重建乃是寻常经历。

造化拨弄人类的命运，我们都是幸存者。用这个眼光看自己，我更真切地感到了一切受灾者都是我的亲人。用这个眼光看世事，我更清晰地洞察了一切人间纷争的狭隘和渺小。最后我忍不住要加上一句：对于那些把今年奥运和这次地震的意义都归结为爱国主义的家伙，我完全无话可说，只有彻底地蔑视。

2008.5

震灾中的札记

一、中国对不起你们

汶川大地震举世震惊，举国悲恸，来自灾区的消息牵动着每一个中国人的心。在所有的报道中，最让我心痛的是那里的孩子，最让我感动的是那里的教师。

在这次震灾中，震区幼儿园、小学、中学大批校舍倒塌，而救援人员在各处都看到了一个相似的画面：废墟的某个角落里，一位教师，男的或女的，年长或年轻，弯曲的身躯已经僵硬，背脊上顶着塌落的屋梁，而在他（她）的臂弯下，在用自己生命撑起的小小空间里，数目不等的孩子得以幸存。

这个画面已经牢牢地定格，将永远保存在国人的记忆里，保存在历史的案卷中。

还有的教师，在屋子倒塌前拼死救出了尽可能多的学生，自己来不及逃脱，被埋在了废墟中。

在这些为救学生而遇难的教师中，好几位年轻教师遗下了幼小的儿女。一个小学女教师在救出十三名学生后殉职，我们听见了她一岁半女儿的号哭，一声声令人心碎："找爸爸！ 找妈妈！ "

有一些老师虽未遇难，但在救出许多孩子的同时，永远失去了自己的孩子。地震时，一所幼儿园的孩子们正在午睡，值班的女教师一手一个抱出两个孩子，未及返回，房屋倒塌，睡在同一间教室里的她自己的孩子被掩埋。孩子的尸体挖出后，她发出了撕心裂肺的哭喊："娃娃，妈妈来不及啊……"

这些最可敬的人，他们基本上是农村乡镇学校的教师，一直生活在社会的底层，过着平凡而辛劳的日子。然而，在患难的时刻，正是他们身上闪射出了最耀眼的人性的光芒。

对于全国乡镇学校的教师和学生，我要说一句：中国对不起你们！ 在平时，你们得到的关爱最少，在灾时，你们遭受的祸害最烈。如果平时对你们多一些关爱，比如让你们的校舍少一些危房，你们现在一定不会有这么惨重的伤亡。面对你们在震灾中的表现，我感到的不只是敬意，更是深深的负罪感。倘若如此惨重的教训仍不足以使国人警醒，切实地改善你们的境况，国人之罪孽将无可救赎！

二、悲壮的亲情

当我把目光从学校转向震区中的家庭时，我看到的是用弯曲的身躯保护孩子的同样的死亡姿势。下面是其中的几个镜头——

一个年轻的妈妈蜷缩在废墟中，她低着头，上衣掀起，已经没有呼吸，但双手仍怀抱着一个三四个月的女婴，她正含着妈妈的乳头在吮吸，红扑扑的小脸与妈妈粘满灰尘的双乳形成鲜明的对照。

另一个年轻的妈妈双膝下跪，双手撑地，向前匍匐的身体已被压得变了形，身下躺着一个三四个月的男婴，包裹婴儿的小被子里塞着一部手机，屏幕上是妈妈留下的一条短信："亲爱的宝贝，如果你能活着，一定要记住我爱你！"

在一处废墟中，一个男子顶着断梁，身下是一个老妇，老妇也是俯身向下，双手紧紧地搂着一个两岁的小女孩。小女孩还活着，而父亲和奶奶都已经死去。

人啊，在生命的最后时刻，最割不断的是对孩子的爱，平凡的父母在此时见其伟大，温馨的亲情在此时见其悲壮。

三、寄语灾区的孩子

现在，我要对灾区的孩子说几句话。

孩子们，你们中有一些人成了孤儿，有一些人成了伤残，许多人失去了亲人、同伴和家园，你们全体的心灵都刻下了创伤。在生命的早年，你们突然遭受了巨大灾祸，你们的生活突然发生了巨大改变。但是，你们毕竟活下来了，你们一定要好好活下去。你们要相信，你们完全有好好活下去的理由和条件。

你们要相信今天的中国政府。在这次抗震救灾中，政府表现出了前所未有的责任心、行动能力和人道主义精神，值得你们予以信任，它应该会对你们负责到底的。

你们要相信人间的爱。那些为保护孩子而遇难的老师和父母，他们所保护的不只是自己的学生和儿女，也是你们。他们对孩子的爱同样存在于活着的许多大人身上，许多你们不相识的大人已经在心中把你们唤作自己的孩子，随时会向你们伸出保护的手臂。

你们要相信时间是最高明的医生。你们长大了就会知道，苦难是人生的寻常遭遇，它阻挡不了生命的脚步。随着时间的推移，一切伤口都会愈合。如果你们足够坚强，苦难的经历还会成为你们的精神财富。

你们要相信你们自己。你们正处在生长期，你们身上有着最旺盛的生命力，它是任何灾难都打不败的。犹如一场冰雹袭击，有一些嫩苗被打死了，而那些幸存的嫩苗仍将茁壮生长，你们就是幸存的嫩苗。

孩子们，我相信你们，你们一定会好好活下去的。

四、网友评论摘录

在《我们都是幸存者》一文的结尾，我忍不住加上了一句话："对于那些把今年奥运和这次地震的意义都归结为爱国主义的家伙，我完全无话可说，只有彻底地蔑视。"此文在博客上发表后，我在网友的评论中看到，这一句话使一些人愤怒，另一些人困惑。但是，我感到欣慰的是，更多的人是理解我的意思的，替我说出了当时我未说的理由。

请允许我在这里摘录部分网友的评论。

"那是生命对生命的关怀，人对人的关怀，这理由已经足够了，这视角不'假高'但真。看见那么小的生命脸上的泥土和血渍，你眼角湿润了，因为你是人，不是因为你爱国。从小被灌输了太多爱国主义的东西，似乎如此光荣，人们惧怕别人说自己不爱国，而这些惧怕的人是活在道德或政治的标尺下，那心，早已不是自己的。”

“我们都是幸存者和过客，我们恰巧降落在这个时代、这个国家、这个地方。我们生命的全部意义就是好好活着。不论遇到祸福哀乐，都无须把自己的情绪拿出来放大矫情，因为生活是你自己的，不是演给别人看的戏，最终只要对自己的生命有个交代就足够了，一切都与任何‘主义’无关！”

“假若你顺着爱国主义这条思路想的话，那么你需要一个假想的敌人，这不大好吧，老天，自然，我们好像打不败它呀……我们不要把自己的团结迷幻似的以为是要显示给那些不友好的人看。”

“这次，感动全世界的首先是那么多孩子的死！继之是全民族爆发出的巨大同情心，完全出乎意料，这个正在原始市场经济中疯狂追求功利的国家，会有那么多的泪水，那么多义无反顾的志愿人员。灾难和救灾触碰到了中国人民人性的最深处，同样也触碰到了全世界人民人性的最深处，所以才会使得围绕奥运发生的一系列事件变得轻若鸿毛。这次，我们民族对灾难的反应展现给世界的是真实人性的反应，而不是扭曲的，与在缅甸和唐山发生的正相反。此时，我们突然发现我们的民族原来仍然蕴藏着巨大而强烈的悲悯，就为了这巨大而强烈的悲悯，我们很愿意做这民族的一员，虽然损失惨重，我们反而觉得民族更有希望！世界突然发现，这个民族竟然仍然蕴藏着巨大而强烈的悲悯，就为了这巨大而强烈的悲悯，全世界的人民和政府同情并强烈地支持我们。”

“地震发生后，有悲悯情怀的人的第一感知不是出于我爱国我才悲痛才给予帮助，那是一种人性的本能，那是人间的大爱。”

“这是深埋于人类本性中的善良，借助灾难时刻给人类的一个天启！”

“人性的善良远比震天动地的民族主义呐喊有力得多。”

“因这次灾难而展开的思考一定是直指人性深处的，一定是投入巨大情感和智慧的，一定是跨越世代的，而且，一定是全人类的，而不仅仅是中国的。”

“我们说爱国主义远远不能涵盖我们对人性大爱的思考，并非说不应该提升中华民族的爱国主义情操。我们反对的是把奥运和这次地震的意义全部都归结为爱国主义，因为要归结的话，包括爱国主义在内，最终都将归结到人生根本价值的大尺度的衡量上来。”

“中国不缺少爱国主义的激情，缺少的是一种真正尊重生命的文化。”

这些话都说得多么好，把反对归结为爱国主义的理由说得多么透彻，又多么明白易懂。对于那些热衷于归结的人，网友们的批评很尖锐，但也很中肯：

“他们将以极大的愤慨对您的‘混话’表示不满，因为在他们干干净净的头脑里，抽象的国家才是他们的最爱。”

“把此次灾难中深层人性的表现解读成爱国主义，甚至发作成民族主义的呐喊，那真是我们民族的大不幸，人类的大不幸。”

“感动世界的不是灾难中举国团结一致的民族主义的呐喊，举国团结一致的民族主义的呐喊只会吓坏全世界善良的人们。”

“看了一部分网民的评论，就知道中国的灾难还没有结束。一个没有信仰的灵魂是多么地可怕！”

我要向我所摘录的以上文字的作者道谢和致敬，你们的水准使我的博客蓬荜增辉。

2008.5

爱生命比爱国更根本

震灾之前,国人的兴奋点在奥运。争取到奥运的主办权,的确不容易,对此在乎是合乎情理的。但是,多么在乎也不要有失风度,用不着弄得紧张兮兮的。按我理解,奥运本来的宗旨,一是健康,是对生命的珍爱和赞美;二是和平,是拆除民族仇恨和意识形态对立的樊篱,全人类在生命立场上的和解与团结。主办国诚然可以利用这个机会展示国家实力和能力,增进国家利益和声誉,但要把握好分寸。其实,主办国的举止越是体现出奥运本来的宗旨,就越能够从根本上增进国家的利益和声誉。相反,只有爱国主义这一根筋,到处看到敌意,经常防卫过当,反而招人鄙视。尤其像我们这样一个自信、正在崛起的大国,更应该通过奥运这个平台,向世界展示我们的从容的大国心态和开阔的全球胸怀。正因为爱中国,我才蔑视某些一根筋的爱国主义者,他们的言行恰恰是在损害中国。

人们本可期望，大自然突降的灾难也许会促使这些人反思，不料他们刺耳的声音不但没有沉寂，反而掀起了新一轮更高亢的呐喊。不错，在这次抗震救灾中，国人显示了多年未见的非常感人的团结精神和凝聚力。但是，把在自然灾难面前迸发的这种团结精神和凝聚力归结为爱国主义，绝不是拔高，而是贬低。与奥运相比，面对巨大的自然灾难，爱国主义这把尺子就更显其狭窄了。震灾中生命所遭受的毁灭和创伤，在我们身上唤醒的最可贵的东西是什么？首先是真实的人性，是人性中的善良，是对一个个活生生的个体生命的同情和尊重。这岂不是人之为人的最基本的品质吗？岂不是人与人得以结合成人类、社会、民族、国家的最基本的因素吗？与爱国主义相比，在人性层次上，它是更深刻的东西，在文明层次上，它又是更高级的东西。就说爱国主义吧，一个人如果不是一个善良的人，他会是一个好中国人吗？如果一个国家的成员普遍缺乏对生命的同情和尊重，这会是一个好国家吗？它还值得我们爱吗？人性比民族性更根本，爱生命比爱国更根本，这是多么简单的道理。真正令人费解的是，某些人的头脑怎么会与这么简单的道理如此格格不入，以至于非要在人性光辉终于闪亮之处高喊民族主义口号不可。

事实上，自鸦片战争以来，我们从来不缺少爱国主义热情，列强的侵略迫使我们把国家富强看作头等重要的事情，这有其历史的必然性和合理性。然而，正是一百多年来的历史表明，在爱国主义的基础上不可能实现中国的现代化，因而也不可能真正使国家富强。在这次抗震救灾中，国人的表现是大大超越于爱国主义的，我之所以坚决反对把震灾的意义归结为爱国主义，正是因为我不愿意看到，这个超越于爱国主义的最可贵的东西遭到歪曲和湮灭，不能产生应有的积极结果。

不分国家和民族，人皆是生命，人性中皆有爱生命的本能以及推己及人对他人生命的同情，区别在于能否使这个基本人性在社会制度中体现出来并得到保护和发扬。西方的历史表明，现代文明社会的整座大厦就是建立在这个基本人性的基础上的。正如亚当·斯密所指出的，同情是社会一切道德的基础，在此基础上形成了正义和仁慈这两种基本的道德。同样，尊重个体生命是法治社会的出发点，法治的目的就是要建立一种最大限度保护每个人的生命权利的秩序。在我们以儒家为主体的文化传统中，所缺少的正是尊重个体生命这样一个极其重要的观念。因此，在道德领域，儒家的“仁”最后落实为“孝”和“忠”，所强调的始终是忠君爱国，是个人为集体和国家而牺牲。在社会秩序方面，则是长达数千年的人治即家长式统治，长官意志支配一切。现在，我们正在实现社会转型，由计划经济向市场经济的转型开路，但这个转型必须有另两个转型配套，方能成功。其一是人治秩序向法治秩序的转型，其二是以忠君和爱国为核心的道德向以正义和仁慈为核心的道德转型，如上所述，这两个转型（其实也包括计划经济向市场经济的转型）都是建立在对个体生命的尊重的基础上的。

汶川大地震发生以后，灾区的悲惨情景和感人故事通过电视画面即时呈现在国人眼前，一下子把国人投入到巨大的悲痛和感动之中，出现了自发的捐款、献血、救助之热潮。我曾经为当今社会对生命的普遍冷漠感到痛心、寒心乃至灰心，现在我看到，同情的种子仍深藏在人性中，在大灾难的震撼下迅速复苏了，这使我感到欣慰。然而，我担心的是，在悲痛和感动逐渐淡去之后，由大灾难唤醒的生命对于生命的同情能否长久保持下去，成为社会的一种健康的常态，抑或只是一时的亢奋，大家又回到了以前的冷漠？这是我们痛定思痛最应认真思考的问题。我们付出了惨痛的代价，尊重个体生命这个最基本的价值观念终于清晰地浮现在国人眼前了，我们不应该再去遮蔽它，相反应该格外强调它、爱护它，使它更清晰、更牢固，真正深入人心。唯有如此，我们在实现社会转型时才会有明确的指导思想。反过来说，只有成功地实现了社会转型，对生命的同情和尊重才会成为国人普遍而持久的价值观。

2008.6

保存大地震的真实历史

——在央视《铭记》研讨会上的发言

李仑让我来参加这个会，我很犹豫。对于电视，我不但不是专家，连普通观众也不是，基本不看电视。《铭记》系列节目，我只看了送来的这张盘，四十七个节目里只看了五个。想上网补课，好像因为缺一个软件，视频打不开。李仑很有绅士风度，请我参加活动，我能感到他非常希望我来，同时又不给我丝毫压力，来不来完全随我。以前已经有过一次，我想，这次我再不来，我就太没有绅士风度了，于是硬着头皮来了。当然，鉴于这种情况，我肯定不是作为专家来参加研讨会，而只是作为一个不合格的观众来发表一点感想。

汶川大地震期间，央视的出色表现有目共睹，在国内外赢得了广泛赞扬和高度评价。第一时间到达现场，对灾情和抗震救灾实况进行快速、持续、具体、形象的报道，正是通过这些报道，国人与灾区之间的距离大大缩短了，普遍产生了也如同亲临现场一样的切身感受。这次震灾中，国人之所以会表现出前所未有的人性关怀和救助热情，央视功不可没。

如果说报道灾情是央视为大地震做的一件大好事，那么，我认为，现在通过这个《铭记》系列片来保存历史，便是央视为大地震做的另一件大好事。汶川大地震正在成为历史，它是我们民族历史上的一个极其重大的事件，值得好好保存。保存历史有两种方式。一是历史学家的方式，理性的方式，就是各种数据、实物的搜集、保护和研究，目前这是政府部门和有关专家的工作。另一是艺术家的方式，感性的方式，《铭记》属于这种方式。历史是民族的记忆，而民族的记忆是由无数个人的记忆组成的。只有宏观的数据和资料，没有个体记忆，历史就成了空洞的东西，实际上并不能复原历史的真实面貌。但是，记忆是非常靠不住的东西，容易淡化、遗失和走样，必须及时抢救。《铭记》做的就是抢救记忆的工作，而且做得非常及时，在震灾发生不到一个月就开始播出节目了，表明了央视对于历史的高度责任心。这次震灾有许多亲历者，包括政府官员、记者、志愿者、遇难者家属和广大灾区民众，而由于数码器材的普及，许多非专业人士都留下了图像记录，这是一个有利条件。困难在于，如何把这些分散的记忆和资料汇集起来，从中整理出一部部有不同个性和视角的有价值的口述历史。

作为媒体，央视做这个工作当然是要讲究传播价值的，问题是如何把传播价值与历史价值统一起来。我本人认为，这两者并不矛盾，完全可以统一，统一的基础就是真实性。传播要求当下能够打动人，吸引观众，而真实是最能够打动人的。历史的最低要求和最高要求都是真实，不真实就不是历史，迟早会被推翻，不可能长久保存。所以，我认为，做这个节目，最重要的是真实。真实，包括事件的真实和人性的真实。我的建议是，为了做到真实，在这两方面都不要有意识形态的预设、价值观的预设，应该采取价值中立的立场。比如说，在事件方面，在选择题材时不要只寻找感人的、光明的事例。在这一点上，我不赞同刚才那位专家说的要“淡化伤痛，留住美好”。大地震毕竟是一个灾难、一个悲剧，许多人的遭遇只是悲惨，无光明可言，这是最基本的事实。如果漏掉了那些在震灾中彻底消失了的村庄和家庭，那些成片倒塌的乡村学校和大批遇难的孩子，反映出的就不是大地震的真实情况，就是对历史的不忠实。有些案例也许不宜播出，但不妨拍摄完成，作为内参版保存。又比如说，在人性方面，一定要让被采访者讲自己当时最真实的经历、想法和感受，不但不要进行意识形态的诱导，诸如爱国主义之类，而且要化解他们可能有的顾虑或意识形态语言定式。在我看到的几个节目中，我觉得在这方面做得相当好。

开头我说，我基本不看电视。但是，大地震期间是例外，我也是天天守在电视机前。现在，我要再加上一个例外，以后争取每期《铭记》都看。我欣赏你们的事业，祝你们成功。

2008.7

爱国的平常心

——答《父母》杂志

1. 您认为，我们几千年文化中最值得传承的是什么？

儒家思想中，我最赞赏的是对个人道德修养和操守的重视，把自我完善看作人生最高目标。做一个好人，这本身就是价值，就是目的，至于别人是否知道，会不会表扬你，在社会上能否得到好报，都不重要。另外，儒家看重家庭和亲情，如果剔除了宗法等级观念，在现代生活中也能起好作用。道家思想中，我最赞赏的是对个人精神自由的重视，把自我实现看作人生最高目标。人活在世上，要超脱功利和习俗，活出自己的真性情。在现在这个急功近利的社会里，这尤其可贵。

2. 您认为孩子最应该知道的关于中国的概念是什么?

一个我们祖祖辈辈繁衍和生长的地方，一个生我养我的地方。无论走到哪里，我的身体里总是流着中国人的血。无论到什么时候，我的子子孙孙的身体里永远流着中国人的血。总之，是民族的概念，血缘的概念。这是最本质的东西，制度会变，意识形态会变，这个东西不会变。

3. 您认为孩子最需要知道的历史人物和事件有哪些？（5 个以内就好）

孔子（中国主流文化传统的奠基人）、庄子（中国最智慧的哲学家）、秦始皇（中国历史上影响最深远的政治家）、玄奘（中国最认真的学者和信仰者）、苏轼（中国最有才情、最可爱的文学家）。

4. 您会通过什么样的方式让自己的孩子了解中国?

阅读和旅行。根据年龄和理解力，推荐合适的古典作品，不让她背诵，而是与她讨论和交流。假期带她去旅游，多走一些地方，不必名山大川，国界之内哪里不是中国。

5. 在日益全球化的今天，强调爱国的意义是什么?

要有平常心，我认为不必刻意强调爱国。过去我们在大国心态和弱国心态的双重支配下，自大又自卑，排外又媚外，出尽了洋相，也吃够了苦头。今天仍有相当多的青年，一面高喊过激的爱国口号，一面费尽力气要出国定居，这应该怪不当的引导。做人要自爱自尊，作为民族也如此，而自大和自卑都是自尊的反面。两极相通，狭隘民族主义是很容易变成民族虚无主义的。正是在日益全球化的今天，我们更应该也更有条件用全球的、人类的眼光来看中国，更好地辨别中国文化的精华和糟粕，认识中国的过去、现在和未来，从而建设一个更伟大的中国。在我看来，这才是真正的爱国。

2008.9

中国人的“比赛精神”
——答友人问

1. 好多中国人（包括艺术家和知识分子）在国外媒体上说，奥运会对中国社会是一个“很重要的转折点”，因为它会改变中国人的精神状态和思想。你觉得呢？

我不认为奥运有这么神奇的力量，把奥运的作用夸大到这般程度，我觉得挺可笑。中国社会的转折，包括政治和经济体制的改变，人的思想观念和精神状态的改变，是一个长期的艰难的过程。如果举办一次奥运就能使中国社会发生重要转折，中国社会的转折也太容易了。

现在的世界上，无论哪个国家争取主办奥运，主要动机都是国家利益，中国也不例外。奥运的实际意义，对于政府来说是政治，对于参与其事的商人来说是金钱，对于大众来说是娱乐，如此而已。

2. 总的来说，奥运准备工作已经帮助中国社会变得更开放、自由、文明，还是让政府把社会控制得更严？奥运后会怎么样？

我不了解奥运准备工作的具体情况。一般来说，中国承办大型国际活动，政府会做两方面的努力。一方面，会对民众进行一定的文明礼仪教育，希望民众的表现给国际社会留下良好印象。另一方面，会对可能“闹事”的人员加强控制，杜绝其“闹事”的机会。这两者的目的是一致的，都是为了维护中国的“国际形象”。这些都是常规，是“面子”上的事。

长远来看，中国主办奥运对于中国走向更加开放、自由、文明是有好处的。就像中国加入WTO和一系列国际条约一样，中国承办这类大型国际活动多了，就会促使中国越来越熟悉和遵守世界大家庭的共同游戏规则，而这就意味着中国变得更加开放、自由、文明。

3. 中国人的“比赛精神”非常强，不只在体育方面。为什么成为“第一名”对人们有这么重要？在现在的社会里，什么叫“成功”？

你的问题指出了中国人当今的一个大毛病，就是急功近利。为什么做“第一名”这么重要？因为可以得到巨大利益，可以成为大名人、大明星，可以挣到大钱啊。中国人的“比赛精神”集中在有形的名和利上了，而在无形的领域，对于个人内在的优秀、个人能力的生长和心灵的快乐，则非常缺乏“比赛精神”。这就是问题之所在。

我本人认为，真正的成功是以优秀为前提的，是一个人做自己喜欢做的事并且把它做得最好。因此，我一直主张，应该把优秀作为人生的主要目标，而把外在的成功即名利仅仅看作优秀的副产品，对之持超脱的态度。我经常在我的文章和讲演中宣传这个观点，但愿会有些作用。

功利的“比赛精神”表现在国际舞台上，就是一种浅薄的民族虚荣心，特别在乎表面或次要事情上的名次，诸如体育之类。这是一种低级的“比赛精神”。什么时候我们正视中国在教育、科学、医疗、环保、自然和文化遗产保护等方面的落后状况，在这些事情上耻于当最后几名，争取当前几名，我们就有高级的“比赛精神”了。

2008.3

不谈奥运

从奥运预热，到开幕式举行，不断有媒体约稿或采访，我都谢绝了。现在，闭幕式也已开过了。好几位网友在我的博客上留言，希望听到我对本届奥运的评论，他们一定诧异我为何不置一词。看来，我应该做一个交代。

其实原因很简单，我之所以不谈奥运，只因为我不是一个对任何事情都能发表意见的人，哪怕这件事情成了当下最热门的话题。照我设想，一个人爱看奥运比赛，无非一是对某些体育项目本身感兴趣，二是对输赢感兴趣，而我两者都不。我太太是一个足球迷，谈起她崇拜的球星来如数家珍，看赛时大呼小叫，激情澎湃，令我既钦佩又不解。我顶多看一看体操，不是看得懂，只是觉得美。许多人好像主要是看输赢，关心金牌的数目，我对他们就只有不解了。输赢对于参赛的运动员是重要的，可是，对于观众重要吗？不管谁输谁赢，精彩不就行了吗？对于国家重要吗？不管金牌多少，国家会因此发生什么变化吗？

我丝毫不低估奥运的意义。古希腊留给世界两大精神遗产：一是爱智慧，体现为哲学；二是爱生命，体现为奥运。很多人喜欢奥运，很少人喜欢哲学，古希腊就如此，这很正常。

中国办奥运，这个资格来之不易。我的想法是，作为承办国，第一要有责任心，第二要有平常心，二者互相平衡。从责任心看，我们很努力，连政府也当作头等大事来抓，一切为之让路，没的可说。从平常心看，开始时缺了点，后来主观上相当注意了。包括开幕式，虽是张艺谋一贯的民族文化强符号和大排场，但非常用心地淡化了其民族主义意味。中间出了刘翔退赛这档子事，我觉得也应该持平常心，用不着痛心疾首，体育不过是体育，本不该让刘翔承担体育之外的太多重负，现在他反倒解脱了。

中国人好面子，做了一回最慷慨的东道主，客人们非常满意，一片赞扬声。现在，筵席散了，大家可以松口气了。下一届在伦敦，看报道，英国人很狡猾，强调不和北京比规模，要简单和欢乐，投资重在可持续。我听出的话外音是：咱才不这么憨呢。

2008.8

第八辑　小杂感一束

我们活在世上，必须知道自己究竟想要什么。一个人认清了他在这世界上要做的事情，并且在认真地做着这些事情，他就会获得一种内在的平静和充实。

权力与人品

权力是人品的试金石，权力的使用最能检验出掌权者的人品。恶人几乎本能地运用权力折磨和伤害弱者，善人几乎本能地运用权力造福和帮助弱者，他们都从中获得了快乐，但这是多么不同的快乐，体现了多么不同的人品啊。

像鱼那样游泳

游泳的时候，我把自己想象成一条鱼，从来都生活在水中，并将永远生活在水中，水就是我的生存环境，于是感到从容而愉快。相反，如果总记着自己是一个人，现在是在锻炼身体，必须游完多少米，游泳就成为一件艰苦而无趣的事了。

朋友是旧衣服

某哲人说: 朋友如同衣服, 会穿旧的, 需要时时更新。我的看法正相反: 朋友恰好是那少数几件舍不得换掉的旧衣服。新衣服当然不妨穿一穿, 但是, 能不能成为朋友, 不到穿旧之时是不知道的。总在频繁更换朋友的人, 其实没有真朋友。

谦和与高傲

我是谦和的——面对一切普通人, 因为我也是一个普通人。我又是高傲的——面对那些卑劣的灵魂, 因为在人性的水准上, 他们无比地低于普通人, 理应遭到一切普通人的蔑视, 也遭到我的蔑视。世上真有如此卑劣的人, 使你感到平等的普世价值对他们是不适用的。

聪明的父母

在幼儿面前, 聪明的父母要具备两种本领。一是不懂装懂, 孩子咿呀学语, 说一些不成语言的音节, 你听不明白他的意思, 也要装作懂了, 鼓励他多说话。二是懂装不懂, 你听懂了孩子的词不达意的表达, 不妨装作不懂, 适当地提问, 引导他寻找更准确的表达。

人生的两大快乐

人生有两大快乐。一是生命的快乐，例如健康、亲情、与自然的交融，这是生命本身的需要得到满足的快乐。另一是精神的快乐，包括智性、情感和信仰的快乐，这是人的高级属性得到满足的快乐。物欲是社会刺激出来的，不是生命本身带来的，其满足诚然也是一种快乐，但是，与生命的快乐比，它太浅，与精神的快乐比，它太低。

写日记的妙用

遇到恶人和令人痛苦之事，写日记是从痛苦中解脱，这时候你成为一个认识者，与身外遭遇拉开距离，把它们当成了借以认识人性和社会的材料。遇到可爱之人和可喜之事，写日记是甜蜜的重温，是把快乐藏进了心灵的保险箱。在这两种情况下，都是心灵财富的增长。

好学生的两种能力

我心目中的好学生具备两种能力。一是快乐学习的能力，能从学习本身获得莫大快乐。二是自主学习的能力，善于自己安排自己的学习。这也是我对学校教育的要求，应该使学生第一爱上学习，做知识的恋人，第二学会学习，做知识的主人。相反，如果使学生成了知识的仇人兼仆人，则是教育的最大失败。

旅　伴

在一次长途旅行中，最好是有一位称心的旅伴，其次好是没有旅伴，最坏是有一个不称心的旅伴。

婚姻同样如此。夫妻恩爱，携手走人生之旅，当然是最幸运的。如果做不到，独身前行，虽然孤单，却也清静，不算什么大不幸。最不幸的是两人明明彼此厌烦，偏要朝夕相处，把一个没有爱情的婚姻维持到底。

争什么

人世间的争夺，往往集中在物质财富的追求上。物质的东西，多一些自然好，少一些也没什么，能保证基本生存就行。对精神财富的追求，人与人之间不存在冲突，一个人的富有绝不会导致另一个人的贫困。

由此可见，人世间的东西，有一半是不值得争的，另一半是不需要争的。所以，争什么！

顺其自然

世上有一些东西，是你自己支配不了的，比如运气和机会、舆论和毁誉，那就不去管它们，顺其自然吧。

世上有一些东西，是你自己可以支配的，比如兴趣和志向、处世和做人，那就在这些方面好好地努力，至于努力的结果是什么，也顺其自然吧。

阅读和写作

以为阅读只是学者的事，写作只是作家的事，这是极大的误解。阅读是与大师的灵魂交谈，写作是与自己的灵魂交谈，二者都是精神生活的方式。本真意义的阅读和写作是非职业的，属于每一个关注灵魂的人，职业化是一种异化。

金钱的最大好处

贫穷剥夺人的自由，迫使人为金钱而工作，因为钱意味着生存。金钱的最大好处是使人摆脱贫穷的逼迫，在金钱面前获得自由。也就是说，不必为金钱而工作了，可以做自己真正喜欢做的事情了。

可是，倘若一个人只喜欢钱，有了钱仍然只为金钱而工作，怎么样呢？他更不自由了，在金钱面前他永无解放之日了。

物质上的贫民，钱越少，越受金钱的奴役；精神上的贫民，钱越多，越受金钱的奴役。

平庸的畅销书

看媒体排行榜推出的一批批畅销书，我感到悲哀，又感到无奈。今天人们都在用如此没有营养的食物喂自己的心灵吗？在这个没有大师的时代，媒体已经成为人们的精神导师了吗？

然而，不要去苛责那些生产平庸畅销书的作者，也不要去苛责那些消费平庸畅销书的大众，因为他们都是媒体的产儿。

更不要去苛责媒体制造了这样的作者和大众，因为这是它的生存手段。

超越世俗信仰

托尔斯泰说："少数人需要一个上帝，因为他们除了上帝什么都有了，多数人也需要一个上帝，因为他们除了上帝什么都没有。"少数人和多数人，指富人和穷人。此话的意思是：上帝对于富人是最后的奢侈品，对于穷人是唯一的安慰。这是对世俗信仰的讽刺。

有真信仰者既不属于少数人，也不属于多数人，是超越于富人和穷人的区分的。对于他们来说，如果没有上帝，有什么都是空的，如果有上帝，什么都没有也无妨。当然，这里的"上帝"不是狭义的，而是广义的，指生命的精神意义。

看民族文化的立场

看任何事物，必须跳出这个事物，站在比较高的位置上，有广阔的视野，才看得清它的全貌。看民族文化也是如此。站在本民族的立场上看本民族文化，必定分不清精华和糟粕。只有站在世界和人性的立场上，才能看清本民族文化中哪些是具有普世价值的精华，哪些是违背人性的糟粕。

弱点和缺憾

人皆有弱点，有弱点才是真实的人性。那种自己认为没有弱点的人，一定是浅薄的人。那种众人认为没有弱点的人，多半是虚伪的人。

人生皆有缺憾，有缺憾才是真实的人生。那种看不见人生缺憾的人，或者是幼稚的，或者是麻木的，或者是自欺的。

正是在弱点和缺憾中，在对弱点的宽容和对缺憾的接受中，人幸福地生活着。

遭遇不义

那人对你做了一件不义的事，你为此痛苦了。这完全可以理解，但请适可而止。你想一想，世上有不义的人，这是你无法改变的，为你不能支配的别人的品德而痛苦是不理智的。你还想一想，不义的人一定会做不义的事，只是这件不义的事碰巧落在你头上罢了。你这样想，就会超越个人恩怨，把你的遭遇当作认识人性和社会的材料，在与不义作斗争时心境也会光明磊落得多。

职业和事业

你做一项工作，只是为了谋生，对它并不喜欢，这项工作就只是你的职业。你做一项工作，只是因为喜欢，并不在乎它能否带来利益，这项工作就是你的事业。

最理想的情形是，事业和职业一致，做喜欢的事并能以之谋生。其次好的是，二者分离，业余做喜欢的事。最糟糕的是，根本没有自己真正喜欢做的事。

现在许多年轻人对职业不满意，然而，可悲的是，真给了他们选择的自由，他们只有一个标准，除了挣钱多一些，谋生得好一些之外，就不知要什么了。

哲　人

一个人有能力做神，却生而为人，他就成为了哲人。

苏格拉底说："我知道我一无所知。"他心中有神的全知，所以知道人归根到底是无知的，别的人却把人的一知半解当成了全知。

心中有完美，同时又把不完美作为人的命运承受下来，这就是哲人。

长处和短处

每一个人的长处和短处是同一枚钱币的两面,就看你把哪一面翻出来。换一种说法,就每一个人的潜质而言,本无所谓短长,短长是运用的结果,用得好就是长处,用得不好就成了短处。

性格也是如此,本身无所谓优劣,就看你用得好不好。所以,在各种性格类型的人里面,都有成大事者,也都有一事无成者。

对忙的警惕

在今天的世界上,大家都很忙,我似乎也不例外。但是,对于忙,我始终有一种警惕。我确立了两个界限:第一要忙得愉快,只为自己真正喜欢的事忙,第二要忙得有分寸,做多么喜欢的事也不让自己忙昏了头。其实,正是做自己喜欢的事,更应该从容,心灵是清明而活泼的,才会把事情做好,也才能享受做事的快乐。

人生道路的内和外

人生的道路分内外两个方面。外在方面是一个人的外部经历,它是有形的,可以简化为一张履历表,标示出了曾经的职业、地位、荣誉等。内在方面是一个人的心路历程,它是无形的,生命的感悟、情感的体验、理想的追求,这些都是履历表反映不了的。

我的看法是，尽管如此，内在方面比外在方面重要得多，它是一个人的人生道路的本质部分。我还认为，外在方面往往由命运、时代、环境、机遇决定，自己没有多少选择的主动权，在尽力而为之后，不妨顺其自然，而把主要努力投注于自己可以支配的内在方面。

衡量职业好坏的标准

职业的好坏是因人而异的。所谓好，就是适合于自己。那么，怎么确定一个职业是否适合于自己呢？我认为应该符合三个条件：一、有强烈的兴趣，真正喜欢，甚至到了不给钱也一定要做的程度；二、有明晰的意义感，确信自己的生命价值借此得到了实现；三、当然，最好还能够靠它养活自己。

相遇是一种缘

人与人的相遇，是人生的基本境遇。爱情，一对男女原本素不相识，忽然生死相依，成了一家人，这是相遇。亲情，一个生命投胎到一个人家，把一对男女认作父母，这是相遇。友情，两个独立灵魂之间的共鸣和相知，这是相遇。

相遇是一种缘。爱情，亲情，友情，人生中最重要的相遇，多么偶然，又多么珍贵。

相遇和命运

茫茫人海里，你遇见了这一些人而不是另一些人，这决定了你在人世间的命运。你的爱和恨，喜和悲，顺遂和挫折，这一切都是因为相遇。

但是，请记住，在相遇中，你不是被动的，你始终可以拥有一种态度。相遇组成了你的外部经历，对相遇的态度组成了你的内心经历。

还请记住，除了现实中的相遇之外，还有一种超越时空的相遇，即在阅读和思考中与伟大灵魂的相遇。这种相遇使你得以摆脱尘世命运的束缚，生活在一个更广阔、更崇高的世界里。

你究竟想要什么

我们活在世上，必须知道自己究竟想要什么。一个人认清了他在这世界上要做的事情，并且在认真地做着这些事情，他就会获得一种内在的平静和充实。

在商场里，有的人总是朝人多的地方挤，去抢购大家都在买的东西，结果买了许多自己不需要的东西，还为没有买到另外许多自己不需要的东西而痛苦。那些不知道自己究竟想要什么的人，就生活在同样可悲的境况中。

热情和毅力

人要做成一点事情，第一靠热情，第二靠毅力。我在各领域一切有大作为的人身上，都发现了这两种品质。

首先要有热情，对所做的事情真正喜欢，以之为乐，全力以赴。但是，单有热情还不够，因为即使是喜欢做的事情，只要它足够大，其中必包含艰苦、困难乃至枯燥，没有毅力是坚持不下去的。何况在人生之中，人还经常要面对自己不喜欢但必须做的事情，那时候就完全要靠毅力了。

爱和尊重

健全的人际关系和社会秩序靠的是尊重，而不是爱。道理很简单：你只能爱少数的人，但你必须尊重所有的人。

也许有人会说：不是还有博爱吗？不错，但是，第一，无论作为宗教，还是作为人道，博爱都更是一种信念，在性质上不同于对具体的人的具体的爱；第二，不能要求社会所有成员都接受这个信念。

爱你的仇人——太矫情了吧。尊重你的仇人——这是可以做到的。孔子很懂这个道理，他反对以德报怨，主张以直报怨。

为什么要想大问题

人为什么活？人应该怎么活？人有没有灵魂？诸如此类，人生中的这些大问题都是没有答案的。但是,一个人唯有思考这些大问题,才能真正拥有自己的生活信念和生活准则,从而对生活中的小问题做出正确的判断。

航海者根据天上的星座来辨别和确定航向。他永远不会知道那些星座的成分和构造,可是,如果他不知道它们的存在,就会迷失方向,不能解决具体的航行任务。

婚姻必须共赢

在婚姻中,双方感情的满足程度取决于感情较弱的那一方的感情。如果甲对乙有十分爱,乙对甲只有五分爱,则他们都只能得到五分的满足。剩下的那五分欠缺,在甲会成为一种遗憾,在乙会成为一种苦恼。

婚姻中不存在一方单独幸福的可能。必须共赢,否则就共输,是婚姻游戏的铁的法则。

人人可以写自传

在伟人的生平中,最能打动我的不是他们的丰功伟绩,而是那些显露了他们的真实人性的时刻。其实普通人也一样,人人在生活中都有这样的时刻,而这样的时刻都是动人的。这使我相信,任何人只要愿意如实地叙述自己人生中刻骨铭心的遭遇和感受,就都可以写出一部精彩的自传,其价值远远超过那种仅仅罗列丰功伟绩的名人传记。

读书是自我发现

我在生活、感受、思考，把自己意识到的一些东西记录了下来。更多的东西尚未被我意识到，它们已经存在，仍处在沉睡和混沌之中。读书的时候，因为共鸣，因为抗争，甚至因为走神，沉睡的被唤醒了，混沌的变清晰了。对于我来说，读书的最大乐趣之一是自我发现，知道自己原来还有这么一些好东西。

渺小的心

苏格拉底的雕塑手艺能考几级，康德是不是教授，歌德在魏玛公国做多大的官……如今有谁会关心这些！关心这些的人是多么可笑！对于历史上的伟人，你是不会在乎他们的职务和职称的。那么，对于你自己，你就非在乎不可吗？你不是伟人，但你因此就宁愿有一颗渺小的心吗？

判断一个人有无灵魂的好机会

雨天，你打着伞，在一条狭窄的街道上行走。路上有积水，你尽量靠边，小心翼翼，怕汽车驶过时水溅在你身上。你看不清驾车人的面孔，但这时你能格外分明地看清他的灵魂，或者说，看清他有没有灵魂。有灵魂的驾车人一定会减速，生怕溅起水来。相反，一辆车呼啸而过，溅你一身水，你可以有把握地断定，里面坐着一个没有灵魂的人。

有做人尊严的人，一定也尊重他人。同样，不把别人当人的人，暴露了首先不把自己当人。

假高贵

世上流行假高贵。房地产广告充斥“至尊”、“华贵”、“顶级”之类的大词眼。豪宅、名车、身价、权力、时尚，各种外在的东西被冒充为高贵的符号，到处招摇。这雄辩地证明，真高贵在今天何其稀缺。

真高贵的人也可以拥有财富和权力，但他知道，人的高贵在于灵魂，不在于这些外在的东西。相反，一个人倘若灵魂空虚、内心贫乏，就只剩下用外在的东西来为自己估价了。

不做网虫

对今天青年人的一句忠告：多读书，少上网。你可以是一个网民，但你首先应该是一个读者。如果你不读书，只上网，你就真成一条网虫了。称网虫是名副其实的，整天挂在网上，看八卦，聊天，玩游戏，精神营养极度不良，长成了一条虫。

网虫是什么好名头啊。做书虫当然也不好。不过，书籍是人类精神财富的主要宝库，你只要善于利用这个宝库，吸取营养，就一定会发育良好，成为精神上强健的人。

我承认互联网是一个好工具，然而，要把它当工具使用，前提是你精神上足够强健。否则，结果只能是它把你当工具使用，诱使你消费，它赚了钱，你却被毁了。

人生需要妥协

我们不妨去追求最好——最好的生活，最好的职业，最好的婚姻，最好的友谊，等等。但是，能否得到最好，取决于许多因素，不是光靠努力就能成功的。因此，如果我们尽了力，结果得到的不是最好，而是次好，次次好，我们也应该坦然地接受。人生原本就是有缺憾的，在人生中需要妥协。不肯妥协，和自己过不去，其实是一种痴愚，是对人生的无知。

换一个眼光看发怒者

先生事业不顺，心情不佳，易发脾气。太太一肚子委屈，恶语相向。我劝这位太太道：你何不换一个眼光看先生，把他当作病人？太太若有所悟，面露微笑。

其实，我们每一个人，至少在某个时刻，例如在发怒时，都是一个病人。如果我们能够这样去看别人，尤其是自己的亲人，许多冲突都可化解。

从太想要的东西中跳出来

一样东西，如果你太想要，就会把它看得很大，甚至大到成了整个世界，占据了你的全部心思。一个人一心争利益，或者一心创事业的时候，都会出现这种情况。我的劝告是，最后无论你是否如愿以偿，都要及时从中跳出来，如实地看清它在整个世界中的真实位置，亦即它在无限时空中的微不足道。这样，你得到了不会忘乎所以，没有得到也不会痛不欲生。

颠倒的个人主义

在人生追求上，中国人心中往往没有自我，只有他人，大家在争夺什么，我也就要什么。于是，名利场上熙熙攘攘，一片繁忙之景。

在公共道德上，中国人眼中往往没有他人，只有自己，我做什么，完全不顾及他人的感受。于是，公共场所吵吵嚷嚷，一片喧哗之声。

真正的好东西

只有你自己做了父母，品尝到了养育小生命的天伦之乐，你才会知道不做一回父母是多么大的损失。只有你走进了书籍的宝库，品尝到了与书中优秀灵魂交谈的快乐，你才会知道不读好书是多么大的损失。世上一切真正的好东西都是如此，你必须亲自去品尝，才会知道它们在人生中具有不可替代的价值。

看见那些永远在名利场上操心操劳的人，我常常心生怜悯，我对自己说：他们因为不知道世上还有好得多的东西，所以才会把金钱、权力、名声这些次要的东西看得至高无上。

色情的眼光

只用色情的眼光看女人，近于无耻。但身为男人，看女人的眼光就不可能完全不含色情。我想不出在滤尽色情的中性男人眼里，女人该是什么样子。

同样，女人一定也不愿意男人看自己的眼光中不含一点色情，因为这意味着把她看成了一个无性之人，缺乏性的魅力。

留意内心的表态

在一定意义上，可以把“认识你自己”理解为认识你的内在自我，那个使你之所以成为你的核心和根源。认识了这个东西，你就心中有数了，知道怎样的生活才是合乎你的本性的，你究竟应该要什么和可以要什么了。

然而，内在的自我必定也是隐蔽的，怎样才能认识它呢？我觉得我找到了一个方便的路径。事实上，我们平时做事和与人相处，这个内在自我始终是在表态的，只是往往不被我们留意罢了。那么，让我们留意，做什么事，与什么人相处，我们发自内心感到喜悦，或者相反，感到厌恶，那便是内在自我在表态。就此而论，认清你自己最真实的好恶就是认识了你自己，而你在这个世界上倘若有自己真正钟爱的事和人，就可以算是在实现自我了。

厌恶比喜好更深刻

厌恶比喜好更能反映一个人的本质。喜好的原因是多种多样的，可以是出自心灵，也可以是缘于感官，可以是出自个性，也可以是缘于时尚。相反，厌恶往往是出自心灵深处和个性特质的一种不由自主的反应。

在社会关系领域，厌恶也比喜好属于更深的层次。因为共同的喜好，人们结为同伴，因为共同的厌恶，人们才成为同志。

伟人的坦诚

天赋、才能、眼光、魄力，这一切都还不是伟大，必须加上真实，才成其伟大。真实是一切伟人的共同特征，它源自对人性的真切了解，并由此产生一种面对自己、面对他人的诚实和坦然。

精神上的伟人必定是坦诚的，他们足够富有，无须隐瞒自己的欠缺，也足够自尊，不屑于用做秀、演戏、不懂装懂来贬低自己。

常识和良知

今天我们最缺的不是伟大的理论，而是普通的常识，不是高超的信仰，而是基本的良知。所以，在我看来，最紧要的事情不是制造理论和奢谈信仰，而是恢复常识和良知。

一个人倘若能够坚持常识和良知，只说自己心里真实的想法，不跟着别人胡说八道，也不口是心非，他就可以算是半个智者了。另外半个，则要看他有没有天分。

谋财害命

恶人的谋财害命，是谋人之财，害人之命，这终究属于少数。今日多的是另一种谋财害命——谋人世的钱财，害自己的性命。其中又有程度的不同。最显著者是谋不义之财，因此埋下祸种，事未发则在恐惧中度日，事发则坐牢乃至真的搭上了性命。但是，这仍然属于少数。最多的情形是，在无止境的物质追求中，牺牲了生命纯真的享受，败坏了生命纯真的品质。这一种谋财害命，因为它的普遍性和隐蔽性，正是我们最应该警觉的。

自由是精神生活的范畴

人在多大程度上不依赖于物质的东西，人就在多大程度上是自由的。所谓不依赖，在生存有保障的前提下，是一种精神境界。穷人是不自由的，因为他的生存受制于物质。那些没有精神目标的富人更是不自由的，因为他的全部心灵都受制于物质。自由是精神生活的范畴，物质只是自由的必要条件，永远不是充分条件，永远不可能直接带来自由。

无论个人，还是人类，如果谋求物质不是为了摆脱其束缚而获得精神的自由，人算什么万物之灵呢？

财富和文化

先秦是中国文化的黄金时代，古希腊是欧洲文化的黄金时代，皆大师辈出，诞生了光照两千多年的精神宝库。可是，若要比 GDP，那个时候哪里比得过今天！ 由此可知，在物质文明和精神文明之间，在财富和文化之间，完全不存在正比例关系。我甚至敢断言，在某种意义上倒是存在反比例关系，因为一个时代倘若把财富当作首要价值来追求，文化的平庸是必然的趋势。

价值观的力量

价值观的力量不可小看。说到底，人在世上活的就是一个价值观。对于个人来说，价值观决定了人生的境界；对于国家来说，价值观决定了文明的程度。人与人之间，国与国之间，利益的冲突只导致暂时的争斗，价值观的相悖才造成长久的鸿沟。

所以，在价值观的问题上，一个人必须认真思考，自己做主。真正可惊异的是，我们时代的价值观竟然变得如此单一，大家说着做着的都是一个字：钱！ 钱！ 钱！

最可靠的财富

世上有一样东西，比任何别的东西都更忠诚于你，那就是你的经历。你生命中的日子，你在其中遭遇的人和事，你因这些遭遇产生的悲欢、感受和思考，这一切仅仅属于你，不可能转让给任何别人，哪怕是你最亲近的人。这是你最珍贵的财富，而只要你珍惜，也会是你最可靠的财富，无人能够夺走。相反，如果你不珍惜，就会随岁月而流失，在世界任何地方都找不到了。正因为此，我一直主张人人养成写日记的习惯。

相比之下，金钱是最不可靠的财富。金钱毫无忠诚可言，它们没有个性，永远是那副模样，今天在你这里，明天会在别人那里，后天又可能回到你这里。可是，人们热衷于积聚金钱，却轻易挥霍掉仅仅属于自己的经历，这是怎样的本末倒置啊。

电波中有多少废话

大街上，常常看见有人边走边打手机。走近一听，说的往往是鸡毛蒜皮的事，比如，家庭妇女在说午饭吃了什么，某个菜怎么做，姑娘在说逛了什么商场，看了什么电影，当然，商人在说生意上的事，在讨价还价。我很惊异,即使见了面,我也没有这么多话要说,也不会说这些事。

因为手机的普及,有多少废话在无线电波中传送啊。

不要企图改变对方

婚姻中的一个原则:不要企图改变对方。

两口子争吵,多半是因为性格的差异,比如你性子急,我性子慢,你细心,我粗心,诸如此类。吵多了,便会有怨恨,责备对方总也改不了。可是,人的性格是难变的,只能互相适应,民间的智慧称作磨合。仔细分析,比起性格差异来,要对方改变的企图是争吵的更重要原因。如果承认差异,在此基础上各方调整自己的态度,许多争吵都可以平息。

做事的境界

做事有两种境界。一是功利的境界,事情及相关的利益是唯一的目的,于是做事时必定会充满焦虑和算计。另一是道德的境界,无论做什么事,都把精神上的收获看得更重要,做事只是灵魂修炼和完善的手段,真正的目的是做人。正因为如此,做事时反而有了一种从容的心态和博大的气象。

从长远看,做事的结果终将随风飘散,做人的收获却能历久弥新。如果有上帝,他看到的只是你如何做人,不会问你做成了什么事,在他眼中，你在人世间做成的任何事都太渺小了。

幸福和道德

哲学就是价值观。柏拉图哲学的核心范畴是“善”（也可翻译成“好”），他笔下的苏格拉底总是在讨论一个问题：什么是好的生活？“好”有两个层次：一是快乐，即幸福；二是正当，即道德，二者构成了价值观的两大主题。在中国哲学中，道家侧重讨论前者，儒家侧重讨论后者。

我的价值思考的出发点是：生命和精神是人身上最宝贵的东西，幸福和道德都要据此衡量。我得出的结论是：幸福在于生命的单纯和精神的丰富，道德在于生命的善良和精神的高贵。

不可割断孩子与自然的联系

孩子天然地亲近自然，亲近自然中的一切生命。孩子自己就是自然，就是自然中的一个生命。

然而，今天的孩子真是可怜。一方面，他们从小远离自然，在他们的生活环境里，自然最多只剩下了一点儿残片。另一方面，他们所处的文化环境也是非自然的，从小被电子游戏、太空动漫、教辅之类的产品包围，天性中的自然也遭到了封杀。

我们正在从内外两个方面割断孩子与自然的联系，剥夺他们的童年。他们迟早会报复我们的！

什么是知识分子

一个人仅仅有了大学本科或研究生学历，或者有了某个领域的知识，他还不能算是知识分子。依我之见，一个人唯有真正品尝到了智力生活的快乐，从此热爱智力生活，养成智力活动的习惯，一辈子也改不掉了，让他不学习不思考他就难受，这样的人才叫知识分子。

父母怎样爱孩子

做父母的很少有不爱孩子的，但是，怎样才是真爱孩子，却大可商榷。现在的普遍方式是，物质上无微不至，功课上步步紧逼，精神上麻木不仁。在我看来，这样做不但不是爱孩子，而且是在害孩子。

真爱孩子的人，一定会努力让孩子有一个幸福的童年，以此为孩子一生的幸福奠定基础。具体怎么做，我说一说我的经验供参考。要点有三：其一，舍得花时间和孩子游戏、闲谈、共度欢乐时光，让孩子经常享受到活生生的亲情。其二，尽力抵制应试教育体制的危害，保护孩子天性和智力的健康生长。其三，注意培育孩子的人生智慧和独立精神，不是给孩子准备好一个现成的未来，而是使孩子将来既能自己去争取幸福，又能承受人生必有的苦难。

站得正和跳得出

人生在世，既能站得正，又能跳得出，这是一种很高的境界。在一定意义上，跳得出是站得正的前提，唯有看轻沉浮荣枯，才能不计利害得失，堂堂正正做人。

如果说站得正是做人的道德，那么，跳得出就是人生的智慧。人为什么会堕落？往往是因为陷在尘世一个狭窄的角落里，心不明，眼不亮，不能抵挡近在眼前的诱惑。佛教说"无明"是罪恶的根源，基督教说堕落的人生活在黑暗中，说的都是这个道理。相反，一个人倘若经常跳出来看一看人生的全景，真正看清事物的大小和价值的主次，就不太会被那些渺小的事物和次要的价值绊倒了。

2008.9-2010.12

第九辑　把心静下来

人生任何美好的享受都有赖于一颗澄明的心，当一颗心在低劣的热闹中变得浑浊之后，它就既没有能力享受安静，也没有能力享受真正的狂欢了。

圆满的平安夜

今年春天，女儿养了两只小鸭，一黄一黑，她称它们为小黄和小黑。小黄不几天就死了，小黑的身体也不健壮，在妈妈的建议下，她把它放养在陶然亭公园的湖里了。

我常到公园散步，每次必去探望小黑。我发现，那里放养的家鸭，除小黑外，还有一只黑的和一只黄的，它们聚在大湖旁的一个池塘里，一天天长大。不久后，它们都长成了大鸭，两只黑鸭非常漂亮，一身黑亮的羽毛，尾羽两侧却雪白，颈羽闪着蓝光，看上去很像公野鸭。我真为我们的小黑自豪。

后来，它们突然从池塘里消失了。我终于发现，原来它们转移到了大湖里，加入了野鸭的队伍。那只黄鸭总是游离在队伍的边缘，两只黑鸭却非常合群，混在野鸭群里几乎乱真，但我心里清楚它们是家鸭。

冬天来了，十一月初的那三场大雪之后，湖面冰封了。我很担心这三只家鸭的命运，野鸭能飞走，它们怎么办呢？好在天气突然转暖了，已经冰封的湖面迅速解冻了，奇迹般地重现了满湖碧波的景象。家鸭们又有几天好日子过了，我看见它们和野鸭一起在湖中逍遥地游弋。

但是，好运不会久留，我心中仍充满忧虑。十二月上旬，气温骤降，湖面又冰封了，冻得严严实实。湖上已不见鸭的踪影，野鸭一定飞走了，三只家鸭去哪里了呢？

一天早晨，我再去公园，看到了悲壮动人的一幕：在靠岸的冰面上，有四只鸭子，其中两只正是那漂亮的黑家鸭，而另两只竟是母野鸭！它们已经彼此结成了伴侣，而为了爱情，这两只母野鸭毅然守着自己的异类丈夫，不肯随同类飞往温暖的远方。现在，两对情侣无助地站在冰上，瑟瑟发抖，命在旦夕。

我久久地站在岸上，为我看到的景象而悲伤、而自责。当初若不把小黑放养在湖里，至少会少一个殉情者啊。我不知道该怎么办，听任不管是悲剧，拆散它们也是悲剧。

这天之后，那只黄家鸭再也没有出现。它是一只母鸭，长得很肥，我听几个老人站在岸上议论，其中一个老妇做了一个朝嘴里送食物的手势，笑着说：已经被“米西”了。我心中一痛，知道等着小黑的命运不是冻死，就是也被“米西”。

万般无奈，我只好在博客上呼救，请动物保护人士用最妥善的办法救救这两对情侣。新浪主页把我的博文放在了首页上，反应强烈，众声喧哗，但无人能提出实际可行的办法。

我仍天天去看这两对情侣。天气越来越冷，它们坐在冰上，都垂着脖子，看样子有些坚持不下去了。第四天，我看到的情景又一次出乎我的意料：冰上只有两只黑家鸭了，那两只母野鸭飞走了。

我想起了一位朋友的冷嘲之语：世上哪有永恒的爱情！真是这样的吗？我仿佛看见，两只母野鸭终于看穿自己的家鸭丈夫不是同类，于是义愤填膺地痛斥它们是骗子，怒而起飞，两对情侣不欢而散。不，不会这样的，它们不是人类，不会如此无情。实际的情形更可能是，它们实在熬不下去了，为了自保，只好向家鸭丈夫挥泪话别，许诺下辈子投生家鸭，重结良缘，然后依依不舍地飞离，一边还泪汪汪地回头张望。

唉，不管哪种情形，可怜的丈夫们终归是被遗弃了，从此只好独自受难了。

不曾料到，这个悲剧故事再次发生了戏剧性的转折。就在遭到遗弃的第二天，天气又一次转暖，岸边的冰化冻了，两只公家鸭悠闲自在地站在靠水的冰上，吃着游人抛过去的食物。第三天，一只母野鸭飞回来了，从此天天守着两只公家鸭没有再离开。有趣的是，这一母二公永远保持着固定的队形，一母居中，二公在两侧，仿佛彼此有一个温暖的约定。在我的想象中，当初这只母野鸭无疑属于挥泪而别的情形，而那只一去不返的母野鸭则很可能属于不欢而散的情形。看来，和人类一样，禽类的个体也有多情和寡情之别。

三只鸭子的命运成了我们一家人每天讨论的题目。躲得了初一，躲不了十五，必须给它们寻找一个新家。妻子突然想到了“锦绣大地”。这是位于京西的一个大农场，那里有一片辽阔的人工湖，湖水循环，常年不冻，湖中养着天鹅等珍禽。她立即给我们的朋友于基打电话，于基慨然允诺，不忘以他一贯的风格调侃说：“让国平除了关心鸭子，也关心一下人，有空来看我们一眼。”

太好了，鸭子得救了。可是，怎么把它们捕捉到手呢？我们和公园管理处联系，说明情况，他们同意我们捕捉，但表示爱莫能助。这三只鸭子总是在水那边的薄冰上活动，我们购置了捞鱼的大网，但一旦靠近，它们立即朝远处走去，网杆根本够不到。它们当然不会知道我们的一番好心。

只能等待。我仍然天天去看，准备相机行事。我在等再次降温，冰结得更厚实了，就可以走到冰上去捕捉了。不过，那时候，别人也很容易捉到它们，所以必须盯紧，我仿佛看见有许多双食客的眼睛也在盯着它们。

天越来越冷了，开始有人在冰上走了，但鸭子所停留的地方冰还比较薄。有一天，我在原处找不到它们了，心情无比沉重。好在只是虚惊一场，妻子和女儿去寻找，在附近一座小桥下发现了它们，那里风大，湖水未冻，成了它们的新避难所。

今天上午八时，我进公园，又大惊失色。但见那一只母野鸭孤零零地站在冰面上，仰着长脖子，嘎嘎地哀鸣，两只公家鸭没有了影踪。一位老先生站在我旁边，也在看哀鸣着的母野鸭，我听见他嘟哝道：“怎么把那两只鸭子都抓走呢，它没有伴了。”我赶紧问：“谁抓走的？”他指给我看正在对岸走的一个老妇，那老妇手中提着一只红布袋。我冲上小桥，老妇恰好迎面走来，狭路相逢，我一把夺住她手中的布袋。周围有好几个老人，纷纷谴责她。她讪讪地解释道，她不是抓回去吃的，是怕它们过不了冬，要带回家养起来。老妇面善，我相信她的话。经我说明原委，她把鸭子放了。

幸亏今天我是在老妇捉鸭子的这个时刻去公园的，早一点或晚一点，它们的下落就成了永远的谜。事不宜迟，必须立即行动了。傍晚，我和妻子去公园把两只公家鸭捉回了家。本想把母野鸭也一齐捉了，但它飞了起来，落在远处的冰上，也是仰着脖子嘎嘎地哀鸣。对它倒不必太担心，它自己会飞往温暖的地方的，当然，我们更希望它能辨识路径，去和它的伴侣团聚。

回到家里，我们把两只鸭子放在浴室里，给它们拍照，女儿也和它们合影。自从春天放养后，小黑是第一次回家，当初系在它的一条腿上的小白绳还在呢，因为日晒雨淋，已经变成黑色。它们都很惊慌，仿佛大难临头似的，哪里想得到是天大的好事在等着它们。

十五分钟后，我和妻子上路，驱车向“锦绣大地”驶去。到了那里，天色已黑，在车灯的照射下，可以看见湖上波光粼粼，不远处的小岛上停留着一只孔雀。我们把纸箱打开，把两只鸭子抱起来，放到湖岸上。只见它们都立刻张开了翅膀，一边欢快地嘎嘎叫着，一边向湖里扑去，两个背影依稀可辨，一眨眼就没了踪影。我永远忘不了它们展翅向湖里扑去时的快乐模样，在把它们放到湖岸上的那一瞬间，它们显然立刻明白了事情的真相。这是一个无比幸福的瞬间，分不清是鸭子更幸福还是我们更幸福。

一个多么圆满的平安夜。在这同一个夜晚，我的新作《宝贝，宝贝》也写完了最后一个字。

2009.12

春节，把心静下来

一

答应写一篇关于春节的文章，坐到电脑前，才发现答应得太冒失。

要命的是，我这个人好像是不过春节的。

在我的记忆中，过春节还是小时候的事情。那时候，一临近过年，爸爸妈妈就忙碌起来，开始置办年货，而我们这几个孩子则兴奋地围着他们转。对于我们来说，过年首先意味着能够吃到好东西了。其实，所谓好东西，不过是花生、糖果、糕点之类罢了，在那个贫困的年代，这些东西平时不易吃到。当然，还有一顿丰盛的年夜饭，还有年初一早晨的汤圆。上海人称汤圆为圆子，除夕那天，家家户户都从房间角落里搬出小石碾，把浸泡好的糯米磨成粉，包出一批豆沙馅、芝麻馅和猪肉馅的圆子备用，那是最有节日气氛的情景。圆子是大馅的，个儿比一般元宵大许多，非常好吃。除了吃，过年还意味着可以穿上新衣裳，跟父母走亲戚，再奢侈一点，到城隍庙买一盏灯笼，到“大世界”看一场戏。

我对过年的兴趣随着年龄增长而递减，至少从上中学开始，过年就不太能让我兴奋了。我喜欢独处，喜欢看书，过年的热闹让我烦。这副落落寡合的脾气在上大学后达于顶点，过年时，寒假留校的同学聚在一起玩闹，唯有我躲进了阅览室里。走出校门，在广西一个小县工作许多年，基层的环境愣是没能把我改造过来。逢年过节，人们照例是聚餐打牌，我把自己关在我的小屋里，热闹海洋中的一座安静小岛，这真是美好的时光，说不尽的寂寞，说不尽的充实。我不认为我这种喜静不喜闹的性格是优点，实际上它也让我吃了一些苦头，只是天性如此，只好顺其自然。

自从我自己当了爸爸，我对春节乃至各种节日又重视了起来，那当然是为了让孩子高兴。由此我明白，当初我的爸爸妈妈兴冲冲地为过年忙碌，其实动力也是我们这几个孩子的企盼。孩子是节日的主人公，一切欢乐的节日同时也都是儿童节。节日的来由各不相同，都是神给孩子的礼物。在孩子惊喜的眼睛里，我看到了春节和一切快乐节日的最可爱的价值。

二

其实我知道，节日是应该热闹的，不热闹不成其为节日。尤其一个民族最重要的传统节日，那基本上就应该是狂欢节。在古代，许多民族都有类似于狂欢节的盛大节日，其特征是打破日常的禁忌，让平时受压抑的原始本能尽兴释放出来，人仿佛回到了自然状态。要说热闹，今天文明民族的节日哪里能和这些古代的节日比。

就热闹程度来说，现在的春节也大不如从前了。从前的春节，从除夕到元宵，连续半个月，是一个长长的节日，到处张灯结彩，锣鼓喧天，开庙会，演百戏，一片喜洋洋。冬去春来，这个农业民族的休整期即将结束了，春节是一年忙碌开始之前的最后的狂欢。相比之下，现在的春节，不但时间短多了，而且欢度的方式也相形见绌，庙会、游乐、宴席都成了商机，失去了普天同庆的民俗意味。

生命需要欢乐，平凡的日常生活需要用节日调剂，热闹无可非议。可是，倘若人们平时的日子就过得十分热闹，过节又当如何？我们的先辈日出而作，日入而息，生活的节奏与自然一致，日子过得忙碌然而安静。对于他们来说，节日是忙碌中的休憩，安静中的热闹。现代人却忙碌得何其不安静，充满了欲望、焦虑、争斗、烦恼。在今天，相当一部分人的忙碌生活是由两件事组成的——弄钱和花钱，这两件事制造出了一系列热闹，无非纸醉金迷、灯红酒绿、声色犬马。人生任何美好的享受都有赖于一颗澄明的心，当一颗心在低劣的热闹中变得混浊之后，它就既没有能力享受安静，也没有能力享受真正的狂欢了。这样的人能够怎样过节呢？不过是把平时那种低劣的热闹放大，从而使之变得更加低劣罢了。

当然，这只是一部分人。但是，我们不能不承认，在今天，日子过得忙碌而热闹是一种普遍状况，人们把太多的精力花在挣钱和消费上面了。针对这种情况，我的建议是，在春节长假里，不但停止忙碌，而且停止热闹，不去旅游热点，不去娱乐场所，就坐在自己家里，与亲人相对，最多邀二三好友，过一个清静的节日。节日应当不同于平时，昔人静极而动，我们动极而静，不都是合乎逻辑的吗？

三

“通宵达旦地坐在喧闹的电视机前，他们把这叫作过年。

“我躲在我的小屋里，守着我今年的最后一刻寂寞。当岁月的闸门一年一度打开时，我要独自坐在坝上，看我的生命的河水汹涌流过。这河水流向永恒，我不能想象我缺席，使它不带着我的虔诚，也不能想象有宾客，使它带着酒宴的污秽。”

我写上面这一段文字，应该是在二十年前了吧。从那时到现在，岁月的闸门又打开了许多次，我的生命的河水已经流走了太多。每到旧年离去，新年到来，我都会感到一种莫名的惆怅。我对守岁的理解与许多人不同。许多人的守岁，是大家聚在一起，往往还是聚在电视机前——二十年后的今天仍然如此——看着“春晚”，等着那一记钟声，犹如一声令下，大家一齐欢呼、拥抱、祝福。这是什么守岁啊！世上哪有众人共有的“岁”啊！也许他们守的是新岁，那随着一记钟声而开始的新的一年，因为尚未打上任何人的生命印记，因此尚可说是大家共有的。可是，真正应该守的是旧岁，那离去的一年，对于每一个人来说，它都是独特的，是他的生命的一个不可重复的片段，铭刻着他的特殊的悲欢和经历，而它却永远地消逝了。守岁是一种诀别，必须独自面对，一个人怎么能把自己生命的如此珍贵的片段和众人的片段混在一起，让它不明不白地消逝，因而真正消逝得无影无踪呢。

所以，在我看来，过年是一个机会，它提醒我们，岁月易逝，生命有限，这岁月不是笼统的岁月，而正是你的岁月，这生命不是抽象的生命，而正是你的生命。你也许有点儿伤感，但有点儿伤感没什么不好。你必须心疼你的生命，才会好生照料它，必须怜惜你的昨天，才会珍惜你的明天。在平时的匆忙中，我们的那个最本真的自己往往遭到了忽视和冷落，甚至可能迷失了，那么，现在让我们把它找回来，让我们亲近它、爱护它，带着它重新上路，从此不再把它丢失。

一年忙到头，忙于劳作，忙于交往。过年的时候，劳作暂停了，交往也节制一点吧，无论外面多么热闹，也给自己留一点独处的时间吧。把心静下来，与正在离去的旧的“我”道一个别，向正在到来的新的“我”许一个愿，这岂不是处在新旧之交的此时此刻的“我”最应该做的事？看见有的人用大量应酬和交际把春节填得满满的，不给自己留一点时间，我实在费解，他们真是太不把自己当一回事了。

四

人最宝贵的东西，一是生命，二是灵魂。人生最美好的享受，一是生命的祥和，二是灵魂的安宁。如果说独处是享受灵魂的安宁，那么，团圆便是享受生命的祥和。中国人是最看重家庭的，节日的重要功能之一是团圆。春节尤其如此，无论相距多么远，一定要日夜兼程、风尘仆仆，只为在除夕之前赶回家，一家人在一起吃一顿年夜饭。倘若有人缺席，在场者和缺席者都会觉得是极大的遗憾。

用现代标准看，小家庭——夫妻及未成年子女——能团圆就可以了，而团圆应是常态，不限于过年之时。曾经有一个时期，在城镇人口中，夫妻两地分居十分普遍，并且人为地不予解决，只好盼在春节时相聚，而农民中绝无此种现象。现在情况正相反，城里人很少分居了，可是，农民的小家庭几乎没有不妻离子散的。一年一度的“春运”，基本上就是农民工的回乡和返城大潮。他们只在春节才有假期，才能团圆，又有什么办法呢。他们为城市化付出了太大的代价。

我无法破解这样的难题。我只能说，亲情是人生的重要价值，人人都应有权享受，而享受到的人都应懂得珍惜。

2008.12

一曲有保留的赞歌

一

必需品与奢侈品的界限真是非常相对的。有一些东西，今天已经成为普通人的生活必需品了，退回到二十年前，即使上流人士也是做梦想不到要拥有的。

最显著的例子是手机。

就说二十年前吧，我研究生已毕业，住在单位的宿舍里。那时候，普通家庭安座机电话的也不多，因为初装和月租是一笔不小的开支。与亲朋的联络，主要靠公用电话。小区里的公用电话，一般设在自行车的存车处，由看车人代管。若有电话打进来，看车人就到宿舍窗户外大声呼唤，这叫作传呼电话。一听到传呼，我必须立即放下手头的一切，向存车处狼狈冲刺。公用电话用的人多，去迟了，电话被挂断，往往要等很久才轮上打。

居住在同一个城市里，联络已如此不方便，异地就更甚了。打长话是一件很奢侈的事，轻易不敢问津。有紧急的事情，就发一封电报，为了节省费用，挖空心思把字数减到最低限度，被称作电报文体。出差在外，人分两地，多么想念也只好忍着，分离得长久就写信倾诉，雁书往返。

其实，我和我的同龄人，一生中多半岁月都是这么过来的，说不方便仅是现在回头去看的感想，当时大家都觉得很正常。曾几何时，传呼电话已是遥远的记忆，电报也差不多成为古董了。今天的年轻人在手机普及的环境里生长，他们一定会觉得用手机联络是天经地义之事，难以想象曾经有过那么原始的通信时代。那么原始！可那不过是一二十年前啊！

的确，信息技术发展之快，其产品普及之神速，令我们不能不为之惊叹。手机刚在市场上出现，形状如一块笨重的砖头，俗称大哥大。我猜测，如此命名的含义，一是因为体积大，二是因为大款才买得起。当时在街上常常可以看见这样的景象：一个生意人把脸贴在这么一个乌黑的重家伙上，扯着嗓子喊叫。为什么要扯着嗓子呢？大约因为那时无线传送的信号太弱吧。我相信，看见这个景象的人，不管心里是鄙夷还是羡慕，多半不会想到自己不久后也将拥有手机，而且其外观之美丽，体态之灵巧，性能之先进，都是大哥大望尘莫及的。如今，手机已经普及到了这个程度，即使是农民工、保姆、收废品的，基本上人手一部。不分阶层、地位、职业，大家似乎一致感到，倘若没有手机，这日子简直没法过。

人们已经习惯于使用手机，而习惯成自然，手机已经成为名副其实的生活必需品。随身携带手机，随时随地可以找到自己要找的人，随时随地可以和亲朋通话，随时随地可以谈生意、诉衷情、拉家常，我们从前没有这样的需要，这些需要是手机制造出来的。手机雄辩地证明了技术的威力，它不但满足人的需要，而且创造人的需要。

二

在手机之后，应该说一说电脑。

如果从蔡伦造纸算起，纸笔的使用将近两千年了。两千年里，人类一直是用笔把文字写在纸上，这样来传递和保存信息、思想、作品的。倘若塞万提斯、歌德、托尔斯泰复活，来到今天的书房，看见作家们一个个都眼睛盯着屏幕在敲键盘，一定会惊诧不已。不用说过去世纪的作家了，即使活在当代的我，与纸笔为伴几十年，何尝想到有一天书桌上放的不再是纸笔，而是一台电脑。

我从 1994 年开始用电脑写作，算比较早的。不好意思的是，我这个一向自称对现代文明怀有警惕的人，用上以后竟再放不下了，离开了电脑简直不愿写也不会写任何东西。和纸笔相比，电脑真是既快捷又方便。以前用笔在稿纸上一格一字地写，自嘲为爬格子，着实辛苦。当时最头疼的有两个问题。一是修改，在稿纸上涂涂改改，经常涂改得面目全非，只好换一张稿纸从头再来。二是留底，稿子邮寄出去，寄丢了就白写了，即使没有寄丢，编辑给你乱改，你的原版从此在世界上消失，所以底稿是一定要留的，但无论誊抄、复写还是去单位复印，都十分麻烦。有了电脑，这两个问题不复存在，在电脑上增删挪移，页面始终整洁美观，完稿后保存和备份也不费吹灰之力。有一段时间，还必须打印出来再邮寄给编辑，“伊妹儿”诞生之后，这也不需要了，鼠标一点，稿子立即进了编辑的邮箱，何等便捷。

当然，用电脑写作也有烦恼，比如说，因为病毒或故障，保存的文档打不开了，甚至不翼而飞了。在用电脑的十几年里，我丢失过一些文稿，很是心疼。当年刚用电脑，中文软件好像叫 WPS，后来屡屡换代，这种软件早已绝迹，而我又没有及时转换文档格式，使得若干早期文稿永远成了乱码。不过，算起总账来，得还是远大于失，而技术产生的问题也总可以通过技术的进步得到解决。

我这里说的是电脑给文字处理带来的变化，至于图像的处理，变化就更大了。对于老百姓来说，摄影曾经是一件比较奢侈的事情，从买胶卷到冲洗，成本颇高，也就节假日玩玩而已。随着数码相机的诞生和普及，摄影已经成为一种最大众化的业余爱好。既然可以随意选留所拍的影像，拍摄时心态就非常放松，而拍摄完了存入电脑，在屏幕上就可以欣赏。配一台打印机，还可以自己打印，彻底摆脱了对照相馆的依赖。数码技术发展之快，功能之先进，已大有淘汰光学相机的趋势，使得专业的摄影家也纷纷从暗室中解放出来，变身为电脑工作者了。

三

天哪，还有互联网！在互联网面前，上述种种都显得微不足道了。

什么是全球化？互联网就是全球化。打开网页，全世界今天发生的事立刻呈现在眼前。有一台安装宽带的电脑，或者一部可以上网的手机，无论身在何处，世界各地的新闻全在你的囊中了。互联网真正使天涯变成了咫尺。

互联网带来的变化是说不尽的，它不但使你可以不出门而知天下事，而且使你可以坐在家里办公、购物、炒股、交友。通过互联网，政府向老百姓发告示，老百姓向政府发牢骚。也通过互联网，无数潜在的作家有了发表自己的小情调或大手笔的场所。

可是，对于互联网，我到底知道些什么？我必须承认我的无知，因为我上网太少，连自称网民的资格也没有。我上网仅限于做两件事。一是有目的地搜索资料，为此我感谢搜索引擎的发明，它的确提供了极大的方便。二是写博客和看留言。我同样感谢博客，历史上从来不曾有过这样的情形，一个写作者能够如此迅速地听到众多读者的评论和心声。

然而，仔细一想，我对手机和电脑又知道些什么？我是很晚才有一部手机的，而且平时不开机，基本上只用来收发短信，因为我怕有太多的打扰。我用电脑虽然比较早，但也基本上只用来写作，因为我没有工夫用它干别的。我对手机和电脑的诸多功能是陌生的，这些功能对于我等于不存在。

这种情况好不好呢？我想，至少对我来说是好的，我借此既让这些现代化信息设备为我所用，又避免了它们对我可能产生的害处。什么害处？比如说，我无法想象自己成为一个寄生在网络上的网虫，一个耽于电脑游戏的玩主，一个总在接听手机的忙人。尽管如此，我仍不能躲避掉所有的害处，其中之一是，我不再有手稿，和朋友之间也不再有本来意义上的书信往来。偶尔翻出所保存的从前的手稿和朋友来信，看着这些渐渐发黄的纸和渐渐变淡的字迹，心中不禁怅然。

我为信息化时代唱赞歌，但有所保留，唱的是一曲有保留的赞歌。

2008.9

资源八年半：寂寞而珍贵的岁月

大学毕业后，我在广西资源县工作和生活了八年半。回想起人生中这一段岁月，我的心情是复杂的。

“文化大革命”第三年，工宣队进驻北大，迅速把两届毕业生分配掉。据说广西当时的负责人向中央要了大批毕业生，我班二十五人，去广西的确最多，达十一人。分配方案宣布，浙江有五个名额，家在江南的同学都想去，问我不去行不行，我说可以，结果我被分配到了广西。分到广西的人先在湖南洞庭湖农场锻炼一年半，结束后，宣布具体地点，我是南丹县，另一个同学是资源县，他问我肯不肯交换，我的回答也是可以，结果我去了资源。

1970 年 3 月，我离开农场，奔赴那个好不容易从地图上查到的小小的点。客轮在苍茫的洞庭湖上航行，我心中也是一片迷茫。其实，去什么地方，我不在乎，使我迷茫的是不知在那里能否生活得有意义。

我在长沙上岸，乘火车到桂林，第二天早晨乘长途汽车去资源。汽车在弯弯曲曲的山间公路上颠簸盘旋，一边是崖壁，另一边是深谷，路面窄而不平，迎面错车相当惊险。车窗外水气迷蒙，似雨似雾，罩住了群山。下午四点钟左右，终于到达县城。

资源是一个小县，人口仅十万略多，坐落在越城岭山脉上。县城也很小，建在山坳里，抬头看四面都是山，居民不过几千，只有一条街，几分钟就能走完。我一直在上海和北京生活，并不喜欢大城市的喧闹，乍到这么一个小山城，反觉得清静可喜。我还喜欢这里的自然景色，真正是山清水秀。资源是资江的发源地，因此而得名。这条清澈而又湍急的河流从此成了我的密友，我常常站在县城一侧的那座大桥上，看江水滚滚北流，发出永不止息的轰响。春天来临，到县城周围的山谷里走一走，到处静悄悄的，殷红的杜鹃花在涧边、在山坡、在打柴的小姑娘手中绚烂地开放着。

在县里工作，下乡是经常的事。我喜欢下乡。第一次是去最偏远的两水公社，当时的情景依然历历在目。两水是苗乡，景色很美，两条溪流穿越群山，把村寨连接起来。溪上这里那里筑有桥亭，是当地一大特色。顾名思义，桥亭既是桥，又是亭，木结构，瓦顶，两边木栏杆内侧有两排长凳，村民们出工前在那里集合，夏夜在那里乘凉。民风十分淳朴，多数妇女儿童没有出过乡，以至于我这个脸上架着两片玻璃的人几乎被当成了怪物，看见了我，或发出哄笑，或撒腿飞逃。不过，我很快赢得了村民的信任。我在一个多子女的人家住了一个月，这个家庭真的很穷，几根辣椒放在灶膛里烤一烤，然后捣碎，撒一把盐，就是下饭的菜了，基本上顿顿如此。我始终很愉快，相处久了，一家人都很喜欢我。尤其那个十九岁的女儿，每见到我就特别高兴，总是甜甜的笑脸，还兴致勃勃地教我讲苗话。临别那天，男主人拉着我的手，眼圈红了，喃喃说："对不起……"我知道他是为他家的穷内疚，便赶紧不让他说下去。我正奇怪没有看见那个女儿，她出现了，塞给我一包刚炒好的热花生。她天天穿着补丁衣，现在特意换了一件新衣服为我送行，并且因为我的离去而闷闷不乐。我心中十分感动，但说不出一句安慰她的话来。

资源是美丽的，也是贫穷的。我走了全县七个乡的许多村庄，还常在某一个村里长住，这叫作蹲点，每次少则几个月，多则一整年。经常在农村，我对农民的艰难也就有了切身的感知。他们的艰难，很大一部分是干部的强迫命令造成的，突出地表现在两件事情上。一是所谓科学种田，强制推广双季稻和相应的水稻矮秆品种，即使颗粒无收，也不得违抗。另一是大刹副业，所谓副业，几乎囊括除种粮食之外的一切经济活动，一律被判为资本主义倾向，严格禁止。我在资源生活的收获之一，是对中国农村问题有了一点感性的了解。以前我容易把农村想象成远离政治的桃花源，其实大谬，中国农民身受太多的束缚，而当时最大的束缚恰恰来自政治。这种政治以批判资本主义的名义把农民树为假想敌，给农民的正常经济活动设置重重障碍。事实上，中国农民之苦，大半来自人为。现在国情有了很大变化，但农民所受的其他束缚仍太多。农村问题的解决说简单也简单，第一步是解除加于农民的种种无理束缚，使他们真正获得经济上的自由和平等的公民地位。

在大学做讲座时，经常有学生问我，资源岁月对于我后来的人生道路有什么影响。我的回答是，最重要的是使我有了一种定力，不管环境如何，都坚持不懈地去做自己真正喜欢做的事情。我到资源那一年，分配到这个小县的大学生多达六十几人，其中只有我一人被安排在县政府工作。在那个年代，一个年轻人若想混得比别人好，唯一的选择是走仕途，而我似乎获得了一个有利的起点。但是，我很快发现，这条路不适合于我。最大的问题是，我改不掉书生的积习，除了应付交给我的工作外，多数时间闭门读书和写作。因为这个原因，上司和同事批评我放不下大学生的架子，脱离群众。其实，我放不下的只是书罢了，除此之外，我是很随和的，一般百姓特别是农民从来不说我有大学生架子。

既然改不掉这个“缺点”，自然就升迁无望了。不过，看清了这种情形的必然性，我也就不在乎了。我不但没有升迁，而且在担任县委宣传部干事四年之后，便“下放”到位于一个公社的县党校去做教员了。那是两排破旧的平房，坐落在一片人烟稀少的田野上。一到夜晚，周围黑洞洞的，空旷一片，萤火虫一闪一闪，蛙和昆虫们单调地鼓噪着，我独自坐在屋子里，真感到与世隔绝，心里淡泊极了。屋子十分简陋，老鼠猖獗，蚊蝇和各种虫子乱飞。从物质条件看，比在县城差了许多。但是，这里工作简单，除有时办班开课外，大量时间可供自己支配，这就比什么都好。

若问我究竟做出了什么成绩，其实很可怜。在那样的环境中，我所能做的不过是尽量找书读和写点东西罢了。因为“文化大革命”，学术和文学刊物皆已停办，报纸只刊登统一口径的政治宣传，我写的东西根本无处发表。在当时，我坚持读书和写作，不折不扣是出于自己的精神需要。我心想，处境优劣，地位升降，由不得我自己，有没有真才实学，却在于我自己了。我只追求自己可以做到的事情，不去考虑不由我支配的事情，也就落得了一个心安理得。荀子的话为我提供了有力的支援，“君子敬其在己者，而不慕其在天者；小人错其在己者，而慕其在天者。”因此君子“日进”，小人“日退”。我看不到自己在现实中有什么前途，但是，这种处境反倒使我形成了一种内在的自信。

我相信，我是走在正确的路上。因为我有自己的精神追求，所以，现在处境恶劣不能使我止步，一旦处境好转同样也不会使我止步。也许，牢固地确立一种做人原则，看重内在的精神性成就远超过外在的社会性成功，便是资源八年半历练的最大收获吧。

当然，八年半的历练绝不轻松。在这个深山小县里，岁月似乎停止了。日复一日，年复一年，我过着不变的日子。多少个黄昏，我站在田野上，怔怔地望着云雾重重的远方，感到苦闷和绝望。那时的感觉是，我将终老这里了。但是，即使如此，我仍愿意是我自己，不肯为了觅一条出路而违心做人做事。我不知道的是，岁月其实并没有停止，它在寂静中仍在悄悄前行，把我带往一个适合于我生长的地方。1978 年 10 月，作为恢复高考后的第一届研究生，我走出资源，也走出广西，回到了我的精神故乡北京。

资源，一个让我既伤感又怀念的地方，那里藏着我生命中许多个寂寞的日子，而这些寂寞的日子组成了我生命中一段极其珍贵的岁月。我对资源的感情是复杂的，但其中决没有怨恨。我清楚地知道，我在那里的经历不过是那个年代的一个缩影罢了，倘然当年我被分配在另一个地方，情形不会有多大不同。2004 年 5 月，在阔别多年之后，我携家人重返资源，看到那里发生了很大变化。以前从桂林进资源要坐差不多一整天汽车，现在公路改线并拓宽，两小时就到了。那里的旅游业方兴未艾，使我有机会第一回乘船游资江，领略到了沿江的秀丽景色。在船上闲聊，一位女士告诉我的妻子，我在资源时是许多姑娘的暗恋对象呢。我听见了，笑说：哇，怎么不早告诉我呀，那样我的八年半就不至于过得如此冷清了。

2008.9

第十辑　心灵的桥梁

事实上，一切意识形态的纷争，最后只能以真实为尺度来评判。不预设意识形态的立场，立足于人性和常识，最大限度地呈现真实，这本身就是在为化解意识形态的分歧做贡献，作家、艺术家、学者、文化人在这方面大有可为。

真实，为人心架一座桥梁

西藏是国际社会关注的一个焦点。长期以来，对于西藏发生的变化，中国政府、西方媒体和西藏流亡群体评价迥异，各方几乎处于自说自话的状态，殊难沟通。最近，一部题为《西藏一年》的电视纪录片好像打破了这个僵局。仿佛一个奇迹，书云执导的这部作品得到了不同立场各方的认可。该片先于去年在 BBC 播出，反响热烈，英国各主流媒体予以广泛报道和高度赞扬，随即迅速被世界四十多个国家和地区的主流电视台订购、播放。书云在接受记者采访时称，她还辗转收到了来自《西藏生死书》作者索甲仁波切的一个邮件，获悉达赖喇嘛也看了这部片子，表示从中看到了现在普通藏族人的生活，并向书云发出了私人邀请。在中国本土，经中央有关领导批示，中央电视台一套从 7 月 27 日起首播该片的中文版。（《南方周末》2009 年 7 月 30 日；《中国青年报》2009 年 7 月 31 日）

如此看来，《西藏一年》是一个值得庆幸和重视的范例，能给我们以极其有益的启发。

首先，该片尝试了一种前所未有的制作模式。一方面，由独立制片公司投资，独立导演执导，另一方面，政府主管部门只批拍摄许可，对拍摄内容不加干涉，制作完成后由十几位藏学专家审片。这两者的结合，使得该片幸运地有可能成为真正的独立作品。

当然，要成为真正的独立作品，不能单靠良好的制作模式，更须有正确的创作理念。在这方面，最突出的一点，便是没有意识形态立场的预设。作者采取的是人类学方法，拍摄地选在古城江孜，这里集城市、乡村、寺庙于一身，既有深厚的西藏传统文化，又经历着现代化的冲击，能够比较完整地反映变化中的藏地面貌。主要拍摄对象是身份各异的 8 个普通藏人，包括喇嘛、基层干部、乡村医生、饭店老板、三轮车夫、包工头，作者和他们朝夕相处一年，用摄像机辛勤而忠实地记录他们四季的日常生活，力求客观地呈现出今日藏人的生存状态。

作为书云的朋友，我一直欣赏她的做人和处世的态度，那样平和、踏实、朴素、亲切。她的拍摄态度也是如此，毫无猎奇心理，绝不夸张和渲染。她拍摄的是普通藏人，她把自己也当作一个普通人，一个对藏人及藏族文化怀有敬畏之心和喜爱之情的普通汉人。她甚至不把自己当作一个学者，尽管对藏学有相当研究，绝不充当内行，妄下论断，而只是平实地记录自己的亲见，予以同情的理解，对于不理解的事物则诚实地存疑，予以礼貌的尊重。她的立足点其实是人性和常识。基于人性，她将心比心地去体会这些普通藏人的悲欢。基于常识，她化解了意识形态的极端化思维。在她的镜头下，真实的西藏完全不是非此即彼、黑白分明的，而是进步与问题并存，在巨大变化中坚韧地延续着古老的传统。

在接受记者采访时，书云表示，作为一个导演，她解决不了该由政治家做的大问题，但她希望在人心之间架一座桥梁。应该说，她的这个愿望得到了很好的实现。事实上，一切意识形态的纷争，最后只能以真实为尺度来评判。不预设意识形态的立场，立足于人性和常识，最大限度地呈现真实，这本身就是在为化解意识形态的分歧做贡献。作家、艺术家、学者、文化人在这方面大有可为，书云已经做出了成功的尝试。

2009.8

当生命遭遇政治

我相信，即使在其摄影艺术知名于世的今天，田益宾对艺术家这个称号仍会感到不习惯。如果把艺术家看作社会分工中的一种职业和身份，这个称号对他来说的确太正式也太窄小了。田益宾之于艺术，只是像一个贪玩的孩子在玩罢了，他玩得开心、玩得投入，结果就玩出了一点名堂。在他那里，生活、艺术、玩是一回事。耶稣说："除非你们改变，像孩子一样，你们绝不能进入天国。"田益宾就是像孩子一样赤条条走进艺术这个人间天国的。

按照某种看法，在今天做一个艺术家，似乎不可避免地会生活在巨大的焦虑之中。一方面是所谓影响的焦虑，面对强大的传统，每种艺术形式的可能性好像已被穷尽，使得任何真正的突破和创造成为不可能。另一方面是竞争的焦虑，面对无情的市场，每个艺术家好像必须浴血奋战，方能在众多同行中杀出一条成功的路来。但是，在田益宾身上，我们看不到这两种焦虑。正因为毫无艺术家的角色意识，他的心态极其轻松自由，既没有艺术史的学术负担，也没有生存竞争的功利负担。依我看，正是这种“无知”和“无欲”成全了他。

影响是一个学术问题，竞争是一个商业问题，二者都是非艺术的。艺术家与事物之间的关系应该十分单纯，其间既没有观念的阻隔，也没有利益的干扰。让批评家去讨论你的作品的学术价值吧，让经纪人去运作你的作品的商业价值吧，至于你自己，你只须把你的生命敞开，让它直接面对事物本身，而这正是最佳的艺术创作状态。

现在来回顾，从《舞过三八线》到《我们的纽约》，田益宾最近几年的摄影创作似乎构成了一个完整的系列，其间贯穿着清晰的逻辑。然而，这只是事后的诠释。事实上，当他 2005 年偷藏着违禁的照相机，作为旅游者跨越边境进入朝鲜的时候，他对于自己会遭遇什么全然一无所知，更不可能有任何明确的创作计划。他所拥有的只是孩子般的快乐、历险、好奇、顽皮的心情，对于他来说，一切不可预测的偶然事件都将是生命的奇遇，富有诱惑力。他用好奇的目光捕捉一切，又用顽皮的目光挑衅一切，从而使他由此开始的这一趟旅行充满了不确定性，即兴的奇思异想层出不穷，自相连接，成就了他自己未尝料到的艺术历程。

我要特别强调他性格中的好奇和顽皮，这正是一个健康活泼的生命的两个特性，在很大程度上支配了他的创作。由于题材的表面特征，人们很容易从意识形态的角度去解说他的这些作品，在我看来，如此解说是和田益宾其人其作最不搭界的。你以为他是在揭露，其实他只是好奇罢了。你以为他是在批判，其实他只是顽皮罢了。他的作品展现的不是意识形态，而恰恰是生命对于意识形态的消解，让我们看到的不是政治的冲突和解决，而是当一个健康的生命遭遇政治，它会有怎样的自然而然的反应。

通过《舞过三八线》,田益宾把他面对阿里郎大型排图演出时的内心震撼传递给了我们。在这种震撼中,既有专制政权导演的集中营式全民狂欢场景所引起的时代错位感和荒诞感,也有已逐渐淡薄而被这个场景唤醒的我们自己的苦难记忆。正因为有后者,我们看到的就不仅仅是十万张表情相同的笑脸和一万块组成红五星、千里马等图案的翻板,我们还看到了隐藏在笑脸后面的忧伤和消失在翻板后面的儿童。作品呈现给我们的是人的非人性化,人性因缺位而更显宝贵,我们越发强烈地感觉到,这些密密麻麻的庆典符号其实是一个个生命,是和我们一样的活生生的人。不妨推测,朝鲜之行令田益宾感到压抑,他渴望长长地呼一口气,终于在《我们的纽约》中呼了出来。

三年后的2008年,当田益宾把50名全副武装的朝鲜军人"空降"到世界大都会纽约的时候,他再一次因为面对未知的变数而兴奋不已。这些扮演者是当地的穷苦华人,一向生活在美国社会最底层,现在忽然让他们身穿军服腰挎枪支在华尔街耀武扬威,心态一定既自大又自卑,真实的朝鲜军人在此种场合想必也是这样的心态,他们会如何表现?更不易预测的是,看见这一队突然冒出来的真假难辨的朝鲜大兵,在证交所和联邦大楼前站岗的美国保安和军人会如何反应?田益宾仿佛是在用这个恶作剧式的玩笑试探自由社会的限度,他自己心中不无紧张,而结果是平安无事。这与朝鲜境内的森严氛围适成对照,无法设想,怎么可能让一队化装的美国兵突然出现在平壤街头。因此,他随后把他的队伍带到自由女神像前,一齐向手持火炬的女神脱帽致敬,就是顺理成章的事情了。这与意识形态无干,这是生命的选择,生命天然地向往自由。有趣的是,在这里有一次邂逅,三位美国海军陆战队军官友好地与化装的朝鲜军人合影,彼此以平民的身份一笔勾销了政治两极世界的对立。

最后的场景在曼哈顿墓地展开，在这个远离政治的安息之地，生命得以还原为本来的面目。很显然，在这里，田益宾的心情一下子轻松了下来，他的想象力发挥到了极致。我们看到，在林立的墓碑之间，两个裸女亭亭玉立，四个僧人静静打坐，而全部军人都乖乖缴械了。是的，全部军人，是朝鲜的还是别的国家的，已经无关紧要。生与死，性与美，悟与空，这些永恒的话题在画面上融合。在死亡面前，我们都是生命，只是生命。在生命面前，政治算个屁。用终极的眼光看，人世间的一切纷争都如此渺小，如此微不足道。当然，在现实中，政治问题的解决不会这么简单。但是，倘若没有这样一种终极眼光，人类就会迷失方向，任何解决方式只能是在错误的路上越走越远。

一切好的艺术作品，其内涵必定具有丰富性、多义性、不确定性，给解释留下了广阔的余地。对于田益宾的这些作品，人们诚然还可以做不同的解读。在我眼里，田益宾的创作实践已经成为一种发人深省的艺术现象，促使我们重新思考一个久被忽视的基本问题，就是生命与艺术的关系。不过，同时我也明白，对于田益宾本人来说，比创作上的收获更重要的是，他在整个创作过程中充满了喜悦，其实他是又痛快地玩了一场罢了。

2009.5

本色做人，本色作文

——邱东随笔集《拾阶而上》序

读邱东的随笔，你会发现他是一个头脑闲不住的人。他说他“堵车蹦字儿”，这个“蹦”准确，不但堵车，而且随时随地，他都在蹦字儿，一个又一个思绪自己往外蹦，成就了一篇又一篇文章。他时时在思，事事有感，善于以小见大，从寻常之事中悟出不寻常之理。之所以能这样，则因为他的心是闲的，不为名利所累，得以用平静的眼光审读人间百态。

他的文字是相当口语化的，仿佛在用东北普通话和你聊天，亲切而家常。整篇读下来，给人的感觉是文字不事斧凿，文章天然成趣。其实他对文字有一种敏感，往往于常人不经意处停留，质疑沿袭的用法，辨析隐藏的异义，把俗字成语用出了新的味儿。

归纳我的这两点印象，便是：心闲思不闲，字俗文不俗。若问他的心何以能闲，文何以能不俗，就要说一说邱东其人了。

我是两年前认识邱东的，当时他在中央财经大学任党委书记，邀我到学校做讲座。我曾在许多大学做讲座，但第一把手亲自出马联系上我和竭诚邀请，唯有邱东。讲座时，我提到邱书记，全场掌声雷动，可知他深受学生们喜爱。此后开始了我们之间淡淡的然而默契的交往，我感觉到了他的朴实、诚恳和正直，同时也知道了他辞去官职回到书斋的心愿。不久后，他真的告别当了十多年大学校长、书记的官场生涯，重新成为一名普通学者。

凡是了解学界现状的人想必会对他的选择感到诧异，甚或笑他太迂，可是我知道，对于邱东来说，此乃出于性情之必然。在这个行政化的教育体制内，不管有多少人倾心于权力，总还有人爱学问胜过爱权力，邱东就是这样的人。他若仍在官场，很可能是前程远大的，虽然爱说真话的脾气容易得罪人，但他的人品和能力有目共睹，博得了广泛的好感，对于他的去职，不但喜爱他的学生，而且器重他的上级，都为之惋惜。然而，我替他设身处地想，这样一个率性之人，不做官也罢，可以少一些无谓的烦恼，过更舒心的日子。他也是这样感觉的，自云不会厚黑，不习惯官场繁文缛节的约束，愿意老老实实地做自己，做了选择后感到轻松。事实上，辞官以后，他收获颇丰，除了统计学专业的成果外，短短一年多里，已出版随笔集《行者心路》、《偏，得以见》，现在这本《拾阶而上》是第三本了。

做官也好，做学者也好，归根到底都是在做人。做人的境界，第一要站得正，第二要看得开，邱东庶几近之。本书也处处见证此种境界，仅举二例。其一，遇到非说话的场合，真话说不得，假话不想说，只剩下大话、空话可选，怎么办？邱东的答案是选空话，因为空话不涉真假，而大话是对未来作假，实质上也是假话。我相信这是他久居官位的守正之策。其二,有一则流传颇广的段子说,人生像一群猴子爬树,往上看全是冷屁股,往下看全是热笑脸。邱东如此点评:人不是猴子,应该有尊严,用笑脸贴冷屁股便永失尊严,将来得多少笑脸也补偿不了;放弃这棵树不行吗,人生不是只有这一棵树,最珍贵的是内心的平和自在,无愧己亦无愧人。我相信这是他急流勇退的见性之悟。

作为一位曾经长期主政大学的学者,邱东对于中国教育和学术的发展有深入的思考。《行者心路》是一部专论高校发展的文集,业已获得教育界有识之士的广泛好评。本书中也有谈教育和学术的随笔,颇多耐人寻味的见解。例如,他指出,唯有当师资和生源国际化了,才谈得上求世界一流大学,唯有当别国在出版世界学术名著时较多收录中国的著作了,才会是中华民族真正的文明崛起。我觉得他提出的这两把尺子既准确又形象,并且是切中时弊的。

最后我要说,邱东是真正做到了文如其人的,他做得毫不费力,因为他不过是本色做人、本色作文罢了,就这么简单。这真好。

2010.12

都市里的清泉

光洁的额头下，一双清澈如水的眼睛直率地望着你。我立刻知道，这双眼睛没有什么需要隐瞒，也用不着躲避任何人。她真实、自然、亲切、大方。这个在舞台上光彩照人的青年歌唱家，在生活中不施粉黛，永远本色。她那么干净，无论何时见到她，你都一身清爽。

结识哈辉，我感到的是惊喜。在这座浮华的城市里，竟然能遇见一个这么清纯的姑娘，而且是一个在演艺圈里生存的姑娘。我眼中的她，是一道飞溅着晶莹水花的清泉，来自大自然洁净的源头，流入了都市，奇迹般地未受到一丝污染。

在哈辉身上，生命纯净而鲜活，这使她整个人充满朝气和灵气。她安静而又活泼，朴素而又优雅，温柔而又坚韧，友善而又独立。你只要与哈辉略有接触，就会感到她有一颗善良的心。她的善良是与生俱来、融入血肉的。给别人带来快乐，这在她是一种本能，是她的生命的需要。当她春风似的到来，给聚会的每一个客人或者你家里的每一个成员带来可爱的礼物之时，当她热心参加社会公益活动或者慷慨捐助贫困学生之时，你都觉得多么自然。

然而，这个柔美的姑娘绝不软弱。一旦面对人世间的丑恶，你会看见她杏眼怒睁，秀眉冷对，如水柔情中升起正义的火苗。在她身上，善良和正直是一对孪生姐妹，皆源自她的异乎寻常的单纯。我相信，她的单纯是坚不可摧的，生活的磨难不会使之走向复杂，只会使之走向成熟，成为一种强大的单纯。

和今天许多青年演员不同的是，哈辉还是一个酷爱书籍的人。初次见面时，她谈起她读过的书，大多是中外经典名著，书中的语句随手拈来，且有自己的体会，我心中暗暗称奇。她爱逛书店，爱买书，遇上喜欢的书，往往一买好几本，分送给朋友，她称之为“赠人佳作，手留余香”。天然的性灵，加上文化的熏陶，遂使她的个性呈现出了丰富的色彩。

从去年年初开始，哈辉迷上了中国古典文学，她的工作室里堆放着《诗经》、《楚辞》、《全唐诗》、《全宋诗》、《宋词选》、《元曲选》等。她推掉商业演出，闭门谢客，一头扎进了“故纸堆”。这个出生在陕西汉中的姑娘，悠久传统文化的基因在她的身上苏醒了，她真个乐在其中，仿佛回到了自己真正的家园。越是潜心深入到这个伟大的宝库中，她越是深切地感到，与今日物欲横流的世态相比，这些创造了祖国文化瑰宝的古人多么丰富而高贵。在超越时空的交流中，她自己的心也更加宁静了。

作为一个有严肃精神追求的歌唱家，哈辉从阅读古典作品中收获的不但有人生的感悟，更有艺术的启示。她一直在寻找一条仅仅属于她的艺术道路，现在她觉得终于找到了。在中国当代歌坛上，她以演唱民歌闻名，在这方面具有显著的优势，现在她决定转向，从头开始。她给自己确定了一个全新的方向，就是提炼出中国传统文化中仍有生命力的精华，与西洋音乐元素融为一体，来向世界传唱中国的心声。她的这个决定，结合了她的三重追求。其一，她感到自己的灵魂与古典作品如此亲和，这将是真正属于她的灵魂的音乐。其二，针对当今人心的浮躁，这样的音乐将有助于人们回归古典的宁静。其三，在全球化时代，让中国的德音雅乐走向世界。

哈辉义无反顾地踏上了自己的追梦之路。经过认真研读筛选，她选定十二首经典诗词作为歌词底本，与知名音乐家林海等合作，打造出了系列作品的第一张专辑——《来自中国的声音：古诗词篇》。我听了这一张专辑，非常喜欢。我喜欢哈辉精心挑选的这些诗词，它们意境纯美，语言质朴，和哈辉的风格很相配。我也喜欢其乐曲和演唱，西乐旋律巧妙地糅入中国古代器乐，哈辉的歌唱如丝绸般滑柔，像在你耳边浅酌低吟，娓娓倾诉。我的感觉是，当歌声响起时，沉睡在这些古典诗词中的生命苏醒了，作者们哪里是古人，他们所吟咏的爱情、亲情和微妙的情愫就在我们的心中，就是我们自己的感情。我最喜欢其中的《关雎》，那样活蹦乱跳，充满喜悦和情趣，活脱一幅天真无邪的先民爱情图，活脱一个快乐调皮的哈辉。

哈辉，这个有着活泼的生命和宁静的心灵的姑娘，她用生命唤醒了生命，用心灵传达着心灵。歌如其人，我听见都市里的清泉在歌唱，静美而灵动。哈辉用歌声向我们证明，中国古典文学的精华具有永恒的魅力，它们属于今天，也属于全人类。

2007.10

永不消逝的童年

——电影《我们天上见》观感

世上有一种人，无论到了什么年龄，无论生活的场景发生了什么变化，心中始终装着童年，犹如装着生命中的珍宝。不，准确地说，童年始终活在她的生命之中，是她的人间情感的源头活水。

蒋雯丽就是这样的一个人。

五六年前，和雯丽相识不久，我们有过两次交谈。那时候，她已是一个当红演员，得过国内外许多大奖，可是，她对我谈的却是她小时候的敏感和自卑，在基层社会中受的磨难和伤害。作为一个秘密，她还把要写自传体电影的想法告诉了我。我当时的强烈感觉是，这是一个真实的人，不会被生活的表象迷惑，她的电影一定能写好。

现在，她编导的影片《我们天上见》已经公映，虽然我对她的能力有充足的信心，这部处女作的水准仍令我吃惊。影片通过女孩小兰的视角，展现了小兰与姥爷相依为命的骨肉深情，小兰充满爱和创伤的童年，以及围绕着他们的那个特殊年代的时代氛围和日常生活场景。这是一部诚实、真实、朴实的作品，作者诚实地面对自己的童年经历，细节和内心感受都非常真实，情节的某些虚构也是为了更好地表现这种真实，而电影语言则非常朴实、叙述简洁、画面干净。一部情感电影，在感情的表达上却如此内敛，绝不煽情和矫情，观众的心是在不知不觉中被俘获的。

影片中姥爷的形象感人至深。一个普通的中国老人，善良，慈爱，朴素，承担起了独自抚育小外孙女的责任。孩子的双亲远在边疆，音讯隔绝，老人又当爹又当娘，两种角色都十分艰难，更何况这是一个备受外界歧视、内心极其敏感的女孩，他的苦心呵护怎一个愁字了得。小兰的体操梦是片中的重要情节，我们看到，姥爷为此如何费尽心力，包括给小兰自制单杠和手缝运动衫，但始终改变不了小兰在体校被列为编外的命运。最后，小兰不堪屈辱，放弃了体操梦，而当她在姥爷自制的单杠上扮笑脸，学狗叫猫叫，做各种孩子气的动作，试图逗病重的姥爷高兴时，姥爷已经毫无反应，就在她学鸟儿飞翔那一瞬间魂飞天上了。看到这一幕，我再也克制不住泪水了。我也理解了作者为何取这样一个似乎有点儿阴森的片名，这一份亲情的分量太重太重，如果我有这样一个姥爷，“天上见”也会是我的热切期望。同时，姥爷说好人死后到天上，这个片名也表达了像姥爷那样做一辈子好人的信念。

这是一部自传色彩浓厚的电影，我们在小兰身上可以认出作者的童年。每当遭受痛苦时，小兰就躲进柜子里，抱着她的洋娃娃倾诉心事，沉入幻想。雯丽告诉我，这个洋娃娃是她小时候唯一的玩具，她爸爸替她保存下来了，影片里用的是原物。这真是奇妙，在这个洋娃娃身上，光阴停止，岁月回转，片中的小兰分明就是童年的雯丽。雯丽向媒体坦言，她小时候就是一个忧郁、孤独的孩子，近乎自闭，爱幻想，生活在自己的世界里，直到三十岁后才从童年状态里走出来。我觉得，准确的说法是又走出又没有走出。作为一个演员，她要拍戏和参加必要的公共活动，没法自闭下去了。但是，童年显示和形成的内向性格不会根本改变，这种性格带来的收获更不会轻易失去。一个性格内向的人，是更容易朝内心深刻和细腻的方向发展的，也是更能与外部世界里的沉浮荣辱保持距离的，这部影片是一个证明，雯丽在成名后的依然本色、低调也是一个证明。那个充满爱和创伤的童年仍然活在她的身上，爱和创伤都变成了财富，使她的艺术既是温暖的，又是有深度的。

今天的电影市场充斥着刺激眼球的大片和娱乐化的小片，其中无奇不有，唯独缺少真实的生活。真实的生活原是平凡的，而把平凡的生活写好其实是最难的。这正是这部影片既感人又发人深省的原因。人们吃惯了大餐和快餐，在这个时候，雯丽端给了我们一桌清爽的家常菜，我们如同回到了久违的家，重温童年和亲情，重新发现了平凡生活的价值。

据说雯丽表示，她接下来要继续演戏了，不会轻易再拍片。但是，我相信，无论作为演员，还是作为导演，她前面都还有长长的路要走，她是能走得很远的。

2010.4

小资也大器

——为曾琼写的序

我和曾琼是二十年的老朋友了。第一次见她,在越胜的沙龙里,当时眼前一亮,心中一惊,真是一个美人儿啊。她的美,是那种清纯的美,越胜贴切地称她为幽谷百合。这朵百合刚从幽谷来到都市,稚气未脱,楚楚动人,却已名花有主,总是双双出现在朋友们面前。聚会的场合,我们这些学子高谈阔论、唇枪舌剑,她在一旁静静地听,从不吱声。我不知道的是,这些倾听对她的一生至关重要,在她心中酝酿了一种根本的变化。日后,回忆起那段日子,她对我说,那是她一生中最幸福的时光,以后不会再有了,说得我满心凄楚。受过北京 80 年代精神洗礼的人,从此就拥有了一份共同的记忆,仿佛成了亲人。

曾琼后来的个人生活经历了一些曲折。情海颠簸,爱慕者如潮,却没有一处是心中的港湾,乃是美女常见的命运。那些日子里,我是她的一个倾听者。一直以为，她是一个娇弱的女子，这时我发现了她的坚定，绝不肯为了利益而放弃爱情至上的原则。一直以为，她是一个很小资味儿的女人，这时我发现小资岂止是她的味儿，简直深入她的骨髓，是她的世界观和信仰。一个仅仅小资味儿的女人，不过是泡泡酒吧、玩玩情调罢了，而她对情调、情趣、情致的追求极其认真，这些似乎虚无缥缈的东西成了她的爱情观和生活观的基石。

再后来呢，光阴荏苒，各人过着自己的日子，只是偶尔相逢而已。最近一次见面，已是五年前了，彼此仍是欢快而不隔膜。我们聊往事和见闻，她比从前开朗健谈了许多，叙事论人颇生动，常有俏皮之言和精彩之论。这个曾琼已不是我记忆中的那个小资，阅历使她有了一种深度。佩服之下，当时我曾建议她写作。

其实曾琼一定早就在写作了。一个精神层面的小资，把心灵感受看得比什么都重要，不写作怎么可能？近几年来，她开始经常在网上发表自己的文字，而现在，这些文字的结集摆在了我的面前。我看了其中的若干篇，很喜欢。她走了许多国家和地方，所到之处，触景生情，而她很善于捕捉景物与心情的这种微妙的交融关系，把它们细致地描绘出来。她的基本情调仍是精致、忧郁、惆怅，但又常常透出一种尖锐和达观。我从她身上再一次看到，一个人是可以因为太敏感而走向浑厚、因为太细腻而走向广阔的，情的窄门可能正是悟的入口。作为一个证据，我引用本书中她的一段文字来结束我的这篇短序。汶川地震发生后，这个川妹子用园艺排遣心中的哀痛，她这样解释自己的行为:

“园艺是一种好的沉默的方式，我们不需要用嘴，只需要手。听到的，是那些大自然发出的最细微的声音，铲子和泥土的摩擦声，青草断裂的声音。这寂静中往往有波澜起伏的思绪在脑海里冲撞，冲撞也是无声的……植物是最好的哲学和宗教，是最天然和自然的安慰。植物的生命周期，总是比在其他地方更一目了然。发芽，出土，开花，凋萎和死亡。一些作物完成了使命，等着被人收割，把空间让给新的生命。”

这篇文章的题目摘自黑塞的诗:《即使花朵也不幸免》。在无数哀悼地震受难者的文章中，这一篇何等大器。

2009.1

友谊照耀心路

——为越胜《燃灯者》写

越胜平生最爱有四，曰音乐、书、政治、朋友。把政治列在其中，实在勉强得很，他不过是作为一个草民，只在也只想在台下喊几声罢了。朋友聚在一起，他常慷慨评点时局，疾恶如仇。他真正所爱的是正义，但正义乃一抽象名词，和其余具体名词并列未免抵牾，我只好用政治一词代替。

其实，音乐和书两样，他也只想在台下。音乐不用说，不管发烧友到什么级别，明摆着今生不会做作曲家、歌唱家、演奏家了。书这一样有点奇怪，他嗜书如命，又写得一手好文章，却总是十二分地抵触出书，写了文章传给朋友一读，就此了事，从不肯结集出版。在所爱的四样中，他好像认定自己的位置是第四样，做音乐的朋友、书的朋友、正义的朋友，在这三样上都无意登台亮相。

所以，现在他愿意出这本书，我甚感惊喜，这个倔头终于让了一步。看内容，三篇文章都是写朋友的，而同时又是通过写朋友写了音乐、书、正义，唐克、周辅成等三位分别是他的音乐、书、正义之爱的“燃灯者”即启蒙人。因此，由这本书，我们看到的既是他对朋友的赤忱之情，也是他的精神生长的心路历程。

在所写的三位中，我只和周辅成先生略有交往。1995 年，先生到巴黎，我也在那里，同住越胜家里。1997 年和 2000 年，我先后两次随张雪到朗润园拜访先生。2005 年，先生出面息讼，我应召去见先生一次。在先生家里，先生拿出我的书，赞誉有加，我当即惭愧万分。我出了一些通俗的书，没有多少学问，一直不敢献丑，怎么想得到先生自己买了，还仔细读了。先生对我厚爱，但在息讼一事上，我拂了他的好意，令他伤悲，我深感歉疚又无奈。先生每次谈话，声如洪钟，激情澎湃，正气凛然，哪里像一个耄耋老人。直到生命最后一息，在先生的血管里流着的始终是年轻人的热血。

先生是热情的，也是寂寞的。最后一次见面，先生赠我一册书，竟是一个打印的文集，我心中一痛。参加先生的追悼会，看到的场景相当冷清，我心中又一痛。晚年之作无一家出版社肯出，追悼会无一个北大官员肯到场，先生真是寂寞极了。可是，在这样一个只爱金钱和权力的时代，爱智慧和正义如先生，寂寞就是必然的了，这正是先生的光荣。

哲人已逝，现在读到《辅成先生》，方知我对先生了解得太少太浅。文中引述的先生许多话，何等睿智，何等痛快。我本来是可以有许多亲聆教诲的机会的，却因为疏懒而错失了。

回到越胜的这本书，最后我想说：既然你已经开了一个头，索性就继续下去，从此在出书一事上不要太倔了。我的无私的理由是，好文章就应该让更多的人读到，你不能只给我们这几个老朋友吃偏灶，而对许多你不认识的文化美食家的精神饥饿无动于衷。我的自私的理由是，你的清高给了我们这些文章不如你却挺乐意出书的人很大压力，使我们觉得自己像是俗物似的。再那么倔，于义于情都说不过去吧。

2009.12

心的境界

——周光荣《老东西说》序

今年六月下旬，我应邀到诸暨做讲座，在这个江南小城住了一天多，认识了周光荣。周光荣何许人？现任诸暨市委宣传部副部长、诸暨市文联主席……可是，我这样说，等于什么也没有说。那么，让我从头说起。

我到达时，已是夜晚，被接到西子宾馆。一个中年男子在门口等我，他气色很好，神情开朗，动作敏捷。进了房间，我看见桌上整整齐齐放着一摞书和几个小纸袋。他指着那几个小纸袋一一告诉我，哪是给啾啾（我的女儿）的，哪是给“红”（我的妻子）的，哪是给我的。我取出看，女儿和妻子的袋里，是可爱的小饰件，我的袋里，是我小时候特爱吃而久违了的香榧。一抬头，发现他正含笑观察我的反应。他真是一个有情有趣而又细心的人，预谋用这种方式给我一个惊喜。我再看那一摞书，原来都是他的作品，共七种，他是一个多么勤奋的作家。

现在，周光荣的新作又放在了我的面前。我翻阅了他送我的那几本书，又读了这部新稿，觉得这位周老弟不但是我的本家，而且是我的同道，我们有许多共同语言。

周光荣满五十岁了，这部新作写的是他到了这个年龄的人生感悟。刚满五十岁，就自称“老东西”，我很不赞成。其一，我见到的他，从身体到精神都生气勃勃，何老之有？其二，我比他大一轮，岂不更成了“老东西”？这是万万不可的。不过，且让他倚小卖老去，我只说一说他的感悟。全书分五辑，分别为修心、闲心、悟心、养心、禅心，可知他的感悟围绕着一个“心”字。我以为，人活一世，有没有长进，有没有觉悟，标准的确就是心的境界。人有一颗心，中年以后，这颗心应该是怎样的？依据他在本书中的谈论，我说一说我认为最重要的几点。

第一，要有善心。人心有两种成分，一是利己心，二是同情心，二者都是人的本性。人在年轻时欲望强，容易把自己的利益和成功看得最重要，名利欲望的满足往往是快乐的主要源泉。随着年龄增长，同情心应该逐渐占据上风，更多地从惠及他人的善行中汲取快乐了。在这个意义上，作者说得好：“与人为善，就是与己为善。”与人为善不只表现为物质上的施惠，你对他人的诚恳态度，包括懂得感恩，肯于认错，都证明了你的善良。善良的人还必定有宽容之心，既容人之短，能原谅，又容人之长，不嫉妒。在我看来，容人之优秀是更难的，对于一个开放社会也是更重要的。

第二，要有闲心。人在年轻时会给自己规定许多目标，安排许多任务，入世是基本的倾向。中年以后，就应该多少有一点出世的心态了。所谓出世，并非纯然消极，而是与世间的事务和功利拉开一个距离，活得洒脱一些。用作者打的比方来说，前半生急急地爬山，后半生就不妨慢慢地下山，沿途多看看风景，听听鸟叫。我很赞赏他的“人往低处走”的提法，一个人的实力未必表现为在名利山上攀登，真有实力的人还能支配自己的人生走向，适时地退出竞赛，省下时间来做自己喜欢做的事，享受生命的乐趣。

第三，要有平常心。在本书中，作者经常写到他出生和度过了青少年的村庄甘溪坞，他提醒自己：“你是这儿的人，你该知足，你该放下架子……”他提醒人们：“我们，都是有从前的人。我们，都要学会披衣细数来时的路。”人到中年以后，也许在社会上取得了一点儿虚名浮利，这时候就应该牢记一无所有的从前。其实，不论城乡，不论贵贱，谁来到这个世界的时候不是一条普通的生命？有平常心的人，看己看人都能除去名利的伪饰。

上面所述，是我认为一个人在中年以后应有的心的境界，它们都源自一种看破红尘名利、回归生命本质的觉悟。如果人到中年以后仍没有善心、闲心、平常心会怎样呢？据说老年人容易变得冷漠、贪婪、自负，这也许就是答案吧。

我在诸暨的那一天多里，周光荣两次到宾馆看我，都是穿越城市急行军而来，正值炎夏，全身衣衫湿透，冒着热气。他每天坚持走三十多里路，风雨无阻，从不间断，这是他的养身养心之道。我也喜欢长途走路，体会到这不但能健身，而且能让心趋于单纯和安静。所以，我很乐意响应他在本书中提出的号召：“走自己的路，让别人去打的吧。”

2007.9

一个老朋友的祝贺

我和林铭述结识于学生时代，是四十年的老朋友了。当年，我读北大，他读中央音乐学院，“文化大革命”期间不上课，常在我们的共同好友郭世英家里相聚。不久，郭世英受迫害去世，我们俩毕业后人分南北，各自经历了不同的人生颠簸，而彼此的联系和友情未尝中断。我们有许多珍贵的共同记忆，这些记忆见证了我们青年时代最难忘的一段岁月，其中布满郭世英的音容笑貌。

记得未见林铭述时，郭世英向我这样描绘他：“这个人无论做什么都会成功的。”见了面，我明白郭世英为什么这么说了。我看到的林铭述，精力充沛，才华横溢，见多识广，无论谈论什么话题，包括政治、社会、艺术、人生，都兴致勃勃，妙趣横生。我喜欢听他聊天，那真是一种享受。这是一个对世界和生活满怀兴趣的人，是的，在他的前方有太多的可能性，有太多成功的机会。

一个人兴趣太广泛，就有精力太分散的危险，似乎又不利于成功。在很长时间里，林铭述从事过不同的职业，他仿佛一直在寻找自己的位置，一种能把众多兴趣和才能最佳结合起来的事业。事实上，人在寻找的时候往往是盲目的，不知道自己要找的东西在哪里。近些年里，一开始好像纯属偶然，他搞起了建筑摄影，一发而不可收，痴迷于斯，作品迅速获得了业内的高度赞誉。物有其时，命运之神冥冥中自有其安排，林铭述恍然大悟，原来归宿在这里，就是“做一个凝固音乐的演奏者”。

我相信林铭述的判断，这是他的艺术家本能在对他说话。他的艺术积累中的三个似乎分离的因素——建筑世家的熏陶，专业的音乐功底，执着的摄影爱好——在建筑摄影中融合成了一体。其中，音乐素养的作用非同小可。作为一个音乐家，“建筑是凝固的音乐”对他来说不只是一句名言，更是真切的体验。他熟知声音在时间中的比例之美，从而能够敏锐地捕捉建筑在空间中相似的比例之美。看他的作品，我们仿佛真的感受到建筑具有一种音乐性，从构图和色彩的安排中听到了旋律、节奏、和声。建筑物是乐谱，而他是一位演奏的高手，在演奏时注入了自己的理解、想象和情感，因此即使拍摄同一座建筑物，也能呈现出不同的意义指向和审美效果。得益于音乐，他还使建筑获得了本来不具有的表达心情的功能，作品富有亲切的人情味。此外，我非常喜欢的一点是，他与观念摄影无染，拍摄建筑物常有出人意料的独特的角度，却丝毫不刻意另类，画面新颖而仍然很美。

四十年前刚认识林铭述时，他大约才开始玩摄影，但拍出的照片已经让我惊为大师了，看到他拍的一组江南水乡，无知的我第一次折服于摄影的艺术魅力。四十年过去了，我对摄影依然无知，其实没有资格来评论他现在的作品。我真正想说的话是,作为一个老朋友,我由衷地为林铭述感到高兴。

2008.8

书店是他的教堂

——为杨一开办重庆经典书店十周年写

人是不容易满足的。

有一种人，衣食居无忧，他仍不满足，要赚更多的钱。在衣食居极尽奢侈之后，他还是不满足，要赚更多更多的钱，但不知道拿赚来的钱做什么了，于是就赌博、吸毒、养情妇。

还有一种人，衣食居也无忧了，并且也赚了一些钱，他同样不满足。不过，他心中有理想，便开始为了心中的理想折腾赚来的钱，于是就建教堂、办义学、捐医院。

杨一属于这后一种人。不过，他没有建教堂、办义学、捐医院，他是开书店，书店就是他的教堂、义学、医院，他通过书店来传播信仰、知识和善良。

杨一曾经是一个“坏”孩子。上初中时，他酷爱打架，无法无天，功课一塌糊涂。有一天，做中学教师的母亲带他走进学校图书室，面对一排排满架的书，他被镇住了，突然发现了一个神圣的世界。这个瞬间彻底改变了他，他从此“改邪归正”，变成了一个酷爱读书的优秀生。

两年前杨一对我说的这个经历给我印象至深，使我明白了他开书店的衷心。大学毕业后，他下海做房地产，炒股，积累了资金，然后把资金都投在了书店上。他开的是名副其实的“经典书店”，作为一个真正的爱书人，他进货很挑剔，主要销售经典和严肃人文书籍。这样办书店当然不易赚钱，但他心安理得。我去过他的书店，满堂好书，许多年轻人埋头看书，氛围典雅而温馨，这里已成为重庆爱书人的家园。

我相信，在重庆经典书店开办十年后的今天，杨一的心情一定是欢欣而平静的，因为他在做他最喜欢做的事，这件事给他带来的不是财运，而是比财运好得多的东西，即精神上的满足和成就感。

2008.4

保存原生态的历史

——任丘电视台和广播台二十年获奖作品集序言

一个月前，一位女子来到北京，苦苦寻找四天之久，终于找到了我。她是河北任丘市电视台的编辑。市广电局为了庆祝任丘电视台和广播台成立二十周年，决定把两台二十年获奖节目的文字稿汇编出版，希望我为之作序。她本人是我的一个热忱读者，还激动地叙说了读我的书的感受。面对她的激情表达，我既感动又羞愧，不知说什么好。当然，作序的任务是一定要接受下来的了。

任丘是一个县级市，全国的县级市不下数百个吧。每个县级市都有电视台和广播台，逢重大周年都要庆祝的吧。然而，任丘的庆祝方式相当特别，不是热闹一番了事，而是花大力气搜集、复原、整理基本的历史资料，然后用正式出版物的形式把它们保存下来。中国的基层单位，领导和人员的变动是常态，资料的散落几乎是必然的，可知做这件事有很大的难度。一个县级市的电视台和广播台有如此强烈的历史意识和责任心,我觉得十分难能可贵。毫无疑问,比起搞一些场面性的或娱乐性的庆祝活动来,这样的方式才是真正有纪念意义的。举行任何一种纪念性的庆典,内在的理由是对历史的尊重,因此,抢救和保存原始历史资料是首先应该做的工作。我相信,这样一本书的出版,不但对任丘电视台和广播台是有价值的,而且对整个任丘市也是有价值的,将来续修任丘地方志的时候,它会是一份宝贵的参考。

我认真翻阅了书稿,更加坚信我的上述判断是有道理的。我的眼前徐徐展开了二十年来任丘的历史画卷,内容丰富而生动。所报道的事情,既有地方的重大事件和活动,也有百姓的日常生活。所报道的对象,包括了社会的各个阶层,有政府官员、企业家、艺术家、先进人物,也有普通的农民、渔民、民办教师、下岗职工、贫苦儿童。任丘的记者们是敬业的,也是敏锐的,捕捉到了许多珍贵的镜头,给我们讲述了生活中的一个个故事,有的可歌可泣,有的惊心动魄,有的令人悲伤,有的发人深省。这些文字稿都保持了原来的面貌,编者没有用现在的眼光去修改它们,每一篇皆打着节目制作时期的时代烙印,让我们看到了真实的历史场景和原生态的众生相。

从本书散发着浓厚乡土气息的文字中,我还感受到了任丘人对家乡的无比热爱。生长在这片土地上,的确是值得自豪的。任丘是一座历史悠久的古城,因西汉守将任丘得名,迄今已两千余年,诞生了包括神医扁鹊在内的许多历史名人。最令任丘人感到骄傲的是华北明珠白洋淀,白洋淀最负盛名的景观千里堤就在任丘境内,登堤望淀,红莲绿苇,水天一色,风景秀丽而又壮阔。孙犁作品中清新优美的白描早已使我对白洋淀神往之至,而本书中的实地报道又向我展现了水乡的一幅幅风情画,让我看到了出汕、放鹰、捕鱼等生动场景,更加真切地领略了白洋淀的魅力。我注意到书中报道了好几位画家，其创作的题材皆是白洋淀的景物。任丘出画家，得天独厚的自然风光孕育了艺术的才华。不过，白洋淀令任丘人骄傲，也令任丘人担忧，由于用水无度和污染，白洋淀不止一次出现干涸和大批死鱼的现象，记者们及时进行了现场报道。爱护白洋淀，保护自然环境，是人民的良知发出的呼声。

二十年的结集，书写了相当长久的一段历史，但又仅仅是一个开端。我希望，任丘电视台和广播台把这个好开端延续下去，使之成为一种制度。我还希望，有更多的基层部门和单位也这样做，注重本部门本单位历史资料的保存和整理。中华民族是世界上最重视记录历史的民族，记录历史是中国最伟大的传统之一。自周朝开始，政府就设史官，随时如实记录所发生的事件。自汉朝开始，国家定期修史已是传统。其后，地方修地方志，家族修家谱，也逐渐成为传统。我们应该保持这个伟大传统，不要让它中断。在这方面，基层原始资料的保存和整理有其特殊的价值，能够为各个时期的历史提供更加丰富多彩的文本和解读。

2008.12

闲情的分量

——《闲情的分量》自序

迄今为止，关于中国古典作品，我所写的文字很少，几乎都集中在这本书里了。我的专业是西方哲学，长期以来读得最多的也是西方人文著作和文学作品。我当然知道，中国的经史子集中也有许多珍宝，一直想系统地读一读，挑出喜欢的作家和作品，写一写我的理解和感受。然而，因为精力所限，这个计划不断地往后推延。现在出版社来索稿，我暂时只拿得出这一点儿可怜的东西，真是非常惭愧。

本书由以下三个部分组成——

第一部分品宋词，是我 2007 年为《中国唐宋名篇音乐朗诵会·宋人弦歌》所写的序和台词。这一台节目由北京驱动文化传媒有限公司出品，在全国各地演了许多场，很受欢迎。篇目和辑题是该公司的老总钱程拟定的，我只做了少量修改和补充。钱程与我素昧平生，他热爱文学，在困境中以宋词自娱，酝酿了这一台节目，托人捎信给我，期望我承担相关的文字工作。我被他的诚意所感动，勉为其难，应了下来。我在中学时就非常喜欢宋词，借此机会得以重温，并把自己的体会写了出来。

第二部分品元曲，写作的由头也纯属偶然。那是十多年前的事了，我的朋友王菱做一套古典韵文"新赏"的书，元曲部分无人写，找到了我。与上述品宋词不同，这一部分的篇目是我自己选定的，而评论的文字则不着眼于文学，多是随想式的借题发挥。如此成一册小书，原题《断肠人在天涯——元代爱情人生散曲新赏》，由四川人民出版社于 1992 年出版。这本小书在市场上早已绝迹，就让它在这里再献一回丑。

第三部分是若干篇谈中国古代学者文人的旧作，曾经收在我的不同集子里，现在汇到了一起。其中，谈阮籍、袁宏道的两篇稍长，也比较系统一些，而谈孔子、韩愈、苏轼、玄奘的诸篇都只是小随笔。盘点的结果让我自己很吃惊，存货竟这样少，对于我钟爱的庄子、陶渊明、李白、王阳明等人，我怎么会没有写任何文字。

在中国文人身上，从来有励志和闲情两面。励志，就是经世济用，追求功名，为儒家所推崇。闲情，就是逍遥自在，超脱功名，为道家所提倡。不过，这只是相对而言，即使在儒家始祖孔子身上，我也看到了闲情的一面。我发现，我所欣赏的古典作家和作品，往往是闲情这一面特别突出的。宋词和元曲讴歌男欢女爱，阮籍、陶渊明、袁宏道、李白、苏轼纵情山水，我从中看到的是对生命本体的热爱和对精神自由的追求，而人生最宝贵的价值岂不就在于此？对闲情不可等闲视之，它是中国特色的人性的解放，性灵的表达，在中国文化传统和中国文人生活中所占的分量很重很重。只有励志，没有闲情，中国文人真不知会成为怎样的俗物。所以，我用“闲情的分量”做书名，来概括我品评中国古典作品的视角。

2008.9

诚实和超脱

——《岁月与性情》二版序

我的书一向是很安静地走向读者的,唯有这一本似乎是一个例外。初版之时,始则招来了媒体的一阵喧哗,继而又给我惹来了一场官司。它本来也是一本安静的书,却因为围绕着它的噪音而不得安宁了。四年半后的今天,这些噪音皆已沉寂,我把它重新出版,相信它可以在一种于它合宜的氛围中与读者见面了。

本书初版之时,一位朋友对我说了两句话。第一句是:这本书出晚了。第二句是:这本书出早了。他的意思是:中国早该有这样的书了,但是中国现在仍缺少懂它的读者。当时,面对众声喧哗,我觉得他说得有理。有一个人在这里严肃地反思自己的经历,大家却只盯着其中的所谓隐私起哄。我的感觉是,我完全走错了地方,原以为是去和朋友谈心,听见了哄笑,才发现自己是走进了一个大娱乐场。在这个娱乐化的时代，人们不能容忍严肃，非把严肃化为娱乐不可，如果做不到，就干脆把戏侮严肃当作一种娱乐。好在媒体是不会在某一个话题上长久停留的，它必须不断制造新的热闹方可生存，从而使任何目标物都不会被纠缠得太久。我自己得到的教训是，不管出版方多么热情，我都不要接受用畅销书的方式做我的书，那样几乎必然会使它走错地方，走到不相干的人群中去。

其实，对于人们所认为的那些隐私，我自己完全不觉得是什么隐私。比如性觉醒的风暴，哪个男孩没有经历过啊，当我事隔几十年回看这个在风暴中痛苦挣扎的男孩时，我的确觉得他不是周国平，而是世界上所有的男孩。男孩成长中一个如此普遍、如此重要的事情，我们为什么不去正视它、认识它，反而要忌讳？不止一位母亲因为书中的这个内容诚挚地向我道谢，感谢我帮助她们懂得了自己的孩子，她们的反应使我足可以藐视那些无知的起哄了。

又比如书中对情爱经历的反思，舆论一时为之哗然。这个时代真是奇怪，人们容忍甚至欣赏一夜情、泡妞、养情妇等，可是，倘若你在情爱上认真，婚姻有过挫折，人们就叫嚷起来了，从道德上来评判你了。人们乐意听艳闻和风流故事，却忌讳你做诚实的自我解剖。有一些人（女性居多）表示对我失望，是因为她们原先把我想象成一个哲人，而哲人似乎应该是只有灵魂、没有肉体的，现在发现我也有肉体，甚至还有过婚变，于是感到震惊。她们原先是把我看错了，我的确不是一个抽象的哲人，而是一个有七情六欲的普通男人，对此我深感抱歉。还有一些人（男性居多）责备我作为一个学者，本应该好好做学问，不该拿自己的私生活做文章。我要告诉这些正经的人，所谓私生活是我生命中最重要的财富，如果为了当学者必须放弃它们，不许把它们变成一种精神产品，我就不当学者好了。对于我来说，有比学问更重要的东西，那就是生活本身。其实，做学问首先也是我的一种私生活，即一种个人的精神生活，如果它仅仅是公生活，我完全可以不做。

如果我是一个读者，我会认为，知道一个叫周国平的人自幼及长经历了一些什么事，这没有丝毫意义。如果这本书中的确有一些对于读者有价值的东西，那肯定不是这个周国平的任何具体经历，而应该是他对于自己经历的态度，那是任何一个读者都可以采取的。我自己认为，这种态度有两个要点。一是尽可能地诚实，正视自己的任何经历，尤其是不愉快的经历，把经历当作人生的宝贵财富。二是尽可能地超脱，从自己的经历中跳出来，站在一个比较高的位置上看它们，把自己当作认识人性的标本。我相信，无论谁用这样既诚实又超脱的眼光看自己，他的眼光就会变得既深刻又宽容，在这样的眼光下，一切外部经历都可以转化成心灵的财富，一切隐私都可以还原成普遍的人性现象。

作为中国社会近几十年巨大变迁的亲历者，我从自己的个人视角出发，对不同时期的时代实景也做了比较详尽的描述。其中，第二部《北大岁月》描述了“文化大革命”前和“文化大革命”中的思想文化专制，第三部《农村十年》描述了“文化大革命”后期的中国农村，第四部《走在路上》描述了改革初期的解冻。我只写我看到的实景以及与之关联的个人命运和心境，不用今天的理论去规范它们，在众多的集体回顾中，这或许另有一种价值吧。

我在《北大岁月》中写郭世英时涉及一个人，因此惹来了官司。在写作时，我已估计到可能惹麻烦，为了对亡友和历史负责，仍决定说出自己所知道的情况。这场官司若从原告在媒体上宣布算起，到二审结案，持续了两年多，我为此耗费了许多精力，但并不后悔。主要的收获倒不是我胜诉了，而是在这个过程中，在世的当事人包括原告本人都发表了大量陈述，互相参证，使得事情的真相比以往任何时候都清楚。在本书中，对相关事情的记述基本准确，且不是重点内容，我就既不做修改，也不做补充了。排除了官司的干扰，对本书这些章节的阅读会更加纯粹。

多位读者指出，第四部的内容跳跃、断裂、繁简失衡，不像前三部那样有正确的节奏，读起来也不如前面有快感。他们的批评是对的，这也是我自己的感觉。这一部肯定是要重写的，不过不是在现在，今后适当的时候，也许会把它独立出来，专写一本书叙述 1978 年后的历程。

在本书香港三联版的自序中，我曾表示：我的作品从来仅仅是诉诸那些独立的读者的，我也仅仅看重他们的反应。我所说的独立的读者，是指那些不受媒体和舆论左右的人，他们只用自己的头脑和心来阅读。随着围绕本书初版的噪音逐渐平息，我越来越多地听到了他们的声音，包括赞赏和理解，也包括认真的批评。我向他们表示衷心的感谢。

2008.12

爱的五重奏

——《爱的五重奏》序

本书是我谈女人、性、爱情、婚姻、孩子的几乎全部文字的汇编。四年前，曾以《永恒之女性》为书名，由华侨出版社出版。现在，那个老版本的合同已期满，我做了若干增补，把这个新版本交给广西师范大学出版社出版。为了区别于老版本，书名也做了改变。

《爱的五重奏》是一个合适的书名，涵盖了全书的五个话题。我一向认为，女人在爱的音乐中占据着中心的位置，就像是钢琴五重奏中的钢琴。同时，在相爱的男女之间，性、爱情、婚姻、孩子是一个也不能少的，合起来才是完整的爱的音乐。所以，这个书名又是我的性爱观的一种表达。

我把我的祝福随这个新版本一起送出，祝愿天下有情人性事欢洽，爱情深笃，婚姻美满，孩子无比可爱。

2010.7

哲学与艺术的对话

——《花非花》序

我和王小慧多年的一个心愿，现在终于了结了。

事情的缘起是在七年前，一家出版社的编辑来找我，计划出版小慧的摄影集，想请我写一点文字。我读了她的自传《我的视觉日记》，翻阅了此前她出版的几册摄影集，惊讶于她的传奇般的经历和艺术上的成就，欣然接受了这项合作。

这是我和小慧相识的开始。此后不久，我们见了面。我们商定，做这本书的方式是，由我设计全书的结构和标题，在每个标题下，我们俩各写一点文字，配上她的摄影作品。此后，我便抽空做这件事，几个月后基本完成了我这方面的工作。小慧是一个在全世界飞来飞去的忙人，她的文字姗姗来迟，当终于来到之时，原先约稿的那家出版社已久无音讯，而我自己也忙，事情就搁下了。于是，这个最初的稿子便在两人的电脑里冬眠。不过，我们合作出书的心愿从未改变，每次见面都会谈及，希望找一个两人都有空的时间把书稿讨论一下。

2009年5月，我到上海出差，两人终于都下了决心，我延长逗留的时间，她放下手里的工作，我们好好聊一聊。四天之中，聊了总有二十来个小时吧，聊的结果是把最初的稿子给颠覆掉了。原来的设计是图配文，那个结构已经完全容纳不下谈话的丰富内容，因此，最后的定稿只保留了初稿的大框架和若干文字，主体部分则是我们的对话。所谈话题相当广泛，涉及对人性、人生、艺术、社会各个方面的看法，但是，读者不难看出，小慧是这场戏的主角，整个对话是围绕她的人生历程和艺术历程展开的。这正是我心中的定位，我基本上把自己放在一个采访者的位置上，引她说出隐藏在她的作品背后的故事和思考。

和小慧叙谈是十分愉快的。她美丽、优雅，坐在我面前娓娓而谈，而我更多的是倾听。通过叙谈，我觉得自己对她有了深入得多的了解。在此之前，我对她的印象主要是两点。其一，因为她的美貌、风度和经历，她是以一个明星艺术家的形象呈现在公众面前的。其二，她还有公众看不见的另一面，几乎是一个苦行僧般的工作狂，把自己的全部生命都扑在了艺术创作上。当代中国大约没有一个女艺术家像她那样，台上的靓丽风光和台下的拼命苦干有如此大的反差。在谈话中，我试图解构她的明星形象，寻找她的穿了红舞鞋般永远停不下来的艺术追求的隐秘根源。我好像找到了。请读者留意本书中的《故事篇》，小慧在其中栩栩如生地讲述了她的鲜为人知的童年经历。我们看到，一方面，这个美女在早年也经受了时代的许多磨难，另一方面，她的艺术本能在磨难中仍然压制不住地蓬勃生长。并不是因为她多么坚强，只因为她太耽于幻想了，以至于连苦难也化作了幻想的素材，不再能够真正把她挫伤。一个靠幻想来间隔苦难的小姑娘，长大了成为一个以追梦为终生事业的艺术家，应该说是顺理成章的。质言之，她是一个天生富有太充足的艺术能量的人，她的一个人仿佛有九条命的过人精力，她的形式多样的无边界的创作活动，她的不断超越自己的新的艺术尝试，都可以由此得到解释。

小慧有一个非常可爱的妈妈，小慧爱幻想的天性一定是得自她的遗传。徐慧林阿姨一生历尽坎坷，却依然理想主义到了天真的地步，可见她有一颗多么单纯的心。我曾和她通信，她的信洋溢着对精神事物的激情，哪里像出自一个耄耋老人之手。令我意外的是，她还异常喜欢我的书，而且评论精当，是一种真诚但并不盲目的偏爱。知道小慧和我合作出书的计划以后，她年复一年地盼望它实现，世上不会有人比她更加期待本书的问世了。现在终于能把本书献给她，这是一件多么高兴的事。

在小慧的摄影作品中，花是经常的题材，但她拍出的不是植物学的花，不是园艺学的花，总之不是作为物质对象的花。“花非花”——这是艺术家的一个发现，与哲学家的“道可道，非常道，名可名，非常名”殊途而同归。那么，这本哲学与艺术的对话录用《花非花》做书名，不是很合适吗？

小慧是一个完美主义者，在创作任何一个作品时，从总体构想到每个细节都精益求精，对本书也是如此。在我根据录音稿整理出初稿之后，她花了大量工夫修订文字，配照片，并且亲自设计封面和版式。我从这次合作中受教益甚多，谢谢小慧。

2010.12

不安和感激

——《宝贝,宝贝》新书发布会的感想

1月9日下午,凤凰出版集团在北京长城饭店举办了《宝贝,宝贝》新书发布会。我的心情可以用两个词概括:不安和感激。

我不安,是因为生平头一回,出一本书弄出这么大动静。以前出书不少,从没开过发布会,也不愿意开。这次同意开,实在是情理难却。凤凰联动对这本书做了比较大的投资,并且是在没有看到书稿一个字的情形下就签约的,颇可爱,我不肯配合做宣传,就未免可恶了。

我一向认为,我只应该安静地写作,写完后,我的事就完了,以后的事由出版商去做,我不要掺和。人家告诉我,在这个市场和媒体主宰书业的时代,我的想法太过时了。看现在书卖得好的作家,哪个不是媒体上的活跃人物?这当然也有道理。但是,我有自知之明,知道自己不适合做这样的人物。所以,以后恐怕还是走自己的老路,安静地写作，少抛头露面。

我感激，是因为这样一个我自己深感不安的场合，我的许多好朋友到场祝贺了。其中，我特别感谢蒋雯丽的出席和发言。别的朋友是经常见面的，雯丽不同，我和她见面并不多。一直以来，我敬佩她的才华和个性，但只是远远地关注和欣赏。她是大明星，一定非常忙，我不该打扰她。让我感动的是，一接到邀请，她立刻痛快地答应了。为此我也要好好谢雯娟，雯娟是雯丽的领导，雯丽的工作是由雯娟安排的。雯丽有一个要求：周六周日在家陪孩子，不给她安排工作。9日是周六，但雯娟还是给她安排了这个工作，给我开了后门，让雯丽加了班。谢谢可爱的蒋家两姐妹。

俏江南张兰是我们一家非常熟的朋友，她是看着我的女儿长大的，书中写到了她和啾啾一起玩的情景。在会上，她做了热情洋溢的发言。谢谢阿兰。

剧雪在会上朗诵了书中的片段。朗诵前，她告诉大家，多年前的一次签售，她排在队伍里，轮到她时，她请我在书上写一句话，我写的是"与命运结伴而行"，这句话陪她走到了今天。我闻言感动又惭愧。我妻子曾嘲笑我，别人签售，和读者谈笑风生，我签售，只是埋头苦干。这使我错失了多年前与剧雪相识的机会，现在终于补上了。谢谢剧雪。

我感谢到场和未到场的每一位朋友，是你们一直在丰富我的生活和鼓励我的写作。在这本叙述女儿成长经历的书里，也常常可以看见你们的身影。

2010.1

第十一辑　宋人弦歌

词致力于表达委婉悱恻的情感，描摹深微细腻的心绪，把一种精致的审美趣味发挥到了极致。在文以载道的古代中国，宋词也许是绝无仅有的唯美文学，它的文字、意境和音乐的美，没有一个文学品种比得上。

序：唯美的欢娱

今夜，让我们沿着时光之河向回航行，在一千年前的长江边上岸。展现在我们眼前的，是祖国历史上一个著名的王朝，它辉煌到了极点，又屈辱到了极点，留下的是不尽的怀念、不尽的惋惜。

绵延了三百余年的宋朝，前半期统一而繁荣，后半期丧权而偏安，有太多的欢笑，也有太多的眼泪，而这欢笑和眼泪，共同催放了中国文学的一朵奇葩——宋词。

我们来到了北宋的首都汴京，由今日的开封，怎能想象它当年的奢华。通衢大道上，香车宝马奔驰，游人熙来攘往。举目四望，到处是雕楼画阁，绣户朱帘。深街小巷内，燕馆歌楼密布，达数万家之多。最不寻常的是，满城的青楼、歌厅、茶坊、酒肆，响彻管弦丝竹之声，一片莺歌燕舞的景象。出入这些场所的，有普通市民，也有达官贵人。宋王朝给士大夫的生活待遇之优厚，没有一个朝代比得上，使他们得以优游岁月，宴饮唱和之风盛行。无论在公共娱乐场所，还是在私人宴会，歌妓是重要的角色，弦歌是必有的节目。曲调是现成的，文人骚客竞相为之填词，每有佳作问世，很快唱遍塞北江南。

今天也许难以相信，在隋、唐、宋三朝漫长的七百年间，中国曾经是一个流行音乐大国，来自中亚、西域的明快热烈的印度系音乐风靡全国，倾倒朝野，而低缓单调的中国古乐则受到了冷落，仅用于某些祭祀仪式。唐宋两朝设有教坊，实际上是宫廷乐团兼国家音乐学院，专门排演、教习、创作流行音乐。宋朝还设有大晟府，翻译成现代汉语，可以叫国家音乐总署，兼具国家音乐出版社的职能，编集和刊行流行的曲谱。正是在这浓烈的音乐氛围中，词的创作成了文坛第一时尚，词的艺术达到了历史的顶峰，宋词成了足可与唐诗、元曲媲美的中国文学瑰宝。

词的作者是文人学士，唱者大多是妙龄歌女，其间就有了一种微妙的关系。没有一种文学体裁像词这样深深地受到女性的熏陶。有一首宋词写道："月如眉，浅笑含双靥，低声唱小词。"让美女在花前月下吟唱的小词，自然应该是情意缠绵的了。因此，在相当长的时间里，词的主题不外是伤春悲秋，离情别绪，男欢女爱，风格则以柔美婉约为正宗。词和诗之间有了一种不成文的分工，诗言志而词言情，诗须庄重而词求妩媚。一切儿女情长、英雄气短的情思，不能诉之于诗文的，在词中都得到了尽兴的宣泄。词致力于表达委婉悱恻的情感，描摹深微细腻的心绪，把一种精致的审美趣味发挥到了极致。在文以载道的古代中国，宋词也许是绝无仅有的唯美文学，它的文字、意境和音乐的美，没有一个文学品种比得上。

当然，婉约不是宋词唯一的风格。首先是苏轼，然后是辛弃疾，向词中吹进了强劲的豪放之风。在他们影响下，词与诗的界限被打破，词的题材大大拓宽，演变成了一种既可言情也可咏志的新诗体。靖康之变后，南宋词人在婉约中多了山河破碎的哀怨，在豪放中多了壮志未酬的悲伤。

宋词是音乐的产儿，流行歌曲的歌词。可惜的是，当年的曲谱均已失传，在历史的流传中，宋词早已脱离音乐，只被当作文学来欣赏。这是中国音乐史的巨大损失，作为音乐的宋人弦歌已成千古之谜，留给我们的是不尽的遗憾、不尽的想象。

闹　灯

元宵节，中国古代的狂欢节，以闹灯为中心，又称灯节。宋代其况最盛，正月十五前后，五昼夜狂欢不止，满城张灯结彩，鼓吹喧天，人潮如涌，热闹非凡。家家倾巢出动，看花灯，看焰火，看百戏，总而言之是看热闹，而看热闹的实质是人看人。在那个男女授受不亲的时代，元宵节的人看人又别有一番情趣。彩灯明月诚然可观，最可观的却正是那观灯赏月之人。平日幽居深院的闺秀仕女，此时暂获开禁，三五成群出游，成为节日最亮丽的风景。于是，在热闹的掩护下，或眉目传情，或私订幽会，或暗结同心，演出了无数爱情的喜剧和悲剧。

辛弃疾　青玉案·元夕

东风夜放花千树。更吹落，星如雨。宝马雕车香满路。凤箫声动，玉壶光转，一夜鱼龙舞。

蛾儿雪柳黄金缕，笑语盈盈暗香去。众里寻他千百度，蓦然回首，那人却在，灯火阑珊处。

节庆热闹而欢腾，可是，有谁知道热闹反衬下的寂寞，欢腾映照下的孤独？眼看花枝招展的游女们嬉笑着走过，一队队都消失在灯火辉煌的背景中了，那个寻找了一百次、一千次的人仍然没有出现。无意中回头，却发现那个人茕茕孑立，站在灯火最冷清的地方。

那个人是谁？有人说，是作者的意中人，一位脱俗的女子。有人说，是作者自况，寄寓了高洁的怀抱。其实，无论哪一说成立，作品的意蕴是一致的，都是对孤高人品的赞美。我们也许可以引申说，不管人世多么热闹，每一个人都应该保持一个内在的宁静的“自我”，这个“自我”是永远值得“众里寻他千百度”的。

欧阳修　生查子

去年元夜时，花市灯如昼。月上柳梢头，人约黄昏后。

今年元夜时，月与灯依旧。不见去年人，泪湿春衫袖。

欧阳修是北宋名臣，学富五车，可是，你看他这首小令写得多么清新朴素。“月上柳梢头，人约黄昏后。”如此美丽清朗的意境，如此自然天成的句子，叫人看了怎么忘得了，怎么会不流传为千古名句。

全词写一段失落的恋情，景物依旧，欢爱不再，使人不由得伤心落泪。爱情的滋味最是一言难尽，它无比甜美，带给人的却常是无奈、惆怅、苦恼和忧伤。不过，这些痛苦的体验又何尝不是爱情的丰厚赠礼，一份首先属于心灵、然后属于艺术的宝贵财富，古今中外大诗人的作品就是证明。

问 春

春来春去，花开花落，原是自然界的现象，似乎不足悲喜。然而，偏是在春季，物象的变化最丰富也最微妙，生命的节奏最热烈也最急促，诗人的心，天下一切敏感的心，就不免会发生感应了。心中一团朦胧的情绪，似甜却苦，乍喜还悲，说不清道不明，我们的古人称之为“愁”。细究起来，这“愁”又是因人因境而异，由不同的成分交织成的。触景生情，仿佛起了思念，却没有思念的具体对象，是笼统的春愁；有思念的对象，但山河阻隔，是离愁；孤身漂泊，睹景思乡，是旅愁和乡愁；因季节变迁而悲年华的虚度或平生的不得志，是闲愁；因季节变迁而悲时光的流逝和岁月的无常，便是短暂人生的万古大愁了。

我们不要讥笑古人多愁善感，倒不妨扪心自问，在匆忙的现代生活中，我们的心情与自然的物候之间还能否有如此密切的感应，我们的心肠是否已经太硬，对于自然界的生命节奏是否已经太麻木？

宋祁　**玉楼春**

东城渐觉风光好，縠皱波纹迎客棹。绿杨烟外晓寒轻，红杏枝头春意闹。

浮生长恨欢娱少，肯爱千金轻一笑。为君持酒劝斜阳，且向花间留晚照。

“红杏枝头春意闹”——这一个“闹”字，用得出人意料，却又极其贴切，把春天蓬勃的生机一下子展现在我们的眼前了。因为这一个“闹”字，宋祁当年一举成名，后世备受评家赞誉。

面对灿烂的春光，作者的感悟是：在短暂的人生中，真正值得珍惜的不是金钱，而是快乐。对于今天看重财富的时代，这不失为一个提醒。

贺铸　**青玉案**

凌波不过横塘路，但目送、芳尘去。锦瑟华年谁与度？月桥花院，琐窗朱户，只有春知处。

飞云冉冉蘅皋暮，彩笔新题断肠句。试问闲愁都几许？一川烟草，满城风絮，梅子黄时雨。

一个想象中的单身美人，和我无缘相会，她自己也在虚度青春年华。这首词的主题正是闲愁，用情场的寂寞喻仕途的寂寞。妙处在最后三句，用春天的三种景物形容闲愁之浓烈，如同遍地青草，满城柳絮，下不完的黄梅雨，充斥在天地之间，充斥在胸襟之间。

蒋捷　一剪梅·舟过吴江

一片春愁待酒浇。江上舟摇，楼上帘招。秋娘渡与泰娘桥，风又飘飘，雨又萧萧。

何日归家洗客袍？银字笙调，心字香烧。流光容易把人抛，红了樱桃，绿了芭蕉。

这首词文字和音韵都异常优美，是描写春愁的名篇。从内容看，短小的篇幅，把春天的几种愁都写到了。第一层，风雨中乘舟漂泊，过了以两个歌女的名字命名的地点，正待上岸去借酒浇愁，这是笼统的春愁，也是旅愁。第二层，盼望归家，想念着会给自己洗衣、调笙、燃香的妻子，这是离愁。第三层，“流光容易把人抛”，这是人生的大愁。“红了樱桃，绿了芭蕉”，色彩多么鲜丽，时光成全了植物，反衬出了它对人的无情。

李清照　武陵春

风住尘香花已尽，日晚倦梳头。物是人非事事休，欲语泪先流。

闻说双溪春尚好，也拟泛轻舟。只恐双溪舴艋舟，载不动、许多愁。

若要推中国古今第一才女，大约非李清照莫属。她的大部分作品已散失，流传下来的只有几十首词和诗，郑振铎先生曾感叹道，这个损失不亚于希腊失去了女诗人萨福的大部分作品。不过，流传下来的几乎都是精品，已经足够我们为她举办一台专场朗诵音乐会了。

李清照的词以大手笔写小女子情态，清丽又大气，在两宋词坛上独具一格。最好的抒情诗人，第一情感真实，绝不无病呻吟，第二语言质朴，绝不刻意雕琢。李清照正是这样，善于用口语化的寻常语言表达深刻的人生感受。在这一点上，能和她媲美的词人，也就李煜、苏轼、辛弃疾三人而已。

生活在两宋之交的这位贵族女子，一生被靖康之变斩为两截，前半生是天堂，后半生是地狱。人到中年，她接连遭遇北方家国沦陷、恩爱丈夫病故、珍贵收藏失尽的灾难，由名门才女沦落为乱世流民，从此凄凉而孤单地消度残年。然而，正是在人生的逆境中，她的创作进入了最佳状态。比如这一首《武陵春》，我们所看到的，完全不是一个词人在遣词造句，而是一个尝尽人世辛酸的女人在自言自语，句句都从心底里流出来。面对狂风后的满地落花，她心灰意懒，了无生趣。她生命中的花朵也已经被狂风打尽，她的余生似乎注定不会有新的花朵开放了。她的境况用一句话概括，就是“物是人非事事休”，这个哀伤的旋律贯穿在她后期的全部作品之中。她没有想到的是，这些作品正是她生命中最美丽的花朵，会永远开放在人类艺术的花园里。

辛弃疾　鹧鸪天

陌上柔桑破嫩芽，东邻蚕种已生些。平岗细草鸣黄犊，斜日寒林点暮鸦。

山远近，路横斜，青旗沽酒有人家。城中桃李愁风雨，春在溪头荠菜花。

这首《鹧鸪天》是辛弃疾乡居田园词的代表，把乡村景物写得细致真实，历历在目。

请注意最后两句。春的源头在乡村，而不在城市。英国诗人库柏也曾写道："上帝创造了乡村，人类创造了城市。"在今天大规模城市化的进程中，我们不妨反省一下，我们是否毁掉了上帝的作品，截断了春的源头？

叹　花

咏物是宋词中的常见题材，而在所咏之物中，又以花居多。咏物词讲究形神皆似，写出物的神韵，在此基础上借物寓情，写出人的情怀。春夏秋冬，花事盛衰，兰花、海棠、杏、桃、牡丹、莲、荷、菊花、水仙等都是吟咏的对象，而被吟咏得最多的却是梅花。

姜夔　暗香

旧时月色，算几番照我，梅边吹笛？唤起玉人，不管清寒与攀摘。何逊而今渐老，都忘却，春风词笔。但怪得，竹外疏花，香冷入瑶席。

江国，正寂寂。叹寄与路遥，夜雪初积。翠尊易泣，红萼无言耿相忆。长记曾携手处，千树压，西湖寒碧。又片片，吹尽也，几时见得？

陆游 卜算子·咏梅

驿外断桥边，寂寞开无主。已是黄昏独自愁，更著风和雨。
无意苦争春，一任群芳妒。零落成泥碾作尘，只有香如故。

“疏影横斜水清浅，暗香浮动月黄昏。”宋初诗人林逋的名句描绘了梅花在中国文人眼中的典型形象，那不张扬的“疏影”和“暗香”，加上在清寒中开放，使梅花俨然成了高洁人品的象征。不过，姜夔根据林逋诗句自创调名的《暗香》，其实写的是对一位女子的怀念之情。倒是陆游的这首《卜算子》，完全是孤高人格的自勉，有力地表达了在孤独中坚守的决心。

辛弃疾 粉蝶儿·和晋臣赋落花

昨日春如十三女儿学绣，一枝枝、不教花瘦。甚无情，便下得、雨僝风僽。向园林、铺作地衣红绉。

而今春似轻薄荡子难久。记前时、送春归后。把春波都酿作、一江醇酎。约清愁、杨柳岸边相候。

春来花开如十三岁女孩儿绣花，多么细心认真，春去花落似轻薄荡子变心，何其不负责任。比喻得新颖而又巧妙，不愧是大词人的手笔。

邀　月

中国人对月亮格外有感情,民间有月的节日,士大夫以赏月为雅事,古诗词中充满月的意象,也许反映了牢固的乡土情结。对于守在家乡的人来说,那在宅院上方升落的月亮是天天相见的伴侣,月的阴晴圆缺都会引发无穷的思绪。一旦离家远行,月依旧而家万里,就难免睹月思乡了。

西方人似乎很少想到要赏月,他们忙于生产和旅行,没有这份闲心情。西方文化崇拜的是太阳,阿波罗,一个积极活动的神。

汪藻　点绛唇

新月娟娟,夜寒江静山衔斗。起来搔首,梅影横窗瘦。

好个霜天，闲却传杯手。君知否？乱鸦啼后，归兴浓如酒。

王沂孙　眉妩·新月

渐新痕悬柳，淡彩穿花，依约破初暝。便有团圆意，深深拜，相逢谁在香径？画眉未稳，料素娥，犹带离恨。最堪爱、一曲银钩小，宝帘挂秋冷。

千古盈亏休问，叹慢磨玉斧，难补金镜。太液池犹在，凄凉处、何人重赋清景？故山夜永，试待他、窥户端正。看云外山河，还老尽、桂花影。

这两首词都写新月，都寄托了忧愤心情，但意境不同，所忧所愤也不同。汪藻是北宋受排挤的官员，他看见新月下寂静的江山，想起官场上“乱鸦”的聒噪，生出了强烈的归隐愿望。王沂孙是南宋末年的词人，经历了元灭宋的亡国之痛，他眼中的新月是嫦娥“犹带离恨”，未能画妥眉痕，发出了故国难团圆的悲叹。

苏轼　水调歌头

明月几时有？把酒问青天。不知天上宫阙，今夕是何年。我欲乘风归去，又恐琼楼玉宇，高处不胜寒。起舞弄清影，何似在人间！

转朱阁，低绮户，照无眠。不应有恨，何事偏向别时圆？

人有悲欢离合，月有阴晴圆缺，此事古难全。但愿人长久，千
里共婵娟。

在全部宋词中，这一首《水调歌头》也许是传诵最广、最脍炙人口的。苏东坡不愧是大文豪，中秋赏月怀人，原是最常见的题材，到了他的笔下，偏能不同凡响，赏月赏得这样壮思逸飞，怀人怀得这样胸怀宽广。上片赏月，他身上玄想的哲人问“明月几时有”，他身上浪漫的诗人“欲乘风归去”，而最后的心愿却是平实的“何似在人间”。下片由赏月而怀人，他身上多愁善感的诗人怨月亮“偏向别时圆”，他身上豁达的哲人用“此事古难全”来开导，而最后的心愿也是平实的“但愿人长久”。苏东坡是哲人、诗人，但归根到底是一个真性情的常人，这正是他最可爱的地方。

苏词以豪放著称，但又岂是豪放这个词概括得了的。他的作品的魅力来自他的人格的魅力，他兼有大气魄和真性情，这两种品质统一在同一人身上极为难得，使他笔下流出的文字既雄健又空灵，既豪迈又清旷，不但境大，而且格高。读他的作品，我们如同登高望远，真觉得天地宽阔而人生美好。

悲　秋

四季之中，春和秋最容易牵动心魂，被吟咏得最多。这大约是因为，夏暑冬寒，物象比较单调，而在春秋两季，物象却呈现丰富的变化。春和秋又有不同。春雨霏霏，花讯匆匆，使人愁；秋风萧瑟，落叶纷飞，使人悲。春是色，姹紫嫣红，情意缠绵；秋是空，天高云淡，胸襟落寞。春是诗人的季节，秋是哲人的季节。不过，中国多诗人，少哲人，所以我们看到，咏秋词仍是说愁的为多。

吴文英　**唐多令**

何处合成愁？离人心上秋。纵芭蕉，不雨也飕飕。都道晚凉天气好，有明月，怕登楼。

年事梦中休，花空烟水流。燕辞归，客尚淹留。垂柳不
萦裙带住，漫长是，系行舟。

开头两句有趣。“何处合成愁？离人心上秋。”一个心字上一个秋字，合成一个愁字。把字谜巧妙地引入词中，毫无斧凿痕，点出了这首词的主题是离愁。

辛弃疾　丑奴儿·书博山道中壁

少年不识愁滋味，爱上层楼。爱上层楼，为赋新词强说愁。
而今识尽愁滋味，欲说还休。欲说还休，却道天凉好个秋。

在辛弃疾的几百首词中，这一首传诵最广。它的确是一首绝妙好词，言简而意赅，语浅而情深，表达了普遍的人生感受。

年少之时，我们往往容易无病呻吟，夸大自己的痛苦，甚至夸耀自己的痛苦。究其原因，大约有二。其一，是对人生的无知，没有经历过大痛苦，就把一点儿小烦恼当成了大痛苦。其二，是虚荣心，在文学青年身上尤其突出，把痛苦当作装饰和品位，显示自己与众不同。只是到了真正饱经沧桑之后，我们才明白，人生的小烦恼是不值得说的，大痛苦又是不可说的。我们把痛苦当作人生本质的一个组成部分接受下来，带着它继续生活。如果一定要说，我们就说点别的，比如天气。“却道天凉好个秋”——这个结尾意味深长，是不可说之说，是辛酸的幽默。

李清照　**醉花阴**

薄雾浓云愁永昼，瑞脑消金兽。佳节又重阳，玉枕纱橱，半夜凉初透。

东篱把酒黄昏后，有暗香盈袖。莫道不消魂，帘卷西风，人比黄花瘦。

这首词是李清照前期的名作，因思念两地分居的丈夫而写。丈夫也是文人，收到后欲一比高低，废寝忘食三昼夜，写了五十几首词，把这一首混在里面，请一位朋友品评。那位朋友读后说，有三句绝佳。这三句是：“莫道不消魂，帘卷西风，人比黄花瘦。”

李清照真为女性争光。

柳永　**八声甘州**

对潇潇暮雨洒江天，一番洗清秋。渐霜风凄紧，关河冷落，残照当楼。是处红衰翠减，苒苒物华休。惟有长江水，无语东流。

不忍登高临远，望故乡渺邈，归思难收。叹年来踪迹，何事苦淹留？想佳人、妆楼颙望，误几回、天际识归舟？争知我，倚阑干处，正恁凝愁？

在悲秋题材中，这首词的艺术成就极高，受到的赞誉最多。上片写秋景的凄凉，用字富有动感，令人觉得这凄凉有逼人之势，简直要把天地掏空，把人掏空。下片写心境的愁苦，走笔极尽曲折，使我们看到百结愁肠的一个个结都是打不开的。

伤 别

在中国古典文学作品中,伤别之作不计其数。伤别更是宋词的一大主题。事实上,那些惜春悲秋、问花叹月的词,春花秋月是景,抒发的情往往也是离愁别绪。晏殊的词写道:“无穷无尽是离愁。”古往今来,被离别所苦的人,离别者心中的苦,真是无穷无尽。

离别的苦,仔细分析起来,包含三层意思。其一,人生聚散不定,一别之后,不知何时再聚,也可能再聚无日,一别竟成永诀。其二,命运莫测,别后不免为对方担心,有了无穷的牵挂。其三,生命短暂,青春相别,再见时也许皆已白头,彼此如同一面镜子,瞬间照出了岁月的无情。总之,人生之所以最苦别离,正因为离别最使人感受到了人生无常。

然而,也正因为离别,我们更懂得了相聚的宝贵。让我们珍惜爱情、亲情、友情,珍惜人间一切美好的感情。

秦观　八六子

倚危亭，恨如芳草，萋萋刬尽还生。念柳外青骢别后，水边红袂分时，怆然暗惊。无端天与娉婷，夜月一帘幽梦，春风十里柔情。

怎奈向，欢娱渐随流水，素弦声断，翠绡香减。那堪片片飞花弄晚，蒙蒙残雨笼晴。正销凝，黄鹂又啼数声。

秦观的词是北宋婉约词的代表，在意境、文字、音乐三方面都精美，当年风行一时。在这一首词中，作者怀念一位歌女，寓情于景，句句都写景，而又句句都是情。

柳永　雨霖铃

寒蝉凄切，对长亭晚，骤雨初歇。都门帐饮无绪，留恋处、兰舟催发。执手相看泪眼，竟无语凝噎。念去去、千里烟波，暮霭沉沉楚天阔。

多情自古伤离别，更那堪、冷落清秋节！今宵酒醒何处？杨柳岸、晓风残月。此去经年，应是良辰好景虚设。便纵有、千种风情，更与何人说？

两个深爱的人，在不得不离别的那一刻，会怎么样？请看词中描绘的场面："执手相看泪眼，竟无语凝噎。"两人拉着手，只是相看，只是流泪,只是哽咽。平时纵有千言万语,这时刻是一句也说不出来的,这时刻的心情是说什么也不能表达的。

想象自己辞别了情人,乘上夜行舟之后,又会如何?我们得到了一个千古名句:“今宵酒醒何处?杨柳岸、晓风残月。”一觉醒来,看到的是清幽的美景。可是,因为情人不在身边,再美的景也都是虚设的了。

作者对于离情别绪的体会,真是细致而又到位。在宋朝词坛上,柳永是一个重要人物。过去词中只有小令,他首创篇幅长而容量大的慢词,擅长铺陈,细针密线织出一幅幅男女情感图。宋人囿于成见,以诗文为正业,词只被当作业余爱好,唯有柳永是一个专职词人,一生的主业就是给歌女伶人们写词。他是北宋最走红的流行歌词作者,作品雅俗共赏,传播极广,远至西域。一位派到西夏的官员归来后说:凡有井水的地方,都在唱柳词。但是,他一生潦倒,屡试不第。他的倒霉是因为他的清高,他有一句歌词:“忍把浮名,换了浅斟低唱。”宋仁宗因此下令把他从榜上除名,说:你就去浅斟低唱吧,干吗要浮名!最后他穷愁而死,靠歌妓们凑钱把他埋了,死后也只有歌妓们年年祭他。然而,有这些善良女子为知音,应该说,柳永并不凄凉。

陆游 **钗头凤**

红酥手,黄縢酒,满城春色宫墙柳。东风恶,欢情薄。一怀愁绪,几年离索。错!错!错!

春如旧,人空瘦,泪痕红浥鲛绡透。桃花落,闲池阁。山盟虽在,锦书难托。莫!莫!莫!

唐琬　钗头凤

世情薄，人情恶。雨送黄昏花易落。晓风干，泪痕残。欲笺心事，独语斜阑。难，难，难。

人成各，今非昨。病魂尝似秋千索。角声寒，夜阑珊。怕人寻问，咽泪装欢。瞒，瞒，瞒。

陆游和唐琬，一对恩爱夫妻，硬被陆游的母亲拆散，唐琬被迫改嫁。若干年后的一个春日，两人游园邂逅，陆游醉题园壁，唐琬随后应答，词林中有了这两首伤心之作。陆词充满悔恨和哀怜，唐词充满悲愤和屈辱，而压倒这一切的，是两人共同的绝望。

今天我们要说，这是一个不该发生的悲剧。陆游不该有这样的母亲，中国不该有这样的伦理，而最后，也许是苛责，陆游不该服从这样的母亲和这样的伦理。

李煜　相见欢

无言独上西楼，月如钩，寂寞梧桐，深院锁清秋。
剪不断，理还乱，是离愁，别是一般滋味在心头。

句句明白，没有一个生字。句句凝练，没有一个废字。寥寥几笔，情景毕现。这才叫大家小品，能让人过目不忘，回味无穷。

相　思

离别之后，有情人就要忍受相思之苦了。于是，在伤别的词之外，又有了许多怀人的词。相思之苦，苦在心中有许多生动的记忆，眼前却看不见人。情由忆生，记忆越生动，眼前的空缺就越鲜明，人就越被相思之苦所折磨。不过，相思不只是苦，苦中也有甜。心里惦着一个人，并且知道那个人心里也惦着自己，岂不比无人可惦记好得多？人是应该有所牵挂的，情感的牵挂使我们与人生有了紧密的联系。那些号称一无牵挂的人其实最可悲，他们活得轻飘而空虚。

李清照　一剪梅

红藕香残玉簟秋。轻解罗裳，独上兰舟。云中谁寄锦书来？雁字回时，月满西楼。

花自飘零水自流。一种相思，两处闲愁。此情无计可消除，才下眉头，却上心头。

写相思之情“无计可消除，才下眉头，却上心头”，妙趣横生，使整首词活了起来。

朱淑真　清平乐·夏日游湖

恼烟撩露，留我须臾住。携手藕花湖上路，一霎黄梅细雨。

娇痴不怕人猜，和衣睡倒人怀。最是分携时候，归来懒傍妆台。

一男一女携手游湖，途中遇雨，躲雨的地方想必没有旁人，彼此又挨得很近。在这短暂的片刻，女子趁势撒娇，依偎到男子怀里。回家后，女子百事无心，仍久久回味着这片刻的亲昵。

两性世界里一个可爱的小片段。朱淑真是一个所嫁非人的才女，这样的小片段也许是她感情生活中唯一的亮点，真让人替她不平啊。

晏殊　玉楼春

绿杨芳草长亭路，年少抛人容易去。楼头残梦五更钟，花底离愁三月雨。

无情不似多情苦，一寸还成千万缕。天涯地角有穷时，只有相思无尽处。

春日凌晨，一个女子在钟声雨声中醒来，想起一个离她而去的少年，没有怨恨，只有无尽的相思。

柳永说："多情自古伤离别。"晏殊说："无情不似多情苦。"伤离别的，受相思之苦的，都是多情之人。那无情之人倒是一身轻，但他们其实更不幸，因为他们的心是空的。

秦观　**鹊桥仙**

纤云弄巧，飞星传恨，银汉迢迢暗度。金风玉露一相逢，便胜却人间无数。

柔情似水，佳期如梦，忍顾鹊桥归路。两情若是久长时，又岂在朝朝暮暮。

牛郎织女的传说被代代文人不断演绎，秦少游的这首《鹊桥仙》最有新意。上片说，虽然相会艰难，但质量绝高。下片说，虽然相会短暂，但感情久长。作者评说天上的故事，其实表达了人间的情操：两性关系要讲究质量，真挚而久长的爱情远胜于轻浮而短暂的风流韵事。"两情若是久长时，又岂在朝朝暮暮。"这句名言已成为追求真爱的人们的座右铭。

苏轼　卜算子·黄州定惠院寓居作

缺月挂疏桐，漏断人初静。谁见幽人独往来，缥缈孤鸿影。
惊起却回头，有恨无人省。拣尽寒枝不肯栖，寂寞沙洲冷。

飘忽得像一个梦，又清晰得像一幕哑剧。词中的那个幽人是谁？是一位相识的女子，是作者自己，还是一个虚构的意象？不知道，只知道我们的心为之战栗，充满了忧伤的同情。

记　梦

梦与人生有不解之缘。梦是苦难者的安慰，奋斗者的希望。昨是今非，昨日的欢乐已成梦。心高气傲，明日的灿烂尚是梦。但是，不必叹息人生如梦，因为梦也是人生的一种真实。

梦与艺术也有不解之缘。古往今来，诗人们常常借梦言情，以梦写境，使最悲惨的情境也呈现出了艺术的美。

李煜　**浪淘沙**

帘外雨潺潺，春意阑珊，罗衾不耐五更寒。梦里不知身是客，一晌贪欢。

独自莫凭阑，无限江山，别时容易见时难。流水落花春去也，天上人间。

李煜　虞美人

春花秋月何时了，往事知多少。小楼昨夜又东风，故国不堪回首月明中。

雕栏玉砌应犹在，只是朱颜改。问君能有几多愁，恰似一江春水向东流。

历史经常发生误会。像李后主这样一个人，原是一位天生的诗人，心灵极单纯，情感极真挚，艺术天赋极高，对政治毫无兴趣，可是阴错阳差，偏偏在亡国前当上了皇帝，他的人生就注定是一出悲剧了。然而，他到底是一位天生的词人，无论在后唐的帝位上，还是做了大宋的臣虏，写的词都充满性灵，从不作帝王家语，而是作为一个最真实的人，诉说自己最真实的心情。他的人，他的作品，最鲜明的特点就是一个“真”字。尤其入宋后的作品，真个是满纸血泪，字字催人泪下。

然而，我们看到，尽管情境凄楚，他的词却丝毫不让人感到局促压抑，反而是清新明朗，王国维形容为“神秀”，非常准确。他用素淡的白描写出了深沉的感情，语言本色，风格含蓄，情味隽永，如同一位天生丽质的素衣女郎。

真正的大诗人，他的心灵与宇宙的生命息息相通，所表达的决不限于一己的悲欢，而是能够由个人的身世体悟人生的普遍真相。“春花秋月何时了，往事知多少。”面对自然景物的周而复始和时光的永恒流逝，我们人人都会怀念自己人生中那些一去不返的珍贵往事。“别时容易见时难。”何止沦陷的江山如此，我们都可能经历相似的悲痛和无奈，与自己珍爱的人或事一朝诀别。李煜的心既敏感又博大，这使得他的作品虽然情感缠绵，却有开阔的境界。

四十二岁生日那一天，在软禁的小楼里，李煜让歌女唱这首以“春花秋月何时了”开头的《虞美人》，宋太宗知道了，断定他对大宋怀有贰心，命令他服毒药自杀。在漫长的专制社会中，这是许多诗人的命运，他们的作品仅被从狭隘政治的角度理解，因此而遭到迫害乃至杀害。

杨万里　昭君怨·咏荷上雨

午梦扁舟花底，香满西湖烟水。急雨打篷声，梦初惊。

却是池荷跳雨，散了真珠还聚。聚作水银窝，泻清波。

梦见在西湖划船，清香扑鼻，被急雨打船篷的声音惊醒，却发现是在自家的荷池旁，清香是荷叶的清香，声音是雨点打在荷叶上的声音。从梦境入手写实景，别出心裁，一首生动活泼的写景小令。

晏幾道　蝶恋花

梦入江南烟水路，行尽江南，不与离人遇。睡里销魂无说处，觉来惆怅消魂误。

欲尽此情书尺素，浮雁沉鱼，终了无凭据。却倚缓弦歌别绪，断肠移破秦筝柱。

思念着一个人，梦中遇不到她，写信无处寄送，只好没完没了地弹琴。当心中强烈的情感无法排遣时，艺术就诞生了。

苏轼　江城子·乙卯正月二十日夜记梦

十年生死两茫茫。不思量，自难忘。千里孤坟，无处话凄凉。纵使相逢应不识，尘满面，鬓如霜。

夜来幽梦忽还乡。小轩窗，正梳妆。相顾无言，惟有泪千行。料得年年肠断处，明月夜，短松冈。

这是一首传诵千古的悼亡词，句句无比沉痛，句句无比真实，句句有千钧之力。苏轼悼念的是去世十年的爱妻，却准确地写出了每一个曾经痛失爱侣、亲人、挚友的人的共同心境。

生者与逝者，无论从前多么相爱相知，现在已经生死隔绝，彼此都茫然不知对方的情形了。“两茫茫”是一个基本境况，笼罩着彼此的一切关系。生者的生活仍在继续，未必天天想念逝者，但这绝不意味着忘却。不忘却又能怎样，世界之大，找不到一个可以向逝者诉说的地方。即使有相逢的可能，双方都不是从前的样子了，不会再相识。这正是“两茫茫”造成的绝望境地。梦见了从前在一起时的熟悉情景，“两茫茫”的意识又立刻发生作用，把从前的温馨浸透在现在的哀伤之中。料想那逝者也是如此，年复一年地被隔绝在永恒的沉默之中。

醉　酒

尼采把梦和醉看作两种基本的艺术状态。除梦之外，酒与艺术也有不解之缘。中国文人中多爱酒之人，曹操“对酒当歌”，李白“斗酒诗百篇”，欧阳修自号“醉翁”。不过，正如欧阳修所说：“醉翁之意不在酒，在乎山水之间也。”醉打破日常生活的藩篱，使人与山水相融合，与宇宙相融合。醉打破功利社会的束缚，使人回归本性，回归自然。那么，酒只是工具，只要能达于醉的状态，没有酒也可。天下酒徒未必都是艺术家，大艺术家往往无酒而常醉。

辛弃疾　西江月·遣兴

醉里且贪欢笑，要愁那得工夫。近来始觉古人书，信着全无是处。

昨夜松边醉倒，问松"我醉何如"？只疑松动要来扶，以手推松曰"去"！

辛弃疾是一个有勇有谋的真英雄，胸怀抗金复国的大志，但英雄无用武之地，长年赋闲乡居。他又是一个能文能武的全才，被压抑的无穷精力就向文学中释放，成了宋代最高产的词人，留传至今的词作有六百二十九首之多。他无意做文人，只是要抒发胸臆，有感即发，创作的心态十分自由，无事不可入词，嬉笑怒骂皆成文章，题材非常广阔。风格也是多种多样，"夜半狂歌悲风起"的慷慨悲壮是主旋律，但也有"茅檐低小，溪上青青草"的朴素清新，"小楼春色里，幽梦雨声中"的纤丽婉约。

这首小令也表现了辛词的一种特色，通篇口语，像一篇短小的散文。评家认为，苏轼以诗入词，辛弃疾以散文入词，是解放词体的两位大改革家。

人们常说酒后失态，其实酒后往往露出了平时被掩饰的真态。你看在这首词里，活脱脱一个硬汉子辛弃疾，无论上片的发牢骚，还是下片的醉话，都充满傲气。

朱敦儒　**鹧鸪天·西都作**

我是清都山水郎，天教分付与疏狂。曾批给雨支风券，累上留云借月章。

诗万首，酒千觞，几曾着眼看侯王。玉楼金阙慵归去，且插梅花醉洛阳。

看不起世间的功名利禄，如果要做官，就做天上享用风雨云月的山水郎吧。不过，连天上也懒得去，就在这洛阳城里醉酒吧。魏晋以后，醉酒有了人生观的含义，名士常借以表达蔑视功名的心志。

刘克庄　**一剪梅**

束缊宵行十里强，挑得诗囊，抛了衣囊。天寒路滑马蹄僵，元是王郎，来送刘郎。

酒酣耳热说文章，惊倒邻墙，推倒胡床。旁观拍手笑疏狂，疏又何妨，狂又何妨！

词人远行，好友送别，在一起饮酒。这首词把两个狂士的酒后情态写得绘声绘色，充满动作和响声。旁观者笑他们疏狂，作者回答道："疏又何妨，狂又何妨！"的确，人生有的时候不妨疏狂一下，何必总是压抑自己，何必把自己包得这么紧。

咏　史

怀古往往是为了抒发自己的胸襟，咏史往往是为了讽喻今天的现实。让我们听一听宋代两位文学大家对于同一段历史的不同评说。

苏轼　念奴娇·赤壁怀古

大江东去，浪淘尽、千古风流人物。故垒西边，人道是、三国周郎赤壁。乱石穿空，惊涛拍岸，卷起千堆雪。江山如画，一时多少豪杰！

遥想公瑾当年，小乔初嫁了，雄姿英发。羽扇纶巾，谈笑间，樯橹灰飞烟灭。故国神游，多情应笑我、早生华发。人间如梦，一尊还酹江月。

和那一首咏月的《水调歌头》一样，这一首咏史的《念奴娇》也堪称宋词中最伟大的作品，同样地笔力雄健，同样地境界高旷。不同的是，这一首更多地展现了苏轼英雄本色的一面，气势更为磅礴。在赤壁这个地点怀古，眼前的景是大江、乱石、惊涛，所怀的古是智胜赤壁之战的风流将才周瑜，现实中的雄景与历史上的豪杰交相辉映。想到自己的英雄之志未得施展，不免自嘲。但是，不同于辛弃疾的愤激，苏轼毕竟有哲人的辽阔眼界，能比一切英雄功业站得更高。“大江东去，浪淘尽、千古风流人物。”再风流的人物也会被时间的浪涛卷走。纵然“江山如画”，终究“人间如梦”，所以不必把功业看得太重要。“一尊还酹江月”，是祭历史上的豪杰，也是祭自己和一切人的普通人生。

范仲淹　剔银灯·与欧阳公席上分题

昨夜因看蜀志，笑曹操孙权刘备。用尽机关，徒劳心力，只得三分天地。屈指细寻思，争如共、刘伶一醉？

人世都无百岁。少痴骙、老成尪悴。只有中间，些子少年，忍把浮名牵系？一品与千金，问白发，如何回避？

这首词也以三国为题材，但通篇似乎玩世不恭的语气。上片评判历史，嘲笑曹操、孙权、刘备争夺天下是白费心力，还不如像刘伶那样一醉方休。下片议论人生，认为生命中的好时光十分有限，用在争夺浮名、官位、金钱上是不值得的。

我们都会背诵范仲淹的名句“先天下之忧而忧，后天下之乐而乐”，现在听他发表这么“消极”的言论，一定会感到诧异。这位北宋重臣历尽官场风波，一生刚直不阿，我们好像不应该把他的话只当作牢骚看待。其实，正因为他是一位对天下真正有责任心的政治家，才格外鄙视争权夺利。在他看来，三国争夺天下也只是大规模的争权夺利罢了。这个看法难道不比今天那些津津乐道三国权谋的谈论更接近事情的本质吗？

抒　怀

自从苏轼破除诗言志而词言情的界限之后，宋词中的抒怀言志之作逐渐多了起来。到了南宋，偏安一百五十年间，始有金灭北宋之恨未雪，终有元灭南宋之祸临头，民族灾难不断，词中更是响彻了忧愤忠勇的爱国之音，成为南宋词坛的一大特色。

除此之外，当然还有别种言志之作。做人要有志气，但志气未必雷同。在艰难中创业，在万马齐喑时呐喊，在时代舞台上叱咤风云，这是一种志气。在淡泊中坚持，在天下沸沸扬扬时沉默，在名利场外自甘于寂寞和清贫，这也是一种志气。心的追求未必总是显示进攻的姿态。

邓剡　念奴娇·驿中言别友人

水天空阔，恨东风，不借世间英物。蜀鸟吴花残照里，忍见荒城颓壁？铜雀春情，金人秋泪，此恨凭谁雪！堂堂剑气，斗牛空认奇杰。

那信江海馀生，南行万里，属扁舟齐发。正为鸥盟留醉眼，细看涛生云灭。睨柱吞嬴，回旗走懿，千古冲冠发。伴无人寐，秦淮应是孤月。

邓剡是文天祥的好友，南宋灭亡前夕，两人同时被俘，押解途中分手，邓剡写了这首词赠文天祥，表达亡国之痛和惜别之情。文天祥作答词，有"镜里朱颜都变尽，只有丹心难灭"之句，不久后慷慨就义。中国历史上下五千年，改朝换代乃寻常事，真正弥足珍贵的是改朝换代大叙事掩盖下的这类感人至深的小场景。

张孝祥　念奴娇·过洞庭

洞庭青草，近中秋，更无一点风色。玉界琼田三万顷，著我扁舟一叶。素月分辉，银河共影，表里俱澄澈。怡然心会，妙处难与君说。

应念岭海经年，孤光自照，肝胆皆冰雪。短发萧骚襟袖冷，稳泛沧浪空阔。尽挹西江，细斟北斗，万象为宾客。叩舷独啸，不知今夕何夕。

秋夜泛舟洞庭，词人所感有二。其一，湖水浩渺，月辉澄澈，觉得自己仿佛融入了其中，这种与宇宙合一的感觉真是奇妙。其二，回顾平生做人处世，心中了无愧疚，这种光明磊落的感觉也真是舒坦。

人生在世，既能站得正，又能跳得出，这是一种很高的境界。

陈人杰　沁园春·问杜鹃

为问杜鹃，抵死催归，汝胡不归？似辽东白鹤，尚寻华表；海中玄鸟，犹记乌衣。吴蜀非遥，羽毛自好，合趁东风飞向西。何为者，却身羁荒树，血洒芳枝？

兴亡常事休悲，算人世荣华都几时。看锦江好在，卧龙已矣；玉山无恙，跃马何之。不解自宽，徒然相劝，我辈行藏君岂知？闽山路，待封侯事了，归去非迟。

中国文人的怀抱，总是在出处之间彷徨。通常的情况是，以功名为正道，仕途失意，才把归隐当作了不得已的退路。作者企图换一个思路，看破人世荣华的虚幻，以归隐为正道，在这种超脱的心态下，又何妨把功名当作暂时的目标。

人生的态度，宜在进取和超脱之间寻求一种平衡。然而，功名太平庸，不是真进取；归隐太无奈，不是真超脱。真正的进取和超脱，不会只在出处的低水平上折腾。

我们即将与一千年前的宋人告别了。最后，让我们同唱一首歌——岳飞的《满江红》。这是一首响彻千秋的英雄战歌，让我们以此表达对中国历史上一切肝胆照人的真英雄的崇高敬意。这也是一首传诵千古的宋词佳作，让我们以此表达对创造了丰富的美的宋代文学家的衷心感谢。

岳飞　满江红

怒发冲冠，凭栏处，潇潇雨歇。抬望眼，仰天长啸，壮怀激烈。三十功名尘与土，八千里路云和月。莫等闲、白了少年头，空悲切。

靖康耻，犹未雪；臣子恨，何时灭！驾长车、踏破贺兰山缺。壮志饥餐胡虏肉，笑谈渴饮匈奴血。待从头，收拾旧山河，朝天阙。

[附言]

本文是为《中国唐宋名篇音乐朗诵会·宋人弦歌》所写的序和台词。此台节目由北京驱动文化传媒有限公司出品，篇目及辑题由该公司拟定，我提出了若干修改和补充。

2007.7